いつでも鼓動を感じてる

崎谷はるひ

幻冬舎ルチル文庫

CONTENTS ✦目次✦

いつでも鼓動を感じてる

✦カバーデザイン＝清水香苗（CoCo.Design）
✦ブックデザイン＝まるか工房

イラスト・梶原にき✦

いつでも鼓動を感じてる

サンタクロースがいないことを知ったのは、いったいいつだか覚えていない。

けれどある年のクリスマス。与えられたおもちゃが不良品で、困った顔の母は小さな手を引き、デパートに行って交換を申し入れながら、一生懸命こう繰り返していた。

――サンタさんが壊れたのと間違っちゃったのね。でもうサンタの国に帰っちゃったから、お母さんが代わりに交換お願いしてるのよ。

無理のあるごまかしを口にする母、梨沙《りさ》を見あげて、里中佳弥《さとなかよしや》はむずむずする口を必死にこらえていた記憶がある。

(お母さん、サンタクロースはただの伝説なんだよ。そのおもちゃは、お母さんがいま外国にいるお父さんに相談しながら、『よさん』っていうの決めて買ったの知ってるよ)

ついでに本当はこのシンプルな合体ロボットのおもちゃではなく、変形できる上のバージョンが欲しかった――という本音と同じく、それは言ってはいけないことなのだろうと理解して、佳弥は口をつぐんだままでいた。

(ぼくそんなに子どもじゃないのになー)

小学校の高学年にも近づけばサンタがいないことくらい、ふつうはなんとなく知っている。

十歳、小学校四年生、性教育は既にスタート。赤ん坊はコウノトリが運ぶのではなくセックスをしてできることを知っている。個人差はあれたぶんほんの二、三年後にはほぼ全員、女の子には生理が、男の子には精通が来て、子どもは子どもでなくなるのだ。

けれどこの年頃の少年は、けっこう気を遣ったりする。たぶん、子どものままでいてほしいのだろうなあとか、大人の夢を壊したら可哀想《かわいそう》とか。そんな現実的なコトはっかり言う子どもはかわいくないだろうしなあと、無邪気なふりで口をつぐむ。

伝説でしかないサンタクロースと同じように、子どもをごまかすコウノトリと同じように、お巡《まわ》りさんは正義の味方ばかりではないことくらい、やっぱり佳弥はわかっていた。ただ職業であるというだけで警察官に憧《あこが》れられるほどには幼くないつもりだった。

だがそれも、大好きで大好きで大好きな十二歳年上の幼馴染《おさなな》《じ》みが、実際の制服を纏《まと》った姿で現れた瞬間には、やっぱりきらきらと目を輝かせてしまった。

「これいちばん正式なときの制服。どうかな？」

「すごーい……かあっこいいー……！」

なにやらの式典のために、この金モールまでついた正装姿をさせられたという窪塚元就《くぼづかもとなり》は、長身を折り曲げて佳弥に笑いかける。

「元《もと》にいかっこいい！　すごいね、これ本物？」

「そう、本物の警察官の制服」

警察学校の研修を終え、明日から刑事になるんだと教えられて、小さな佳弥はやや興奮気味に訊《たず》ねた。少し大きめの口でにっこりと笑う元就にはしゃいで飛びつけば、長い腕にひょいと抱えられ、目線の高さが同じになった。

すげーすげーと小さな顔を真っ赤にして、彼の短く清潔な髪をくしゃくしゃにした。こら、と言いながら元就も怒らず、報復は抱きしめた佳弥を揺する程度だ。

「えへへ、かっこいいなー。勲章だ、ほんものだ」

「それは勲章じゃなくて階級章。まだ勲章もらうほどえらくないんだよ」

「どっちでもいーよ、かっこいーもん！」

それにただ元就に触っていたいだけなのだとは言えずに、佳弥はぺたりと抱きついた。やれやれ、と苦笑した低い声が振動になって響いてくる。

幼いころから慣れ親しんだ彼の声は、いつもやわらかく低く、まるで囁《ささや》くようにくぐもっていた。甘くよくとおるその声であやすような言葉を繰り返され、膝《ひざ》の上でゆらゆら揺らされていると、すぐに他愛《たあい》もなく眠くなったものだが、近ごろはちょっとどきどきする。

大人の男のひとの声だなあ、となぜか急に意識することが多い。あと数年経てば佳弥も声変わりをして、こんなふうに変わるんだろうか。

最近はちょっと反抗することを覚えた母親に見せる態度より、隣家の青年に対してのほうが、佳弥はずっと子どもっぽくなる。

元にい、と、父や母を呼ぶよりさきに覚えた名前のそのひとに、「いい子だね」と頭を撫《な》でてもらい、赤ん坊みたいにいつでも抱っこしてほしいからだ。

「……よっちゃんがそんなにお巡りさん好きだとは知らなかったなあ」

ことさら子どもぶってみせるのは、計算高く狷介《けんかい》なのではなく、かわいがってほしいからだ。なによりきれいで賢くてかっこいい彼の前には、正しくうつくしいもの、きれいで清潔なものしかあってはいけないのではないか。

だから自分も正しい子どもでいなければならないのだと、佳弥は思っていた。

「だってかっこいいじゃん。ねえ、元にい、これで刑事さんになったんだよね？」

「――そう、刑事さん。これでもう、……学生の時間は終わり」

小さな声でくりかえし、「今日で終わりだよ」と告げた声には、なにか苦い響きがあったようにも思えた。

「遊びの時間は終わりってことだよ。社会人だからね」

「ん？　なに、元にい……？」

「自分で責任を取っていかなきゃね……逃げ道はもう、ないから」

だが、ませてはいても所詮《しょせん》は十歳の、ようやくもうじき思春期の少年には、微妙なそのニュアンスを察しろというほうが難しかっただろう。

元就自身、その呟《つぶや》きを佳弥に理解させようという気もまったくないようだった。おそらくは、言葉の意味をわからないと知っていてこぼされた、そんな響きがあった。

「なんでもないよ」

笑ってごまかした正装の青年はいつにもまして端整に思えた。ぴしりとした礼服は背が高く肩幅の広い彼にはよく似合い、肩章と金モールが眩《まぶ》しいようだ。

目の前できらきらと揺れるそれに目くらましされて、元就の苦い、なにかを諦《あきら》めるような、なくしてしまったものを惜しむようなまなざしに、佳弥は気づけない。

（なんだろう……？　あれかな、就職前のブルーってヤツかな？　ゴガツビョーとか？）

ましてそれがじっと自分に向けられていることなどもわからないまま、だが彼の真っ黒で澄んだ瞳の危うさに惑って、抱っこをやめてと腕を引いた。

「元にい、敬礼して、敬礼」

「あはは。はいはい」

けいれーい、と無邪気にねだって見せながら、白い手袋に包まれた長い指を揃《そろ》え、すうっと額《ひたい》に当てた仕種《しぐさ》のうつくしさに見惚《みと》れた。

そのときの記憶は、おぼろに甘いばかりだ。懐かしい日々の残像として、ぼんやりと佳弥の中に残っている。

ただ制服の華やかさと、手袋の印象ばかりが強く焼きついて――元就の浮かべた複雑な笑みは、佳弥の脳裏からはすっかり、消え失《う》せてしまった。

＊　＊　＊

ペダルを踏んだ脚にかすかな負荷がかかる。

頰を撫でた風は盛りをすぎた春の匂いを纏い、まだ花冷えの名残だろうか、ひんやりしたあやうい痛みを佳弥の鼻腔と頰に押し当てる。

高校入学時に買ってもらったお気に入りのMTBも、使いこんで三年目。カーブを曲がるときの体重のかけ方やバランスの取り方にもくせがつき、ぴかぴかだったボディにも小疵《きず》や摩滅が増えたけれど、手入れは欠かさないので乗り心地は完璧《かんぺき》だ。

（次の青までぶっちぎったら……今日はラッキー）

佳弥は鼻歌でも歌いそうな勢いで小さな唇をぺろりと舐《な》めた。

スクランブル交差点が視界に入り、あそこに辿《たど》りつくまでの数カ所分を一気に『のして』いこうと佳弥は決める。

スタート前のレーサーよろしくペダルにかけた脚を力ませ、点滅する信号機が青になったら発進だ。

（3・2・1……）

ジャッ、という音がして、一気につけた加速に、タイヤのゴムとアスファルトが軋《きし》んだ。

佳弥の甘い茶色い髪は軽いGと風速に跳ねあがり、なめらかな額を剝《む》き出しにする。これも髪に同じく色の薄い大きな瞳は、子どものようなジンクス遊びに夢中になって、きらきらと輝きながら軽い興奮に濡れている。

佳弥の通う私立武楠《ぶなん》大学付属高校の制服は、品のいいブレザーだ。ほどほどの学歴とほどほどのお高さで「無難高校」と揶揄《やゆ》されるけれど、男女で上着の形が違う、デザインのよさには定評があった。

その制服は黙っていれば美少女アイドルのようだとよく言われる、甘く整った顔立ちの佳弥にはよく似合う。MTBにまたがり駆け抜ける姿はちょっとやんちゃな王子さまのようで、道行くひとの目を惹《ひ》いていたけれど、佳弥にはまるでその自覚はない。

ただ一心にペダルをこぎ、細い腿にぱんぱんに乳酸を溜《た》めながら、目的どおり一気に信号を三つ抜き去った。達成感にからりとした笑みが浮かんで、額に滲《にじ》む汗が光る。

「う――……っし！」

佳弥の青緑のMTBが風になった直後から、続けざまにぱっぱっぱっと赤になり、ひととの流れがぞろりと変わる。その光景をちょっと得意げに流し見たあと、減速したMTBは大通りから高架下を抜け、ふたつめの角を曲がった。

こういう、自分ルールのジンクスは小さなころから佳弥がよくやるものだった。

色違いのブロックが埋まった歩道の、黒い部分だけ踏んで進めたら、横断歩道の白をけっして踏まずに、最後まで渡りきったらいいことがある。

その小さな賭《かけ》を、佳弥は十八歳になったいまでも、ときおり行った。

本当は、こんなジンクスに意味がないことも知っている。誰が見るわけでもない、なにを誇れもしない、ただの子どもじみた運試し。けれど、なにより真剣な気持ちで挑んでしまう。

たぶん、このスリリングな遊びを佳弥に教えてくれた相手への気持ちと、それは同じだ。

(早く、会いたい)

細い路地が入り組んだそこに現れたのはどこにでもある雑多な駅前商店街だった。おしゃべりに興じるおばちゃんたちがたむろする、仕入れの段ボールや放置自転車でごちゃついたメインストリートは、とてもMTBで走るに適した空間ではない。

サドルから脚を下ろした佳弥は軽く汗ばんだ額に手の甲をあて、息をつく。そのままごみごみした路地を通り抜けると、雑居ビルの密集した区域にたどり着いた。

細長いコンクリート打ちっ放しのそこには、『レジデンス・ミヤケ』というビル名を示すもののほかに、いくつかのテナント看板が壁面縦一列に設置されている。

鍼《はり》医者にエステ、いずれも少々うさんくさい雰囲気の無名なものだが、中でもひときわ安っぽいものが『窪塚探偵事務所』の文字だ。

「……せめてもうちょっと、なんとかなんねえのか、あれ」

渋面《じゅうめん》で呟いた佳弥の視線のさきにある看板は、事務所名をプラ板に印刷しただけ、しかも過去のテナント看板の上に貼りつけたという急ごしらえのお粗末さだ。

どうにもとってつけな感じが強い上に、ありがちな電光掲示板タイプや一部蛍光灯の切れかかったような薄汚れたものに混じっているから、情けないチープさがさらに際《きわ》だつ。

とりあえずまともな看板も発注してはいるらしいが、急場しのぎはこれが限界で、いまのところしかたないのだと、事務所を運営する本人は苦笑していたけれど。

「こんなんで客、来るのかなあ……」

眉《まゆ》を寄せた佳弥は首をひねりつつ、『レジデンス・ミヤケ』の階段を駆け上がった。狭くて傾斜の急なこの階段は七階建てビルの屋上まで続き、目指す事務所があるのは五階部分で、到着するころには若い佳弥でも息があがり、けっこうぐったりしてしまう。

それでも足取りが軽いのは、早くそこにいる相手の顔が見たいからにほかならない。

窪塚探偵事務所の所長兼唯一の所員である元就は、佳弥のひとまわりも歳《とし》の離れた幼馴染みであり、そして恋人という関係も持った相手だ。

背が高く端整な元就の顔は、それこそ生まれたときから佳弥は慣れっこになってもいる。しかし思い出しただけで性懲りもなく顔が赤らみ胸がときめくのは、まだそういう意味でつきあいはじめてから半年ちょっと、というところだからだろうか。

期待にうずうずする自分が恥ずかしく、佳弥はまた口を尖《とが》らせる。

「だいたいレジデンスって高級邸宅のことなんだぞ……邸宅ならエレベーターくらいつけろ

つうの。っていうかなんだこの狭い階段っ」

そもそもこの狭くて細くて古い建物は、現在の建築基準法や消防法に照らし合わせれば、ばっちり違法にあたる建造物らしい。当然エレベーターの設置は許可されず、どころか取り壊しが決まったら二度と同じものは建てられないという代物《しろもの》だ。

ぶつぶつ言いながらたどり着けば、古くさい磨《す》りガラスのはまったドアに『窪塚探偵事務所』の文字、だがこれもただのコピー紙にプリントアウトされて貼りつけただけだ。

「……『飯干晴夫《いいぼしはるお》税理士事務所』が透けて見えるよ……」

それというのもいま佳弥が呟いたとおり、磨りガラス自体に元就が入居する前の税理士事務所——といっても十年近く前に潰《つぶ》れたもの——の名前が刻まれているせいで、紙を剝《は》がすわけにいかないそうだ。ガラスを入れ替えればいいじゃないかと言ったのだが、べつにこれで問題もないしと本人はアバウトなコメントをするから、佳弥もこれ以上口が出せない。

「みっともないのになあ」

元就が探偵業を営むにあたり、もと警視庁勤めというノウハウを活《い》かしているのかいないのか、いまいち微妙な感じはある。

とりあえず新しい事務所を借りられる程度にはそこそこ仕事もできるらしいし、能力のない男ではないと知ってはいるけれど。

「……本人のルックスとこの大雑把《おおざっぱ》さがどうも嚙《か》みあってないんだよなあ」

もうほんとうにこの貧乏くささだけはいかんともしがたい。苦虫を嚙みつぶしたような顔をしつつ佳弥の文句が止まらないのは、半分以上がいそいそ会いにくる自分への照れ隠しで、残り半分はつい先月から事務所にのさばっている、お邪魔虫の闖入者《ちんにゅうしゃ》に身がまえるせいだ。

「——こんにちはっ、お邪魔します！」

立て付けの悪いドアを開いて、勢いよく挨拶をする。そこで元就から返事があればよし、そうでなければ信号機を渡りきった、ジンクスの効果はなかったということだ。

しかし、あきらめの強いやけくそ混じりに考えた佳弥の賭は、今日も負けたらしかった。

佳弥が踏みこんだ事務所でまず聞こえたのは、本来のここの主よりずっと甘くなめらかな声だった。

「あれ。また来たのボクちゃん」

するりと来客用のソファから起きあがったその姿は、怠惰で優雅な猫のようだ。甘い美声に似合いの、華やかで整った顔の青年は、にやにやと佳弥を見つめて皮肉に笑う。

「こんにちは。もとに、……元就、どこ」

「さあ？」

ひんやりとした印象のそれは世間的にはかなりの美声であろうけれど、佳弥には耳障り以外のなにものでもない。それでも、一気に歪《ゆが》みそうな顔をこらえて挨拶をしたのは、目の前の青年から、はじめて会うなりかまされた嫌味のせいだ。

この事務所の玄関を開ける際に、佳弥はわざわざさきほどのような挨拶をしたことなどなかった。元就の居場所は佳弥の居場所でもあるし、転居前の事務所はそれこそ、当時住んでいたマンションの隣室。お互いわざわざ他人行儀な礼を交わす関係でもなかったからだ。

——元にい、いる？

だが、まだ越してしばらくのころ。この事務所へ佳弥が飛んできた際、初対面のこの男は不機嫌そうに目を眇《すが》め、こう吐き捨ててくれたのだ。

——なに、元就の知り合いの子？　挨拶もできないようなガキなんて最低。

きれいな顔を思いきり歪めた彼の名前は晴紀《はるき》という。見るからに軽くいい加減そうで、とてもまっとうな職についているようには見えない。

おまけに第一声がつっけんどんな嫌味だ。好感など持てるわけもなく、天敵と見定めたこの男を佳弥は非常に嫌いで、苦手としている。

「なあ、元就どこだって訊《き》いてんだろ」

「目上には敬語使えよ、躾《しつけ》のなってないボクだなほんとに」

質問を繰り返しても、晴紀は答えようともしない。だがここで逆らって口で勝てる相手ではないことを、既に佳弥は学習済みだ。

「……元就は、どこにいるんでしょうか」

「おまえ頭悪いの？　俺は丁寧語じゃなくて敬語使えっつったぜ。この場合『元就さんはどちらにいらっしゃるんでしょうか』だろ」

（んのやろ……っ）

まったく天才的に他人を不愉快にさせることに長《た》けた相手だ。執拗《しつよう》な絡《から》み方をされ、腹の中にある胃液が沸騰しそうなほどに腹が立った。それでまた微妙に正論と言えなくもないから、よけいに感情の持って行き場もない。

この人物について佳弥は、『晴紀』という呼称以外、名字もなにも知らない。そもそもそれが本名かさえわからない彼は、いつも佳弥にこういう皮肉ばかりを言う。

見た目でしか判断できないが、おそらく年齢は元就と佳弥の中間、二十代半《なか》ばといったところだろうから、たしかに目上ではあるのだろうが。

（だったら自分がまず挨拶しろよなっ）

はじめましても、こんにちはも言わないのは自分のくせして、いやなことばかり口にするこの男が、佳弥は大嫌いだ。

だが晴紀に対して正面きって批判しきれないのは、あの派手で怠惰な彼が依頼人だと聞かされているからと――彼を見ていて覚える苛立《いらだ》ちの中には、佳弥の身勝手な感情も絡んでいる自覚のせいにほかならない。

なにより元就の客に対して、あまり失礼な態度も取りたくはなく、こらえろこらえろと拳《こぶし》を握って示唆された言葉を繰り返した。

「……お忙しいところ恐縮ですが、モトナリサンはどちらにいらっしゃるんでしょうかっ⁉」

「さあ？　知らなーい。さっきまで一緒だったんだけどねえ」

あげく、言われたとおりに復唱したところで求めた答えは返ってこない。

もういやだこいつ、と顔を真っ赤にしながら唇を噛んで、佳弥はぷいっと顔を背《そむ》けた。

（だいたいなんでこいつは呼び捨てのくせに、俺にはさんづけしろとかいうんだ）

本来佳弥が元就を呼ぶときの、幼いころから慣れ親しんだ愛称は『元にい』だ。しかしこのところその呼び方はまったく口にできていない。

それも目の前のきゃしゃで怠惰な雰囲気の男が、赤ん坊のようだと笑ったからだ。

——あははー、モトニイだって。顔に似合って、言葉もずいぶんかわいいんだ？

当然佳弥は激怒したが、食ってかかる態度をあらわにしても晴紀自身まったくこたえていない。あげくのらくらと皮肉に笑われるだけだから、よけい不愉快な苛立ちは募《つの》るのだ。

「ま、そのうち帰ってくると思うけど。なんか用？」

「……本人が来たら言います」

だいたいこの、我が物顔の態度はいったいなんなのだ。帰ってくるなどと言ってくれるが、ここはおまえの家じゃないぞと佳弥は内心で悪態をつく。

「ふーん……でもま、子どもが遊びに来るとこじゃないでしょ。よくもまあ足繁《めししげ》く通ってくるよね」

見透かしたような晴紀の声には、もう返事をする気にもなれなかった。応じたが最後またいやなことを言われるのはわかりきっていて、晴紀を無視した佳弥は窓辺に近づいていく。

「無視かあ？　まったくかわいくないガキだな」

ふう、と晴紀がかぶりを振ってみせると、なにかの花のような匂いが漂った。元就もたまにフレグランスをつけているが、それとは違って非常に女性的な香りだ。

だが、彼の中性的な顔立ちにはひどく似合って、なんだか淫靡《いんび》な感じさえする。

そうしてこの事務所全体がいつの間にか、晴紀の匂いで満たされているようで、本当に不愉快なのだ。

（元にい、どこ行ったんだよ）

覗《のぞ》きこんだ小さな窓からは、併設した駐車場が見える。猫の額という表現がぴったりのそこには、元就の愛車である中古の赤いミニクーパーが停まっていた。

（車があるし、出かけてるわけじゃないみたいだけど……）

プロデューサーがＢＭＷへと変わる前の、いまでは希少品ともいえるローバーミニは、持ち主の愛情と腕のいいメンテナンスのおかげでいまも快適な走りを見せているらしい。

（意地張らずに、もっといっぱい乗せてもらえばよかったな）

ここしばらく、すっかり乗せてもらうこともないミニクーパーをじっと眺めていると、あの車で送り迎えされていた時期のことを思い出し、佳弥はせつない息をこぼす。

そして、見下ろした駐車場の脇に違法駐車されている、これも中古の黄色いワーゲンを見てはやっぱり元就を思い出した。

（なんだっけな。水色ワーゲン十台見つけると願いが叶《かな》って、黄色いワーゲンはアンラッキーだったかな？）

じゃあ今日のジンクスはこれで減点じゃないかとがっかりしつつ、とにかくなにを思い出しても元就の姿がないことがない自分に少し呆《あき》れる。

小さいころから、佳弥の世界は元就がすべてといってもよかった。

父親が多忙で物心つくころには海外にちょくちょくと単身赴任した事情から、佳弥は母とふたり暮らしの状態が長くて、よく子守の頼りにされた十二歳年上の隣家の少年は、青年になっても佳弥の面倒をみることをやめなかった。

それこそ歯の磨き方から勉強、生きるのに必要なことからただの遊びに至るまで、佳弥は元就に教えられた。半ば以上育てられたと言ってもいいほどに。

いまでもくせになっているジンクス遊びについては、とくにそうだ。

いちばん多いルールは、モザイク模様の歩道ブロックで、まっくろ石、と佳弥が呼んだ部分にだけ、絶対に足をつけないこと。当時いちばんよくやったゲームの途中、間違ってまっくろ石に触れれば、なぜだかずぶずぶ、地面に沈みそうで少し怖かった。

——ここまでおいで。黒いとこに一度もかかとつかなかったら、いいことがあるから。

低い甘い声で、ジンクスという言葉を佳弥に教えたそのひとにめがけ、一段飛ばしにブロック石を蹴《け》っては走った。

まだ小さな佳弥の歩幅では、数十センチのブロックをまたぎきれずによろけたり、誤って靴のはじっこが触れれば、ときどき泣きそうな顔にもなった。

走る間は本当に怖くなって、それでも夢中で駆け抜けたのは、歩道の向かいで長い腕を拡げていた彼の胸に飛びこんだ瞬間、なによりの幸福感を味わえたからだ。

——よーしよし、いい子だ。これでいいことあるよ、よっちゃん。

長い腕の持ち主はいつも快活に笑って、緊張に泣きべそをかいた佳弥の口に、甘いお菓子を放りこんだ。チョコレートだったりキャンディだったり、それはときどきで違ったけれども、なにより甘かったのは汗ばんだ身体《からだ》を抱っこで連れ帰ってくれたことだろう。

ゲームクリアをすれば、いつだって必ず長い腕の甘い抱擁が待っていた。だから佳弥にとって、このささやかで幼いジンクス遊びのあとには、確実に「いいこと」が待っているというすり込みになり、いまだに覚悟を決めるときにはついそのくせが顔を出す。

(今日こそは晴紀よりさきに、元にいの顔見たかったのに……)

これも黄色いワーゲンのせいかと佳弥はため息をつき、晴紀とふたりっきりの部屋、間の持たない沈黙を持てあました。

だが、アンニュイな気分でいたのはほんの数秒だ。長い脚の奏《かな》でる、ゆっくりしたリズムの足音が聞こえ、ぎしぎしうるさいドアが開いたとたん、佳弥はぱっと振り向いた。

「……あれ？　来てたのか、佳弥」

「元にいっ」

どうやら近所に買い出しにでもいっていたのだろう。食料らしいもののつまった紙袋を片手に現れた元就は、佳弥をみとめて切れ長の目をなごませる。

やんわりした笑みを浮かべると、もとから端整な顔立ちがよりいっそう甘くなる。吸いこまれそうな真っ黒な目をじっと見ながら、佳弥は元就へと駆け寄った。

「――……ぶふっ」

だが案の定、明るくなった佳弥の気分に水を差すのは、晴紀だ。いかにも皮肉げに唇を歪めて噴きだした彼を横目に睨《にら》むと、切れ長の目をやんわり細められる。

「……なんですか？」

「いやいや、子犬ちゃんって感じだねえ。喜色満面ってこういう顔だよな」

いかにもガキくさい反応だと嘲《あざけ》るような声に、むっと佳弥は顔を歪めた。その小さな頭を叩《たた》き、晴紀の皮肉に苦笑した元就は宥《なだ》めるように言葉をつなぐ。

「こら、晴紀。失礼なことを言うな。……しまったな。佳弥が来るってわかってれば、ジュースでも買ってきたんだけど」

「え、いいよべつに……」

気にしなくても、と慌ててかぶりを振って、佳弥は背の高い彼を見あげた。

長身に纏うスーツはいつもどおり軽く着崩したものだ。長めのくせの強い髪は、じつは面倒で適当にしているだけだと佳弥は知っている。下手《へた》な容姿の人間ではただだらしないだけだろうけれど、元就がすればヘアサロンで計算した無造作スタイルに見えるから不思議だ。

「コーヒーしかないな。カフェオレくらいならできるけど、ちょっと待ってくれる？」

「あ、うん。ありがとう」

砂糖も入れるだろうと言われて、ちょっとためらいながら佳弥は頷《うなず》く。

佳弥の体格は、十八歳という年齢を鑑《かんが》みてもかなりきゃしゃである。この春の身体測定で身長はやっと一七二センチになったけれど、これ以上の伸びはもう期待できないだろう。

それに対して元就は、佳弥の身長プラス十五センチといったところだろうか。人混《ご》みの中では頭ひとつ飛び抜ける長身に長い手足、広々とした肩のラインからウエストまで、シルエットは細身だが、引き絞ったような無駄のない筋肉で覆《おお》われている。

（かっこいいなあ……）

無意識のまま、そのモデルめいたシルエットを眺めてうっとりしていた佳弥は頰のあたりに視線を感じてはっとする。

振り向けば晴紀がにやにやとしたまま、そのくせ観察でもするような顔でこちらを見てい

て、反射的に渋面を浮かべればさらに笑われた。

(なんだよもう……言いたいことあれば言えっつうの！)

なにかにつけて絡んでくる男を睨《ね》めつければ、役者じみた仕種で彼は肩を竦《すく》めた。

晴紀がどこまで元就と佳弥の関係を正確に把握しているのかわからないが、佳弥が元就を慕っているのはひと目見ればあきらかなのだろう。とにかく逐一《ちくいち》、いやらしく当てこするような言動を取る。

まるで邪魔なのはおまえだとでも言うような態度に、いったい何様だと思うのだ。

(元にいも、どういうつもりなんだろ)

なんだか悶々《もんもん》とした気分のままじっと元就を眺めていると、ふと長めの前髪に隠れていた擦過傷《さっかしょう》が目に止まった。

「……あれ？　元にい、ほっぺたどうしたの」

「え？　ああ。ちょっと転んでね」

ほお骨のあたりに怪我《けが》をしていることなど、よく見ればすぐにわかったはずだ。晴紀に突き回され、じつは今日まともに元就の顔を見ていなかったことに気づいて佳弥は唇を噛む。

「ちょっとって、ちょっとじゃないじゃん。なに――」

「……もーとなりー。俺のビールは？」

追及の言葉は、わざと会話に割りこむようにしてふらりと立ち上がった晴紀の声に途切れた。あからさまなそれも腹立たしいが、それ以上に佳弥がいらいらするのは晴紀の仕種だ。

「なー、腹減ったって。早く」

声をかけつつ、晴紀は元就の肩に顎《あご》を乗せる。逆の肩にはほっそりとした指を這《は》わせるようにしていて、それは友人同士の気やすいスキンシップというより、もう少し淫靡な感じのする触れ方だった。

(馴《な》れ馴《な》れしくすんなつうの……っ)

晴紀に関してもっとも佳弥が許せないのは、この元就への過剰な甘え方だ。

きゃしゃな印象は強いけれど晴紀はほどほど背が高く、また押し出しの強い美形なので、元就と並び立ってもひけを取らない。

やわらかな甘い色の髪がはらりと目元にこぼれて、妙な色気を醸《かも》しだした。くたりとした素材のプリントシャツは第三ボタンまではずされていて、だらしないと佳弥は眉をひそめそうになるけれども、怠惰な美貌《びぼう》には似合っていると認めざるを得ない。

そしてまた、あやうげな色香の強い晴紀を肩になつかせた元就というのが、絵になるだけによけい、不愉快なのだ。

「昼から飲むなっつうんだよ。ほら、とりあえずメシ」

元就はやきもきする佳弥に気づいた様子も、色気過剰な男にしなだれかかられたことを気にした様子もなく、あっさりと吐息混じりに告げて手にした紙袋の中身を押しつけた。

「ああっ、なんだよ。これマックじゃん。モスがいいって言ったのにぃ。菜摘食いたいよ」

　がさがさと中身を確認したとたん、晴紀はふてくされたように口を尖らせる。佳弥から見ればずいぶん大人であるはずなのに、そんな少年じみた仕種や表情が浮きあがらず、却《かえ》って晴紀の、猫のような気まぐれさを持つ、しなやかな美貌を際だたせるから不思議だ。

「わがまま垂れてんじゃないの。だいたい菜摘は店内オンリーメニューだろ。さっさと食え」

「いった!……なにすんだよもうっ」

　甘ったれるような晴紀に元就は嘆息し、ぺしっとその形いい頭を叩いた。その気やすい態度にも、そしてわざと拗《す》ねた顔を見せる晴紀にも、むかむかしたものを覚えてしまう。

　たとえば佳弥が同じ態度を取って元就がたしなめたなら、おそらく保護者と子ども以外のなにものにも見えないだろう。けれどこのふたりのやりとりには、なんだか妙な甘ったるい気配が漂って、どうにも落ち着かない気分になるからだ。

　元就の平然とした態度にほっとすると同時に、佳弥はひどく複雑になる。

（それに、元にい……こんなん、慣れてるんだよな）

　あしらいのうまい元就にも子どもじみた疎外感を覚え、口も挟めないまま佳弥が立ち竦んでいると、表情をやわらげた元就が手招いた。

「さっさと食っとけよ。……おいで佳弥、カフェオレ淹《い》れてあげるから」

「あ、うん」

ほっとして近づけば、背を向けた元就からは見えない位置で、晴紀がにやりと嫌味な笑みを浮かべる。その表情に、一連の仕種がわざとであると教えられ、佳弥の腹がかあっと熱くなった。

(むっかつく！)

この男は初対面から佳弥を「ぼうや」扱いしてくれて、まったくもって気に入らないが、なかでもとくに不愉快なのは、佳弥と元就に対するときの態度の落差だ。

皮肉っぽい表情や言動は共通していても、佳弥ひとりでいるときのそれはかなり毒が強い。

おまけにことあるごとに元就にじゃれついてみせて、こちらの反応をうかがうような真似《まね》をするから気分が悪くてしかたないのだ。

(なんなんだよ、やなかんじ……ほんとにこいつ、なんなのっ？)

晴紀にはいっそ「もう触るな、べたべたするな」と言ってやりたいけれど、元就があまりに平然としているもので、却ってそれもできないでいるのだ。自分ひとり熱くなっているのがばかばかしいし、それこそ晴紀に子どもと嘲笑《わら》われるのが目に見えている。

おまけに現時点で元就が晴紀に対し、どの程度自分のことを説明しているのかわからない以上——実際のところ、自分と元就の関係はあまり世間的には賛成されがたい自覚はあるので——下手な言動は取れずにいて、それがまたフラストレーションの種になる。

感情の持って行き場がなくて、ひとり悶々とするばかりだ。

だからいまできる精一杯で「いー」と晴紀に歯を剝いて見せれば、わざと下品に舌を出して応戦された。

元就は背中を向けたまま、静かに睨みあうふたりに気づいた様子もない。意外に聡《さと》い男のくせに、なんでこういうことには鈍感なのかと佳弥はこっそりため息をつく。

「……ねえ、あのひと、仕事してないの？　いっつもここでごろごろしてさ」

「ん？　いまはちょっと事情があって休んでるって言ったろ」

「まあ……聞いたけど……」

派手な衣服に派手な顔の晴紀は、ホストなどの商売系というか、夜の匂いをさせている。しかも名前しか名乗らないから、晴紀というのも源氏名《げんじな》っぽいなと思えてしまう。

まあそれでも、どんな職業であれ、きちんと職についているというのなら、水商売もいいだろう。真剣にお店を経営しているひとたちもいるだろうし、大人の娯楽施設はそれなりに需要があるから存在するのだと、十八にもなればさすがに理解はできる。

（でもさあ。事情がなかったところで、まともに働いてんの？）

基本的に生真面目《きまじめ》な佳弥は、ニートやフリーターと呼ばれる人種があまり好きではない。大人の難しい事情はよくわからないながら、長引く不況に就職からあぶれるひとがいるのはわかるけれど、日中から寝転がってばかりの晴紀の姿にはなんだか眉が寄ってしまう。

「でもさあ事情はこの際おいといて、なんで元にいが、あのひとのご飯とかまで用意してやってんの？　自分で行かせればいいじゃん。暇なんだし」

「……いろいろあって、外に出すわけにいかないんだ。晴紀も知り合いだけど一応は依頼人《クライアント》だし、その辺のケアも俺のお仕事だよ」

皮肉屋のあいつを気に入らないのはわかるけれどと苦笑され、ぷっと唇を尖らすほかにできない。ここしばらく繰り返しになっているやりとりのとおり、晴紀は依頼人であると同時に、どうやら元就の古い知り合いでもあるらしく、仕事の依頼相手にしては扱いや口調もぞんざいなのだが、それがいちばん気に入らないとはさすがに口にはできない。

「探偵って、こういう他人預かるようなお仕事まですんの？」

「ふつうはしないんだけどねえ。今回はイレギュラーかな」

やんわりとした笑みで、それ以上は追及しないでくれと訴えられれば、佳弥ももう言えることがない。のらくらした答えは答えになっておらず、これではいったいいつめどが立つやらわからないと思う。

なにより、晴紀がいなくなったところで、元就に時間が取れるかといえば怪しいものだ。

「またしばらく、仕事忙しい？」

「ああ、うん。ごめんな。引っ越しのごたごたで立てこんじゃって」

頭をくしゃくしゃと撫でられて、その甘やかす手つきに喜んでいいのか子ども扱いするなと怒ればいいのか複雑なまま、佳弥はむっと口をつぐんだ。

大人の逞《たくま》しさが滲む三十歳の元就の前では、佳弥はまだてんで子どもな自分を痛感するけれど、彼は「そのままでいいよ」といつもやさしく笑ってくれたから、いままでは引け目を感じずに済んでいた。

けれど最近妙に、つり合わない目線や年齢差を気にするのは、あきらかに晴紀のせいだ。

「……今度ゆっくり時間作るから。晴紀ももうしばらくはここにいないとまずいんだ。あんなやつだけど、言うことは気にしなくていいからな」

「いいけど……」

近ごろここを訪ねるたび複雑な気分になるのは、あの居候《いそうろう》が原因であるのは言うまでもない。だがそれを元就に言うのはわがままだと思うから、ごにょごにょと佳弥は口ごもった。

(じゃあ、あいつはいつ出てって、いなくなるの)

いっそ気持ちのままにそう問いつめてみたいけれど、おそらく元就自体もいつの時期とは答えられないことが、気配で察せられたからだ。

晴紀はもう三週間以上、この事務所に住み着いている。しかも、住居スペースである部屋に引っこむなりしてくれていればいいのに、いつも来客用のソファでごろごろと転がって、誰が来ようと自分のペースを崩そうとはしない。

おかげで晴紀の襲来からこっち、元就とふたりきりになれた試しがないのだ。

逆に佳弥と元就が部屋にこもりでもすれば、あからさまな揶揄を向けたり邪魔をしてくれるのは目に見えているし、佳弥もそこまで露骨な行動に出たいわけではない。

（邪魔ばっかするし……俺のこと、ばかにした顔で見るし、気に入らないけど）

でも元就はそれが晴紀なのだからと受け流しているばかりで、それも少しおもしろくない。

晴紀の言動のいっさいを咎《とが》めようとしない元就の態度も少し不安だ。事情はあるのだろうけれど、晴紀がいて事務所では会えないのだったら、外でもどこでも会いたいと思うのに、忙しいからといつでもやんわり躱《かわ》されてしまう。

最悪だとため息をついて、もう数週間触れていない大きな背中へ指を伸ばす。抱きつくことも触れることもできず、曖昧《あいまい》に彼の上着を摘《つま》むのが、いまできる佳弥の精一杯だ。


生まれたときからのお隣さんであり、また同性でもある年上の彼との関係が急速に変化したのは昨年の秋、佳弥が執拗なストーカーに狙《ねら》われたことに端を発する。

当初は校内でいくつか衣服やモノがなくなる程度のことで、佳弥はいたずらかタチの悪い嫌がらせかと思っていたし、めざとい友人の牧田貢《まきたみつぐ》が心配顔を浮かべるのにも、笑って取り合わなかった。

だがそれが次第にエスカレートし、犯人の偏執的な行動が目立ちはじめた。あげくにあとをつけられ、電車で痴漢に遭ったりと、あきらかに佳弥自身を性的な意味で狙っているぞというサインが、頻発するようになったのだ。

また佳弥は気づいていなかったが、紛失した私物はなにも学校内に限ったことではなかった。自宅からも下着をはじめとする衣類が徐々に消え、ついには盗聴器が仕掛けられたという事態まで発展した。

それらの事実を周囲の大人——母である梨沙や元就は、佳弥自身に告げるか否かと迷ったあげく、しばらくはこっそりと警護をすることに決めていたらしい。

衣類の紛失程度では、まだ警察に被害届を出すには難しい。しかも梨沙の下着が狙われたならともかく、少年である佳弥の衣服が数点ばかりとなれば、取り合ってもらえない可能性もある。そのため、完全にストーカーである確信が持てるまでは、それとなく佳弥をガードしつつ、相手の様子見をするつもりもあったと、のちに知った。

姿の見えない相手に怯《おび》え、混乱していた佳弥は、小さなころから慕っていた元就から、仕事で護《まも》られていたのだと知って、かなり落胆した。ストーキングされた事実以上にそれはショックで、自分でもどうしてというほどに怒りと哀しみを覚えたのだ。

そこでようやく、長年かまいつけられてきた年上の男に対して覚えるのが、どうしようもない恋心だと自覚した。いつでもやさしく、けれどどこか摑《つか》みどころのない元就に反抗したのも、すべて自分だけをかまってほしいからだった。

言えるはずもない、望みのない片思いだと思った。そうしてさらに元就を避け、逃げ回っていた佳弥だったが、口に出すのもおぞましい体液をなすった衣服をポストに入れられた瞬間、怯えに張りつめた神経がぷっつり切れてしまった。

泣いて叫んで飛び出したさき、現れたのは元就だ。恐慌状態に陥った佳弥をしっかりしろと抱きすくめ、あやすように背中を撫でてくれた。

——だいじょうぶ、怖くない。……俺がいるだろう？

ストーカーの恐怖に耐えかね、泣きじゃくった肩を強く抱かれて、そんなことまで囁かれてはもう、こらえきれるものではなかった。

もういっそきっぱりふってくれと勢い任せに告白した瞬間には、まさかそれが受け入れられると思ってなどいなかった。それどころかその晩行き着くところまで行ってしまい、どうしていいのかわからないまま早朝に部屋を抜け出して——間の悪いことに、そのまま佳弥はストーキングをしていた相手に摑まってしまったのだ。

犯人は、佳弥の高校の教師である鶴田《つるた》だった。盗聴と盗撮マニアでもあった男は学校でも家でも佳弥の動向に目を光らせていて、元就と触れあったことまでも知っていた。

逆上した鶴田は拘束され抵抗できない佳弥に暴力をくわえ、元就も殺すと言い放った。佳弥はその言動に青ざめたけれど、アパートに拉致《らち》されたことを突き止めた元就の切れたさまはすさまじく、返り討ちにあった鶴田は逮捕前に入院する羽目になった。

その後無事佳弥は救出され、また元就の友人であり現職の刑事でもある島田《しまだ》の協力もあって、事件はさほど大騒ぎになることはなかった。

しかしそこで問題になったのが、そのままストークされていた家に住み続ける危険性だ。

佳弥の父である里中佳枉《さとなかよしまさ》は外資系の会社に勤めており、数年前からその本社のあるシカゴに単身赴任していた。もともと梨沙と佳弥の母子がふたりきりでいる状態を案じていた父は、この事件のおかげで、もう少し治安のいい一軒家に引っ越しをしようと言い出したのだ。

気分的な問題もあり、事件の記憶の残るマンションは佳枉の知人の不動産屋を仲介して、なるべく早く処分してくれと頼んだ。その間にいくつもの物件を佳枉と梨沙で検討し、都内ではあるが、そこそこの広さを持った建て売り物件が見つかった。

ただし、一緒に暮らすはずだった父親のほうは事情が変わってしまった。本来この春から日本に戻って来る予定だったのだが、本社の新規プロジェクトとやらに駆り出されることとなり、結果佳枉はシカゴからロスに異動となってしまったのだ。

そのおかげで、いまもって梨沙と佳弥のふたり暮らしは変わらない。佳枉の希望で一戸建てになったけれど、新居である広い家がどこか寒々しく馴染《なじ》めないのは、ふたりでは持てあます広さのためだけではない。

佳弥にしても、気持ちの悪い思いもしたし、引っ越し自体はべつにかまわなかった。

ただ、生まれてこの方物理的に離れたことのなかった元就との関係は、恋人になったというだけではなく、それにより変化を迎えざるを得なくなったのだ。

（こんなんなら、またマンションでよかったのに）

どこにでもついていく、などと言ってくれた元就だったが、さすがにいままでのように隣に住むとはいかなかった。

もともと佳弥らの住んでいたマンションは賃貸ではない。既に築二十年近くなる中古物件、二軒続けての売り出し、しかも理由が理由では、買い取る相手もあまりいない。

また元就の住んでいた部屋は彼の父親の持ち物で、遺産でもあるそれを処分するには、元就の性格上、なかなか苦いものがあったようだ。

なによりいま佳弥が住まう閑静な高級住宅街は、探偵事務所の客が訪ねて来るにはあまり適した環境でもなかった。

おまけに、どうやらふたりの関係に感づいているらしい梨沙の前で、「また近所に引っ越しました」と言いきれるほど、佳弥も元就も厚顔にはなりきれなかったのだ。

結果、春休みを利用した引っ越しを、里中家が済ませたとほぼ同時に、元就は佳弥の自宅から一駅ほど離れたこの場所に小さな事務所を借り、そこを根城《ねじろ》にした。

一応はもとの住まいであるマンションから通いの形となるが、シャワーと仮眠室も備わっていたため、仕事の立てこんだときにはほとんど泊まりになっているらしい。

そこまでさせてしまって申し訳ないと思う佳弥に「むしろ繁華街に近くなったから、このほうが客足もいいんだ」と元就は笑うばかりだった。

――佳弥より大事なものは、なんにもないよ。

そんなふうにさらりと言ってくれるから、熱くなった顔がいつまでもひりひりしてつらくて、つい拗ねた顔を見せてしまう。そのくせ本当に嬉《うれ》しかったから、ふくれた顔をしつつも元就に甘えるように抱きついた、それが佳弥の精一杯だ。

そんなごたごたの間に進級して受験生になった佳弥だが、大学は結局付属のものに進むことに決めた。「無難高校」のゆるさに一時期は疑問を覚えたこともあったけれども、性格上がつがつと受験勉強に取り組めるタイプでもないし、具体的なビジョンもない。

ならばむしろ、せっかく親の与えてくれたモラトリアムの数年間で、このさきの自分を見据えてみたいと考えたのだ。

なにより、気持ちを通わせたばかりの元就との時間を、大事にしたかった。

生まれてこの方なつきまくり、思春期からの数年は反発するばかりでいた彼に、恋人として扱われるようになってまだ半年足らず。

高校生の交際期間としてはけっこうな日数だが、あまりに大きなハプニングや怒濤《どとう》の引っ越し騒ぎに、大学推薦を確定する進級テストというイベントにまみれて、季節はあっというまにすぎていく。

おかげで、元就と佳弥がそういう意味で触れあった回数は、片手にも満たないままだ。

ちら、とコーヒーを淹れる広い背中に目をやって、佳弥はため息を呑《の》みこんだ。

（せっかく、引っ越したのに……やっと、母さん気にしなくてすむのに）

できあがりたての恋人気分を味わおうと思っていた佳弥だが、計算外だったのは晴紀の出現だ。

かつて近距離すぎてむしろデートもままならなかった状況を鑑みると、学校帰りに元就の事務所に立ち寄れるいまは、比較的逢瀬《おうせ》も重ねやすい。この事務所を借りると決まったばかりのころはそう思ってひどく嬉しかったというのに、そのほぼ当初から晴紀はずっと居候。

とんだ誤算もあったものだ。

「……ん、どしたの」

むくれているのを気配で察したのだろう、ミルクをあたためていた元就が振り返り、佳弥を見下ろしてくる。どうしようかな、と逡巡《しゅんじゅん》したものの、やはり気になるものは気になるので、佳弥は素直に問いかけてみた。

「あのさ……あのひと、晴紀さん。……元にいのこと好きなの？」

「——は？　なにそれ」

本当にきょとんとした顔をしてみせる。この表情はごまかしや嘘《うそ》ではないのだろうかと、半ば疑いつつもほっとして、佳弥はさらに続けた。

「だってなんかすぐ、抱きついたり……それっぽいこと言う、じゃん」

「ああ。あれはもうあいつのくせみたいなもんだろう。職業病的なとこもあるし」

拗ねきった佳弥の声に苦笑して、それはないよとあっさり元就は首を振る。

「職業病？」

「ん、まあちょっとね。……まあでもタチの悪い冗談だから、気にしなくていいんだよ」

ほんとに？　と目顔で問えば、本当だと頷かれた。

少なくとも元就にはその気は全くないようだし、この場はとりあえず信用してもいいかなあと佳弥は口を尖らせる。

（……でも、それはおいといても、やっぱり邪魔されてんだよなー……）

百歩譲ってあの晴紀が、元就とはなんらそういう意味での関係がないのは信じるとしよう。しかし結局あの男のせいであろうがなかろうが、ふたりきりになる機会がないのも事実だ。

自営業の探偵相手に、デートしてくれとはなかなか言えないものだと最近佳弥は思い知っている。いつ何時仕事の状況が変わるかわからないし、突然顧客からの電話が入ることもあるからだ。

そして勤務時間も不規則で、いつ家に戻れるかもまったくわからない。こうなると隣の家に住んでいたころが懐かしくなるから、勝手なものだ。

だがそれを残念がっているのが自分ばかりのような気がするから、よけい気持ちが沈んでしまう。

(元にいもさー……なんか平気そうだし)

はじめてのエッチは佳弥が体当たりで泣きつき、二度目もほとんど同じような状態で抱いてもらった。だが、それ以後はキス止まりの関係のままだった。

あれはまだ引っ越し前、夜中に部屋を抜け出し元就の部屋に赴《おもむ》いた。どうやらそれで感づいた梨沙に、元就は釘《くぎ》を刺されてしまったらしい。だから年上で保護者気分の抜けない彼が、二の足を踏むのもわからなくはないのだが、佳弥としては物足りない。

(べ、べつにしたいばっかじゃないいんだけどさ……)

それにキスと言っても元就のそれは充分いやらしい方面に入るとは思うけれど――とひとりで佳弥は赤くなり、でもそれさえここしばらくはないのだと気づいて寂しくなった。

(でもそういうのもなんもなしって、やっぱり、恋人っぽくないよな)

会えば甘やかしてはくれるけれど、それでは小さなころからの関係となにも変わらない。距離が開いた上に一緒にいる時間もほとんどなく、そういう接触もないとなると、いったい自分は元就のなんなのだろうと埒《らち》もないことを考えてしまいそうになる。

(こんなん、考えたくないのに)

晴紀を見ていると、なんだか根っこの部分がずっとぐらぐらして、気持ちが悪い。

鶴田に拉致されたあの日、血まみれの腕で助けに来てくれた元就の気持ちを疑うことは、たぶん相当失礼なことだと思う。

——俺の佳弥にそれ以上なにかしたら、——殺す。

本気の顔で言いきって、そのあと島田の制止も聞かず、意識を失うまで鶴田を殴っていた彼の姿は、きっと一生忘れられない。

助けてくれて嬉しいというよりも、正直言えばあのときの元就は震えあがるほど怖かった。ぶっつりとなにかが切れてしまったように、暴力を止められなくなっていた彼の姿に、どうしていいのかわからなかったほどだ。

自分のせいであんなにも我を忘れたことはわかっている。だがそれほどに想われていると いうことは、まだ若い佳弥には戸惑いが強い。

それでも重さに耐えかねて逃げたいかと言われれば、即座に否と答えられるくらいには彼を好きだ。

(なのになんで、こんなつまんないことで俺、ぐらぐらすんだろう)

それもこれもあの居候のせいなのだと目を尖らせつつ、つんつんと上着を引いてみる。

この揺れる気持ちを止めてほしくて、わかりやすい手段で確かめようとした佳弥に、だが微妙に鈍いところもある男はきょとんとした顔を見せた。

「なに、なんかまだある?」

「ちがう……」

軽く首を傾《かし》げてくるので、ゆるんだネクタイをさらに引っぱり、むうっと眉を寄せた佳弥はかすかに顔を赤らめ、気配で察しろと口を尖らせた。

なにをしてほしいかまで言わなきゃだめなのか。いまさら訊いたら蹴って帰ってやる。そんな気分で見あげていれば、ようやく元就も気づいてくれたようだ。

「あー……、ああ。そっか」

拗ねきった顔の佳弥が大きな目で訴えると、すっと元就が身体の角度を変えた。そのまま大きな身体にぎゅっとされて、佳弥はようやく唇をゆるめる。

「……ん」

目を閉じて、こっそりキスをしてくれる元就の背中に腕を回した。ふにゃっとした感触は、元就のそれしか佳弥は知らない。

この給湯室は一応、来客用のスペースからは死角になるよう作られている。むろん本来の意図は来客に茶を淹れる様子を見せないためだが、こういうときはけっこういいなと思った。

軽い口づけをほどいたあとも笑みが止まらない。ふんわりとしたキスひとつで急浮上する自分の気持ちの現金さにおかしくなった。

「……どしたの？　佳弥」

ちょっと上目遣《うわめづか》いに視線をかわすと、かあっと顔が赤くなった。そのまま広い胸に顔を埋めて、佳弥はかなりご満悦だ。

「えへへ、……キスしてもらった。嬉しい」

「うっわなに。んーなかわいいこと言って、この子はまったく」

止まらなくなったらどうすんの、とぼやいた元就の手は、さきほどより腰を抱く力を強くした。

「ん、んう」

そのまままもう一度唇が重なり、ちょっとだけ試すように口の中を舐められて、見つめてくる目の色合いにぞくっとする。

(あ、えっちな目だ)

視線だけでその意味を知るなんて、少し前の佳弥には考えられなかった。ただ元就の毒気のような艶《つや》めく気配に当てられて、どこかいつも落ち着かず、だから憎まれ口を叩いていた。

いまなら、あのころの自分の動揺と不快さの意味がはっきりわかる。

こんな目でいつも見つめられていたら、落ち着かなくてあたりまえだ。無意識に興奮する身体を、情動を持てあますから、怒ってみせるしかできなかったのだろう。

(俺もたぶん、エッチな顔になってんだろうなあ……)

見つめられると肌が疼《うず》く。瞳が潤み、喉《のど》が渇いて、どこでもいいからキスしたくなる。

場合によってはそのさきも欲しくてしかたなくなり、けれどそれを自覚したところで、却って対処に困るのも本音だ。

「……もちょっといい？」

「うん……もっと」

囁くようにして問われ、頷くと舌を入れられた。んく、と小さく唸《うな》って身体を強《こわ》ばらせると、後頭部を大きな手のひらで包まれて奥までたっぷり舐められる。

元就しか知らないから比較することはできないが、たぶん上手なキスはこういうのだと思う。とろとろ舐められて溶けそうになって、指のさきまでじんじん痛くなる。

佳弥にいちから全部、快楽を教えたのは元就で、元就以外の唇も指もセックスも知らない。だから佳弥にとって、性的なイメージ、イコールこの幼馴染みに直結しているところがある。

おまけに相手がこの、元就だ。大して世知《せち》に長けているとも思えない佳弥でさえ気づくような、とろりとした蠱惑《こわく》を無意識レベルで身につけている男は、ある意味でははた迷惑な存在ともいえる。

彼自身はまったくそんなつもりもないらしいのに、触れ方も目線も艶《なま》めかしく甘い。見つめられるだけで、佳弥はいつでもぞくぞくして溶けそうになるのに、平気な顔で笑って躱されることも多いから、いつも少し怖くて、そして不安だ。

(俺でこんな感じになるんだもんな)

まだまだ恋愛やセックスについては初心者の佳弥でも、元就の醸し出す色気は強烈だと感じるのだ。それが駆け引きを学び、気配を察するのに長けた大人にとって、どう作用するのかなど、想像するまでもない。

ほかでしないで、誰も抱かないでとせがんだあの夜から、気持ちはまるで変わらない。慣れて安心するどころか、毎日どんどん不安になる。ことに晴紀のような——ある意味元就に、年齢も見た目もつり合う相手がそばにいるようでは、どうしたって落ち着かない。

「ふ……は」

長かったそれをほどくと、唇の周囲が濡《ぬ》れていた。長い指で拭《ぬぐ》われ、たったいま堪能されたばかりで赤い唇をふにふにいじられると、いっそこの指でもっと乱暴にされたくなる。

濡れそぼった目をする佳弥に、少しだけ困ったように年上の男はたしなめてきた。

「……佳弥、やだって言わないと」

「やじゃ、ないもん……」

こんな場所でまずいだろうと元就が笑ってごまかそうとするから、ちょっとだけ悔しい。ぺろりと唇を舐めたのは無意識だが、この中が渇くことを教えたのは誰だと言いたくなる。

(もっとキス、したいよ)

誘ったのはそもそも佳弥のほうだ。だから早く——もっと、と首を傾けた瞬間だった。

「——あのさーあ、いつまで茶ぁ淹れてんの？」

「だっ！」

「いひゃいっ」

見透かしたように、ソファで転がったままの晴紀が大声を張り上げる。覗きに来ないだけマシとも言えるが、タイミングがタイミングだっただけに、がちっと歯をぶつけてしまった。

情けなくお互い唇を押さえ、さすがに元就も眉をひそめる。だがその直後にため息をつき、できたてのカフェオレを佳弥に差し出してきた。

「あー……まあ、それ飲んだら、送っていくから」

「俺……邪魔？」

「じゃないよ。でもこれからまた客が来る。そのとき佳弥がいるとちょっと困るからね」

邪魔じゃないのになんで困るのかとむくれた佳弥は元就を睨む。その小さい耳を引っぱって、こっそりとずるい大人は囁いた。

「仕事どころじゃなくなるからね。誘惑しないで」

「ひゃ……っ」

長い指で耳のくぼみを悪戯《いたずら》され、そのままぺろりと耳朶《みみたぶ》を舐められる。思わずカップを取り落としそうになるけれど、如才ない元就の手がカフェオレをしっかりキープした。

「元にいっ」

「はは。また今度ゆっくりね、佳弥」

なにをどうゆっくりする気だと赤くなりつつ、これでその台詞《せりふ》は何度目だろうかと思う。

（今度っていつだよ）

そうしてまた気づけば躱されてしまった自分がいて、佳弥はこっそりと息をつくしかできないが、仕事であると言われればもう、それ以上食い下がれない。

（相談したいことも、あったんだけどな）

それはまた今度にするかと、ほどよい甘さのカフェオレを口にして佳弥は思う。

なんの用なのだと晴紀には当てこすられたが、ただ顔が見たいだけではないのだ。だが手短に終わる話ではなかったし、場合によればまた元就や梨沙に心配をかけることになるだろうと予測がつくだけに、おいそれとは口にできない。

「……こら、立ったまま飲まないの。あっちで座れ」

「はーい……」

行儀が悪いよとたしなめる元就に続いてのそのそと給湯室を出ると、そこには相変わらずぐだぐだとソファに横になった晴紀がいる。

テーブルの上は食べ散らかしたハンバーガーの包みが散乱していて、だらしないなあと佳弥が眉をひそめると同時に、元就が呆れた声を発した。

「……おい、おまえ食い終わったものくらい片づけろよ」

「えー、あとで」

「あとでって昨夜もそうやってほったらかしたろうが。ほら、ちゃんとやれ」

つけつけと言いながら、元就はだらりと伸びている細い脚をぱしりと叩いた。

「いちいち叩かなくたって聞こえますよ」

「言ったって聞かないからだろうが。ついでにそこどけ。佳弥が座れないだろ」

痛いなあ、と文句を言いつつ晴紀はちらりと佳弥を眺め、鼻先でふんと笑いながら元就の肩に手をかける。

「おいっ……」

「だるいー。元就、起こして？」

しなだれかかるような態度にぎょっとしたのは元就も佳弥も同時だ。

「おまえなあ、ふざけるのもいいかげんに」

「なあんでー？　俺と元就の仲じゃん。いまさらこんなの驚くことないでしょ」

両腕を首に回してぶら下がるようにした晴紀を持てあまし、元就はソファの背もたれに手をついた。その構図のいかがわしさときたらなく、怒りのあまり自分の顔色が赤黒くなるのを佳弥は感じたが、晴紀は婉然《えんぜん》と笑ってみせる。

「あれ、なに。それとも子どもには刺激強い？」

露骨に煽《あお》られて、いっそ触るなと突き飛ばしてやりたくなった。だが、そうまでされてもただ呆れたようにため息をつくだけの元就の前で、自分ひとり熱くなっているのはおかしいのかとも思う。

(でも、これはいくらなんでもないだろっ⁉)

さすがに許せる範疇《はんちゅう》を超えている。佳弥が怒りのあまり言葉を失い、冴えきった頭で目を据わらせていると、さしもの元就もいささか荒い声を出した。

「晴紀……おまえもう、たいがいにしろっ」

「あれえ？　元就ったら、俺にそんな口きいていいんだ。……ふーん」

「……っ」

だが、意味深に笑った晴紀の声に一瞬、元就は喉をつまらせた。その反応にはどうにもいやなものを感じてしまい、佳弥はもう怒りをこらえきれなくなる。

「——……俺、帰る！」

どかん、と手にしたカップを乱暴に机に置くと、まだ口をつけたばかりだったカフェオレが跳ね飛んだ。あまりの剣幕に、ようやく晴紀のしなやかな腕を振りほどいた元就が慌てて追いかけてくる。

「え、ちょっ、佳弥？　送るけど」

「いらない、ＭＴＢだから。勝手に帰る」

肩にかけられた手を乱暴に払って、ずかずかと玄関に向かった。

「元にいはお客様の相手でもしてればっ」

「ちょっとおい、佳弥……勘弁してくれよ」

ぎろっと頭上の男を睨めば心底困ったように眉を下げていた。だが、あんたが困ってどうするかと佳弥はよけいに不愉快になる。

（なんなの、その顔）

ことあるごとに秘密の匂いをまき散らし、元就にべたついてみせる晴紀も不快だが、それをきっぱりはねつけられない元就にも、実際腹は立っているのだ。

いったいどういうつもりなのか、この状況をどうする気なのか——と問いつめてやろうと口を開いた佳弥の耳に、軽薄で耳障りな晴紀の声が聞こえた。

「夜道は気をつけてねボクちゃん。いい子で帰りな、ばいばーい」

「……さよーならっ！」

それでも挨拶をするのは、また皮肉を言われるのがいやだったからだ。変なところで律儀な自分にも嫌気がさしつつ、佳弥は鼻息も荒く背を向けた。

「おい、佳弥……！」

追ってきた元就の鼻先で、力いっぱい立て付けの悪いドアを閉める。もしかしたらあの高い鼻にぶつかってしまったかもしれないが、もう知ったことかと思う。

（ああもう、むかつく……っ）

びりびりとした振動を残して閉じられたドアから、『窪塚探偵事務所』の紙が剝《は》がれた。ドアに残るのは『飯干晴夫税理士事務所』の白い抜き文字。情けなくへろへろするそれを睨みつけたのち、直しもせずに佳弥はそのまま駆けだした。

外に出れば既にあたりはとっぷりと暗い。この春、進級と同時に母が新しく買ってくれた携帯の時計表示を見れば、既に七時を回っていた。

ほんの数時間前まで賑《にぎ》やかだった商店街もすっかり静けさを増して、数軒を残して早くも店じまいをすませている。もとより街自体が寂《さび》れているだけに、その寒々しさはいや増して、一瞬で頭の冷えた佳弥は少しだけ身震いをした。

（……怖くなんか、ない）

本当はいまでもときどき、背後からの音に怯えてしまうことがある。それがあの、鶴田の事件が佳弥に残した後遺症で、もっとも大きなものだろう。

元就がことさら送るからと念押ししたのも、数時間とはいえ拉致監禁された経験のある自分を案じてのことだとはわかっている。

だがいつまでも怯えたいわけはないし、ふりだけでも気丈にしていたいのだ。一度、自分の中の恐怖に負けてはきっと、自由に外を歩けなくなる。

（大丈夫。鶴田はいない。あんなこと滅多にない。だから平気）

何度も自分に言い聞かせ、切れかかった街灯の下に止めてあったＭＴＢにまたがった。

三年大事に乗った愛車で駆け抜ければ、誰も佳弥を捕まえられない。あのときは腰が――しつこく甘ったるかった元就のおかげでどうしようもなく痛くて、自転車に乗ることなど無理だった。それで徒歩で家を出たから、あんなにあっさり殴られたのだ。

「……やっぱあれ、元にいのせいじゃんかよ」

本人が気にするのでけっして言えはしないし、佳弥自身そんなことを思ってもいないけれど、悪態でもつかなければやってはいられない。

誰がいちばんあの事件を過去にできずにいるかと言えばそれは佳弥より元就なのだ。気にしすぎて——それでろくに手も出してこないのではないかと思うくらいに。

元就はやっぱり鶴田に触られたんじゃないかと疑っているのか、それとも罪悪感が、キス以上の行為に踏みきらせないのか。

——誘惑しないで。

ああして笑ってごまかして、本当はもう、気持ちが離れたんじゃないか。

晴紀の件にしても、あれでふたりきりにならずに済むと——都合よく思われていたらせつないなどと、疑いだしたらきりがない。

（考えるな）

ペダルを踏む脚に力を入れて、大通りへと急いだ。背後を振り返りたいような誘惑にかられても、けっしてうしろを見たりしない。

たとえこの数日、誰かに尾行されているような気配がしても、それもきっと全部、考えすぎの妄想なのだと佳弥は唇を噛みしめる。

（気のせい、気のせい）

誰かの執拗な視線を確認したくなくてそう思いこんでいることには、薄々気づいていた。もしかしたら自分に向けられているかもしれない悪意や、濃すぎる情念をふたたび目の当たりにして、それを乗り越えられる自信はまだ、佳弥にはない。

知らないふりでやりすごすにも、限界はあった。いまも背中がぞくぞくして、まだ汗をかくような季節でもないのに背中がひんやり湿っている。

本当はそれをこそ元就に相談したかった。けれどあの嫌味ったらしい男の前でこんな話をしてしまえば、絶対に言われることは想像がつく。

――なあんだ。ボクちゃんは暗いところが怖いんだねえ？

そうしてあの、艶やかで色っぽいけれど毒気の強い美貌で、嘲るように笑うに違いない。

「くっそ……晴紀のあほーっ、元にいの、ばかー！」

ぐわっと胃の奥が熱くなり、つかの間佳弥は恐怖を忘れた。そうして死ぬほどＭＴＢを飛ばすと、ふだんかかる時間よりも十五分も早く家についてしまい、純粋な怒りのパワーというのがどれほどの底力を発するものかを、思い知ったのだ。

＊　　＊　　＊

佳弥の通う武楠高校の近くには、カフェレストランが多い。そろそろ廃《すた》れ気味とも言われるけれど、近年のカフェ流行《はや》りの影響か、セルフサービスのカフェチェーンから本格的なオーナーショップまでさまざまだ。

近隣にはいくつもの高校や大学があるため、その学生らをターゲットにしてそこそこ繁盛しているようだ。むろんのことファーストフード店もてんこもりであるのだが、昨今のおしゃれな学生達は腹を満たすだけではなく雰囲気も楽しみたいのだろう。

「俺らの十代ってのは質より量の胃袋だったもんだがなあ……」

喫煙スペースであるテラス席。遠い目で呟く島田栄一郎《えいいちろう》は、少しばかり居心地悪そうに長い脚を組み替え、エスプレッソをすすった。

「ピタパンのおしゃれヘルシーサンドイッチで充分なのか？　いまどきの若者は」

食い足りん、と呟きつつそのおしゃれサンドイッチをものの三口で食べ終えた刑事に対し、向かいの席に座る佳弥は山ほどガムシロップとミルクを入れたアイスコーヒーをすすりながら、ふくれっつらのまま冷え冷えとした声を発する。

「いつのこと思い出してんのさ。ジュラ紀？」

「おいおい。俺どころか人類が誕生してねーべよ、それは」

久しぶりに会ったというのに、のっけからこの態度の悪さはよくないと自覚はしていたが、その不機嫌な顔を眺めた島田は、怒るでもなくしみじみと呟いた。

「しかしこりゃ。また見事にぶんむくれてるなあ。かーいい顔が台無しだぞ、よっしー」

「だからよっしー言うなっつの。もとからこういう顔ですー」

わしわしと頭を撫でられ、佳弥はいかにも鬱陶《うっとう》しいとそれを振り払う。

三十二歳のこの男は元就と年齢はふたつしか変わらず、濃い顔立ちは好みによるだろうが、ハンサムと言えなくもない。だが、端整な元就に比べて妙に老けて見えるのは、このふてぶてしいような態度の大きさと、オヤジくさい言動のせいだ。

眉にしろ目元にしろとにかく濃いいパーツを持った男はにやにやと笑い、肉厚の唇にくわえた煙草を上下に振る。

「なんだよ、相談あるっつーからわざわざ来てやったのに」

「……ご足労さまでございましたね。すみませんね。かわいくなくてね」

「いやほんとにかわいくないよ？　おまえ」

慇懃《いんぎん》な言葉を発した佳弥の小さな頭を小突き倒して、島田はふと口調を改めた。

「つうか、どうした。おまえが俺に相談なんてめずらしい。窪塚には言えない話か？」

いまいちばん思い出したくない相手の名前を口にされ、佳弥はぐうっと声を低めた。

「うっさいよ。元にいなんか、どうでもいいよ。……もう、あんなやつ知らねーもん」

「おう？　よっしーはまたも反抗期か。ご機嫌斜めだなあ、ほんとに」

表情も険しくなった佳弥に対し「地雷踏んだか」と島田はからりと笑う。なにを気にした様子もないその反応にふてくされるのも疲れてしまって、佳弥は深々とため息をついた。

（のれんに腕押し……）

島田は動じることのない男で、とにかくなにをどう言おうと大概は、このからからとした笑いで終わりにしてしまう。むろんそのくらい神経が太くなければ、犯罪都市東京で、刑事などという職業をやっていられないのだろう。

「ま、知らないことにされた男はおいといて。……まじめな話、なにがあった？」

おまけにやたらと勘もいい。まあ実際のところ、しょっちゅうからかってくる島田に相談があるなどと言う時点で、なにかあったと察するのはたやすいだろうけれど。

「んー。……まだわかんないけど、刑事さんに言ったほうがいいかもなー、と思って」

「そりゃまた剣呑《けんのん》な切り出しだな。そんで刑事さんの出番はありそうなのか」

ふざけた態度を改めて問いかけてくるから、佳弥ももう一度ため息をついて頷いた。

「まだそこまでないと思うけど……最近なんか、あとつけられてる気がする」

沈んだ声に、一瞬だけ島田はその濃い眉を寄せた。その後、くわえただけで火をつけることもないままだった煙草をライターで燻《いぶ》し、深く煙を吸いつける。

「――気のせいじゃなく？」

「気のせいじゃなく。……俺も、勘違いだと思ってたんだけど、違うかもって」

表情こそさほど変わらない鷹揚《おうよう》なものだが、目の色があきらかに違う。無言で促してくる視線に力をもらいながら、佳弥は些細《ささい》な違和感をぽつぽつと語った。

「帰り道とか、視線感じるんだ。で、もしかすっと前の、ほら。あれ。あのせいで神経質になってんのかと思ったんだけど」

「ふむ。『けど』違うと判断するに至るなにかがあったわけか」

当初は、過去の鶴田のことに過敏になって、気にしすぎているのだろうかと取り合わずにいたのだ。だが数日経つとその気配は消えていて、なんとなく薄気味悪い思いをしたものの、やはり勘違いかと胸を撫で下ろしていた。

だが、そう楽観視もできないと知ったのは、親友が「おまえ大丈夫なのか」と苦い顔で告げてきたからだ。

「んと……昨日なんだけど、牧田が通学路で変なオッサン見かけたって」

「変なオッサン。まあそろそろあったかくなってきたしなあ」

「……コートの前開けてるタイプじゃないよ」

「ノってくれてありがとうよ。で、具体的には、そのオッサンはどういう行動に出た」

茶化すような言動は、佳弥が緊張しすぎないようにとの配慮だろう。以前にはこのふざけた態度が癇《かん》に障った島田だったけれど、それが彼独特の気遣いなのだと、鶴田の事件以来佳弥は知っている。

「えと、なんか、俺のこと聞いてまわってたって」

「うーん……どんな？」

「里中佳弥って子は、この高校にいるかって。あと、どんな子なんだって。どうも、顔も知らないらしかったんだけど……よりによって牧田に『知ってたら写真撮ってくれ』とか言ったもんで、ちょっと凄《すご》んだらすぐ逃げたみたいで」

「あれま……そりゃまた」

そこで佳弥が思わず笑ってしまったのは、相手にも少しの気の毒さを覚えたからだ。島田も微妙に唇を歪めたのは、さすがに不審人物にもそして牧田にも悪いと思ったからだろう。

バスケット部部長でありエースである牧田は、この春ついに身長が一九〇センチを超えた。おおらかで気のいいやつだが、顔はけっこうワイルド系で強面《こわもて》と見られがちだ。

スポーツで鍛えまくった桁外《けたはず》れの長身に頭上から見下ろされると、慣れた佳弥でもときどき腰が引けてしまう。そのうえ、鶴田の事件以来あの友人は佳弥に対してけっこう過保護で、妙なヤツがいればすぐに言えと息巻いてくれている。

「そんなんで、特にディープな質問はしてこなかったっていうか、する前に逃げてったたって」

「うーん？　そりゃまたなんだかお粗末な感じだな。どんなやつだって？　歳とか背格好、聞いたか」

ずいぶん素人くさい感じだ、と島田は首をひねり、問いかけてくる。

「中年の……四十か五十くらいのオッサンだとか言ってたかなあ。身長は俺くらいだって」

「うーん、歳は当てになんねえなあ……おまえらくらいじゃ、俺もオッサンの部類だろ？」

そうかも、と頷くと頭をはたかれた。痛いよと手でさすりつつ、佳弥は舌を出す。

「だって……しょぼいスーツ着てるとみんな変わらないんだもん。わかんねえもん」

「あーねー、おしゃれ高校生からすりゃあ、どぶネズミでございますよねー。吊《つる》しのスーツのオッサンはねー」

けっと眉間《みけん》に皺《しわ》を寄せて吐き捨てる島田に、そこまで言ってないだろうと佳弥はふくれる。

「ともかく、なんだかわかんないんだけど気持ち悪いから、相談だけしとこうと思って」

「うん。まあ賢明だな。なんかほかにわかったら言ってくれ」

「……はあい」

神妙に告げた佳弥に、島田は子どもを褒《ほ》めるような口調でさっき叩いた頭を撫でた。

さきの鶴田の事件では、佳弥が異変をたいしたことないと決めつけていたため、あんな大事にまで至ったのだ。以来、どんな些細なことでも気になるようなら教えろと、この刑事は親身になって言ってくれている。

「うーん。一応、牧田くんにもまた事情聞いておくかな」

鶴田の件のおかげで、島田は牧田とも面識がある。学校内での連続した紛失事件についての詳細を、しっかりもののエースに質問したことがあるからだ。頷きかけ、あることを思い出した佳弥は慌てて手を振ってみせた。

「あっ、そうそう。あのさ、牧田、こないだ携帯買い換えたから番号違ってるよ」

だからかけても通じないと補足すると、島田は濃い眉をおおげさに跳ねあげた。メールで番号変更の通知はしたらしいのだが、島田の手にしている携帯は電話オンリーのシンプル機能のものでメールは通じず、機会があれば伝えておいてくれと牧田に伝言を頼まれていたのだ。

「買い換えた？　なんだ、壊れたのか」

「ううん。新型かっこいいからだって。機種変更しただけ」

「機種変って……あれも金かかるじゃないかよ」

それはまた贅沢《ぜいたく》なことだと鼻白んだ顔をした刑事に、佳弥も同意した。

「電話なんか話せればいいじゃんね。まあでも、うちのかーさんもそういうとこあるけど」

「梨沙ママがぁ？　なんだ、ママさんもけっこう新しいもん好き？」

「うん。春先にこの型がかっこいいから買ってあげるって、俺の携帯もチェンジされた」

基本的にあまりパソコンやこの手の機器に興味のない佳弥は、友人や母の薦《すす》めがない限り新しいものを購入しようとは思わない。

「俺、だいたい携帯とか好きじゃないんだよね……なんか都合関係なく呼ばれる気がして」

「まあなあ。俺も嫌いだ」

「でもさ、あんたは仕事で必要じゃんか。俺、用があれば顔見て言うほうがいいもん」

そもそもがあまり学校外に知り合いはおらず、友人はといえば毎日顔を合わせる同級生の面子《メンツ》に限定されるため、必要がないのだ。

だから携帯など滅多に使うこともなく、まだいまのものが使えるし、いらないと言ったのだが、梨沙がどうしてもと勧めるので買い換えたのだ。

「よっしーはネットとかメールとかやんねえのか？」

「ちまちま打ちこむの嫌い。ネットも携帯じゃ画面ちっさいし、使い方よくわかんない」

「だよなーっ！　あれいらいらすんだよ！」

そこだけは気が合うと、携帯のメール機能さえ排除している刑事と硬く握手をする。

「なんでこれなのって理由聞いたら『速そうだから』だって。意味わかんなくない？」

これ、と取りだした佳弥の携帯はやや近未来ふうのデザインモデルで、流線型の赤いボディとパーツはちょっと見スポーツカーのような印象がある。なるほどと頷きながら島田は小さく噴きだした。

「あー……まあ言わんとするところはわかるな。梨沙ママの言語センスはたまらんけど」

「だろ。そんなにほしけりゃ自分で使えばって言ったんだけど、家の中にいて使わないからって、俺にって──」

「ふうん……」

呆れたような佳弥の声に相づちは打つのだが、島田は妙にしげしげと型番シールの貼られた側面を眺めていた。妙にその検分が長くて、佳弥は少し気になった。

「……なに？　なんかある？」

「いや、……俺が知ってた電話っていうものと、どんどん変わっていくもんだなとね」

だが、島田のそれにたいした意味はなかったらしい。またジュラ紀時代に思いを馳《は》せるような発言をしたのち、「おいといて」と彼は口調を改めた。

「ま、ともかく。牧田くんには都合のいいときにでも、俺に電話くれるように言っておいてくれ。俺のほうは変わってねえから」

「あ、うん。わかった」

「あと近辺の交番に軽く話ふっといたるわ。変な男が出没してるって」

「……ごめん、ありがとう」

いまのところ状況的には、なんら変化はない。この程度で刑事の島田が動くわけにいかないのもわかっているし、無理だとひとこと突っぱねてもかまわないのに、わざわざ呼び出しに応じて気にかけてくれるという言葉に、佳弥は素直に頭を下げた。

それに対し、にやりと笑うだけで島田はなにも言わない。ただ、下げた頭の上に大きく肉厚な手のひらを置いて、問いかけてきた。

「けどおまえ。このくらいなら窪塚に言えばよかったんじゃないのか？」

痛いところを突かれて、一瞬佳弥は押し黙る。しかし隠しているほどのことでもないかと、あきらめのため息をついて重たい手のひらをはね除《の》けた。

「……ていうか、言うタイミングが摑めないんで、あきらめた」

「あきらめた？」

「いっつもあそこ、ひとがいるから。こんなややこしい話、したくない」

晴紀に当てつけられたあの日以来、ばったりと佳弥は元就の事務所に顔を出さなくなった。そして彼からの連絡はきれいに無視してあげている。電話にメールに梨沙への伝言、そのすべからくを、言葉を聞く前にシャットアウトしていた。

「ああ。なるほど……まだいんのか、晴紀」

その態度のすべてが、あの日情けなくも晴紀を振り払えなかった元就への抗議であるのは言うまでもない。しかし佳弥が顔を出さないとなればあの男と元就がふたりきりの状態になるのもいやだ。矛盾した行動を取りつつ、どうしようもない不安からは免れない。

「晴紀、知ってんの？」

「まあね。一応は。なんだ、嫌味でもかまされたか？」

おもしろそうにちらりと佳弥を流し見た様子から察するに、晴紀自身をもこの男は知っているのだろう。むうっと口を尖らせたまま頷くと、大きな口でにやにやと笑う。

「なあ……あいつ、なんなの？」

「なにって、依頼人だろ、一応は」

島田の言ったように元就へと、この件を相談できなかったのは、晴紀が相変わらず図々《ずうずう》しく元就の居場所にのさばっているせいだ。

「じゃなくてさあ！　あんなに長い間、事務所に泊まりこんで、いったいいつまでいる気なんだ？」

晴紀が居候して、来週にはそろそろ二ヶ月近くなる。いくらなんでもゴールデンウイークまでにはいなくなるのではないかと思っていたのだが、既に五月はもう目の前。

「俺そんなことまでしてる元にい、見たことないんだけど」

かつて十七年間も隣家にいただけに、あれが前例のないことだということは知り尽くしている。それどころか、元就は自宅に招く友人といえばこの島田を除けばろくにいなかったということも、晴紀の出現で却って佳弥は気づいたのだ。

「仕事にはなんでも例外ってもんがあんだよ。特に、窪塚みたいな何でも屋系の探偵じゃあなあ。実入りの問題もあるし、泊めてくれって頼まれれば、断る理由もない限りは無理だろ」

「だって……」

あんなに日がな一日べったりとして、仕事の邪魔にならないのか。もっともらしいことを言おうとした佳弥は、だが自分のそれがただのこじつけでしかないと気づいてやめた。

しゅんとうなだれて黙りこめば、島田はやっていられないというようにため息をついて、苦笑混じりにこう告げる。

「まあ一応、友人としてフォローしといてやっけど、あいつが泊まるようになってからは、窪塚は前のマンションで寝起きしてるぞ」

「ほんとっ？」

「おまえまあ正直な反応で……、っ」

思わずぱっと顔をあげると、島田は噴きだしたせいで煙草の煙にむせこんだ。けんけんと咳《せ》きこみながらも喉奥で笑われ、佳弥は眉間に皺を寄せる。

「……なあ。まじめに、あいつって元にいの、なに？　なんでいつまでもいるの？」

笑うなら笑えばいいだろうと拗ねつつ、佳弥は再度問いかけた。知っているのだろうと上目に問えば、さすがにごまかされてはくれないかと島田は唸った。

「あー……うーん。窪塚はなんつってんの」

「昔の知り合いで、いまは依頼人って……」

つまり詳細なことはいっさい口にしていないということだ。

「そうねえ。あいつが言ってないことを、俺が言うのもなあ……」

笑いをほどいた島田は煙草をもみ消し、ふむ、と首を傾げる。その様子からやはり、彼は細かい事情を知ってはいるようだと佳弥は察した。

「あれってさあ、なんなの？　なんかややこしい事件でも起きてんの？　それでかくまってるとか？」

「んーまあ、ややこしいっちゃあ、この上なくややこしい」

悩むようなそぶりで眉を寄せたまま呟いた島田は、曖昧なことを告げて新しい煙草に火をつけた。その微妙な反応に、よけい胸がざわざわしてしまう。

「なあってば、はっきり教えてくれよ！　俺、すんごい気持ち悪いんだけど！」

佳弥相手では適当に煙に巻くくらいのことができるはずの島田が、ごまかすでもなくまじめな顔で口を濁している。それこそがもっとも腑《ふ》に落ちなくて詰め寄るように顔を近づけると、島田は深く煙を吸ったのち、口に貯めたそれをゆるゆると吐きながら声を発した。

「つうか、なんでそんな晴紀が気になるんだ？」

「なんでって……」

「微妙に俺的にも複雑だが、窪塚がおまえにマジ惚《ぼ》れのグダグダなのは見てりゃわかるし、いま現在、あいつが浮気してるなんて、思っちゃないだろ？　佳弥も」

「……グダグダかどうかは知らないけど、まあ……」

よっしーともよっちゃんとも呼びかけてこないことで、彼がまじめに話していることを知る。抑揚のない冷静な声に少しだけ佳弥も頭を冷やし、浮かしかけた腰を落とした。

「なんていうか、晴紀って、いつも寝てるか食ってるかしかしてないし、何者なのかもよくわかんないんだ。元にいも、あいつほっといて外に出てっちゃってるみたいだし、なんの依頼かも教えてくんないし……なんか、わかんないけどいらいらする」

「つったって、一から十まで説明する義務もないだろうよ窪塚も」

「そうだけど！……わかってるんだけど、それは」

どういう事情なのかもわからない、知り合いと言われても納得しきれない。ただ、本来はそれを佳弥に説明する義理などないことも、頭では理解している。

だがそれならそうときっぱり、距離を作ってくれればいいのにと思うのは勝手だろうか。

「仕事でさ、言えないんならしょうがないんだ。でもなんか、……いつもごまかすんだ」

「ごまかすって、窪塚がか？」

「うん。なんか気にしなくていいとか、悪いなとか言う。それが気持ち悪い」

いつものように、「ここからさきは守秘義務だから」とたしなめてくれればいいのだ。だがどうにも元就自体が曖昧で、それも理由のわからない不安を煽る。

「ほんとに仕事だったら元にい、そもそも俺にそんなこと、言わせないようにすると思う」

「……おお。ただベタ甘なんじゃあないのか。意外ときちんと線引いてるなあ」

「そこまで俺も元にいもばかじゃないのっ」

感心したようなふりで茶化す島田も、本当はわかっているのだろう。元就はちゃらちゃらとして見えるけれど、仕事については誰より真摯《しんし》だし、まずいときはきちんとラインを示してくる。そうしたら黙って引くだけの分別はあるつもりだ。子どもの好奇心で首を突っこんでいいことと、そうじゃないことがあるのはちゃんと佳弥もわかっている。

ただときおり事情を知らずにいるからこそ、まずい部分に触れそうになることもある。そうしたときには、やんわりとした言葉で、だがこれ以上は踏みこむなというように、元就は詮索《せんさく》をストップするように伝えてくる——いつもならば。

でも、だからこそあのプライベートもなにもかも、それこそグダグダな態度の晴紀が、あの異分子がどうしても解せないのだ。

(晴紀ってあんたのなに。どうしてここにずっといるの。なんで抱きつかれて平気なの)

初手で聞きそびれたことは数ヶ月経ってもグレーのままだ。

もしも本当に晴紀の件が問題なら、事務所に来るなと最初に釘を刺せばいいだけのことなのに、それさえしようとしないから、よけいわからない。

なによりああまで元就のテリトリーに入りこんだ他人ははじめてで、不快感を覚えているのが、ありとあらゆる意味を含んだ嫉妬心《しっとしん》と独占欲からだとわかってもいる。

だからよけいに、元就にははっきりと問うことはできなくて、島田に訊く自分はちょっと卑怯《ひきょう》だ。

「ただ……こういうのずるいのかな、って思うけど、でも」

「ずるいっておまえが？」

「うん。だって元にいに訊けないから、裏であんたに訊いてる。これカンニングだもん」

正攻法ではないのがわかっていたから、いっそ島田に叱ってもらえればあきらめがつくと思っていたのかもしれない。甘えきった自分の声にもうんざりしながら佳弥がうつむくと、目の前の刑事は少し予想と違うことを言った。

「んー……なあ、佳弥」

「なに？」

いっさいを咎める様子もないまま、彼は佳弥に、逆に質問をしてきた。

「おまえ、窪塚が思ってるような男じゃなかったら、どうする」

「……え、なに？　突然」

「いいから。答え次第で俺の言えることは変わってくる」

意味深な質問に胸を騒がせながら、どういう意味なのだと戸惑った。そして、一見は関係なく思えるこの質問こそが、佳弥が知りたかった答えにつながっているようだと気づくのは、島田の視線がまっすぐに佳弥を捉《とら》えているからだ。

「どうするって……どう、ってのがまず、想像つかないんだけど」

もう少し具体的に言ってくれないかと告げれば、島田は厚い唇を結んだ。一瞬だけ強い視線が揺らぎ、なにか言葉を選んでいる顔だなと佳弥は思う。

「じゃあ、ちょっと戻って。たとえば晴紀の件にしても、おまえ、それが求めた答えじゃなくても、知りたいか？」

「求めた……って、どういう意味？」

「知らせたくないから教えないってこともあるって、わかるだろう」

言われてふと思い出したのは、まだ中学生の自分だ。元就に警察を辞めた理由を問いつめたとき、笑ってはぐらかすばかりの彼に腹を立て、ついには数年まともに口をきかずにいた。

元就が警察を辞めたのはいまからさかのぼること五年前。佳弥が中学一年、元就が二十五歳のときだ。当時はよくわかっていなかったのだが、あの年かさの幼馴染みは準キャリアと呼ばれる種類の立場にいて、退職時は警部補になる直前、という状態であったらしい。

国家一種試験突破のキャリアほどではないにせよ、そのまま進めば順当に昇進していける立場にあっただろうと呟いたのは、元就の古い友人でもある目の前の男だった。

——俺なんかは大卒っつってもノンキャリアだけどさー。アレは一応、かなりの上を目指せる勢いだったんだけどねえ。

もったいないことだと首を振ったあれはかなり本気の呟きだっただろうけれど、元就としてはそんなことはどうでもよかったらしい。

——いい子やって優等生やって、正義の味方のお巡りさんになって。……誰に強制されたわけでもないのに、どうして俺は型どおりの行動ばっかり選んでるのか、わかんなくなった。

苦々しげに呟いた元就の言葉を、島田ももしかすると聞いたことがあるのだろうか。あるいは長いつきあいの友人だけに、言葉ではなくとも知っているのかもしれない。

そんなふうに、オープンに見えて案外と内にこもるタイプの元就だから、取り扱いがやっかいなのだ。へろへろと笑っているからといって安心すると、とんでもない行動に出たりもする。

そしてそれは大抵、佳弥のためを思っての行動でもある。先回りをしすぎて却ってこちらが腹を立てることまでは計算外のあたり、元就もまだ甘いけれど。

「それから、言ってしまっておまえがそれを理解できるか、許容しきれるかも、難しいところかもしれない事柄だとしたら、それはやっぱり口にするのはためらうよ」

そんな過保護なことを言い出すあたりは、島田もやっぱりある意味、元就に似たところがあるんだろうかと佳弥は思い、少しだけ歯がゆく、同時にくすぐったくなった。

たぶん周囲に、とても大事にされているのだろうと感じる。それはありがたくもあるが、そんなに甘やかさなくてもいいのだと言いたいこともある。

「教えたくないのは、元にい？　それとも島田？」

「……おいおい、目上には『さん』をつけなさいって言ってるべ、よっしー？」

「じゃあ、島田さん。質問変えるね」

無表情を装う彼の意図はわからなかったが、どうやらなにかを試されているのだろうと佳弥は感じ、ふっと息をついて答える。

「言いたくないのは誰でもいいけど、……それは、聞いたら俺が傷つくから？」

「傷つくかもしれないし、そうじゃないかもしれない」

うまいようで微妙な答えだなと思う。そこで肯定してしまえば、島田の握っているカードがジョーカーだと教えるようなものだから、選択肢を拡げて曖昧にする。

まったく大人は隠し事がうまくて、そのくせ嘘つきにもなりきれないからずるい。

なんだか苦笑が浮かんできて、佳弥はグラスの氷をストローで突きながら口を開いた。

「俺さあ。鶴田のとき。ストーカーのことずっと隠されてて、すげえ腹立った」

「ん……？」

唐突にも聞こえるそれに、島田は濃い眉をさらに寄せる。かまわずに佳弥は、淡々とした声で続けた。

「俺が当事者なのに、母さんと元にいだけが知ってて、あと、ガッコでも菅野《かんの》と牧田でやばいもん隠そうとかして、なんで俺のことなのに周りの人間ばっかりそんな知ってんだよって、それ、よけいキショいよって思った」

「……ああ。そうか」

少し意外そうな島田を眺めながらふと、佳弥の周囲でいちばん上手に嘘をついて隠すのは、母親の梨沙かもしれないと思った。

「考えてみるとあんとき、いちばん、俺をごまかすのうまかったのって母さんだったよ。ほかの連中は……元にいとか牧田とかは、なんか、いつもと違う顔だったり行動だったりとかしちゃうけど、あのひとなんっにもない顔で『ごはんよー』って」

思い出してみればあの折、梨沙は自分こそが不安だろうに、いっさいそれを気取らせもしなかった。

——ねえ、母さん、パーカーないよー？

——……セーターあるでしょう？　それでいいじゃない。

盗まれた衣類についても、佳弥が気づかぬようになにげなく振る舞い「さあどこにやったかしら」ととぼけてやりすごしていたのだと、あとで知った。

「さすがだ。母は強いな。梨沙ママはまあ、とくにそういうとこあっけど」

一見小柄な少女のような梨沙について、島田も感服したようなコメントをする。

徹底的に佳弥を、ひとり息子の心を護るために、事件後も変わらぬやわらかな表情を保ち続け、取り乱したりもしなかった。それはなかなかできることではないのだろう。

「……あそこまで嘘つけるんだったら、いっそいいと俺は思う。けどごまかしもしきれないんだったら、本当のこと言えよって思う。それは俺が、ガキだからかな？」

挑むように言葉を切って、これが自分の答えだと提示する。

梨沙ほどの完璧を装えないのであれば、中途半端な気遣いは邪魔だ。

無菌状態でいられる時間は——子どもの時間はそう、長くはないのだ。そして佳弥はもうそろそろ、本当にそういう甘いやさしさに浸っていられる年齢ではないことも自覚している。傷ついたら傷ついたで、真っ向その疵と対面する覚悟はあると島田を見つめれば、ふう、と彼は息をつき、しみじみとした声で呟いた。

「おまえ……ほんっとにママそっくりだな」

「なんだよ」

まじめに言ったのにまだ茶化す気か。むっとなりながら佳弥が目を尖らせると「褒めたんだぞ」と島田は笑う。

「なんだ。ママに似てるって言われんのいやか？」

「んー……まあ、ちっさいとか女顔って意味では、複雑」

佳弥も年ごろだ、それなりに青年らしく男らしくありたいとも思うので、容姿に関しての部分はあまり、褒められているとは感じない。だが内面という意味ならば、母を尊敬してもいるから、少し面《おも》はゆくても受け容《い》れる。

「うん。まあでもな。親に似てるって言われて、それを誇れるのは……とても得難いことだと俺は思うよ」

複雑な顔で肯定すれば、島田はぽつりとそう言って、なんだか不思議にやさしい目をした。なんだろうと佳弥が首を傾げていれば、彼は話をもとに戻した。

「そうだな。おまえはおまえでちゃんと知る権利はあるし、それで傷つくのも自由なんだろう。……けどな」

　少年らしい自尊心を理解したと言いながら、島田はなおも惑っていた。なんなのだろうと目を瞬《しばたた》かせれば、彼は根本まで灰になった煙草の煙を手のひらで払った。

「大人のほうが弱《よえ》ぇんだよ。おまえら若いやつみたいに、ぶち当たってこけて怪我して、立ち上がる体力残ってねぇんだよ」

　だからこの話をうまくできないのは、聞いてしまって佳弥が傷つくより、そのことで元就が悔やむだろうからだと、言外に島田は教えてくれる。

「大人にゃいろいろあるんだ。それこそおまえの『元にい』はあいつの側面でしかないかもしれない。それでも好きでいてやれるか。……許せるか？」

　そうしてくじけた元就をどこまで許容できるのかと問われ、しみじみと、島田は元就をよく知っているのだなと思った。

　――俺が、……あんなことしなきゃ、おまえひとりで学校行こうなんて思わなかっただろ。

　半年ほど前、病院の個室で苦々しく吐き捨てられた、元就の台詞が蘇《よみがえ》る。

　佳弥が危険を忘れ、ひとり家を出たことが、元就にはずいぶんとこたえたらしい。自分が手を出したせいで、大事な子どもは恥ずかしくて逃げた。おかげで危険な目にあったのだろうと落ちこむ彼に、病院のベッドで佳弥は半ば怒り混じりに泣きながらこう怒鳴りつけた。

　――ねえ、どっち？　元にい俺のこといるの？　それともいらないの!?

いるに決まっていると抱きしめられ、嬉しかった。しかし現実として問題はそう簡単にいかない。

あれ以来、元就と佳弥の関係は大きく変化し、また不安定なものにもなったことに気づいている。言葉の上でいくら離れないと言っても、物理的に距離が開き、さらに時間もままならないとくればいくらでも不安要素は見つけられる。

そしてこの恋に臆《おく》しているのが大人と子どものどちらかと言えば、圧倒的に元就なのだ。

「あのさ。俺、元にいがけっこう情けないし、覚悟決めらんない男なのは知ってるよ」

「……ほう？」

佳弥があえて笑いながら言ったそれに、島田は少し意外そうに目を瞠《みは》ったあと、にやりとした笑みを浮かべる。

「あんたが言う、思ってるような男ってどんなんかわかんないけど。でも俺の知ってる元にいは、元にいでしかないなって、そう思ってるよ」

むしろ情けないところばかりが目についた数年を経てのいまだ。浅い気持ちではないのだからときっぱり言いきって、佳弥は無意識に背筋を伸ばした。

あれが完璧な男ではないことなど、佳弥はもうとっくに知っている。小さいころ、闇雲《やみくも》に憧れ理想だと慕った元就は、虚像のようなものだったことも、そして元就がそういう自分に疲れていたことも、理解しているつもりだ。

「それが違うとかそうじゃないとかじゃなくて、元にいだから好きだ。でもって……なんか俺が悲しむようなこととか、間違ったことしてるのも、たぶんあると思う」

「それで？　窪塚がその、佳弥の許せないような悪いことしてたら、おまえどうすんだ」

「まず殴る」

即答で言いきると、島田はかすかに目を瞠った。

「そんで謝らせる。悪いことしたら、ごめんなさい、だろ。俺に対してか、ばかのなにかに対してか、それはわかんないけど」

もし、その対象となる相手がいるならば、佳弥が謝らせるし、責任を取る方法を考えようと思うと佳弥は続けた。

失敗は挽回《ばんかい》するように努力して、間違いは真摯に反省して、もしも誰かを傷つけたら、まっすぐに謝って。喧嘩をするたび、涙をこぼすたび、低い声で元就はそう言っていた。

「そう教えてくれたの元にいだから。元にいが忘れてても、俺はそうする」

「……そうか」

潔く、凜《りん》と目を逸《そ》らさずに、佳弥はそう答えた。理想論でしかないことは薄々わかっていて、けれどそれこそ挫折さえろくに知らない若さの自分が斜に構えても、それはただ怠惰な甘えでしかないと知っている。

「おまえ、すげえな。まるごとあれを抱えこむ気か」

たいしたもんだと芝居がかったふうに感心してみせる島田に、こちらもあえてぶうっと唇を突き出した。

「じゃなかったら、あんなややこしいのと恋愛しないよ」

「そりゃまあそうだわな。……うん、そうか」

佳弥の言葉に満足したように笑いながら「そうか」と何度もひとりで呟いて、島田は頷く。

「で。答えたよ。そっちは？」

納得はしてくれたようだが、さあ答えたぞと胸を張って言葉を待つ佳弥の目の前で、彼はわざとらしく腕時計を見た。

「——……おっとっとこんな時間だ。会社に戻らなきゃだわ」

「おい、ちょっとそれねえんじゃねえの⁉」

ここまで引っぱってそれか、と佳弥が憤慨して立ち上がれば、レシートを手にした島田はさっさとレジに向かってしまう。

「なあちょっと島田っ、教えろって！」

「やー、もう教えることなんもねーって結論出ちゃったんだもーん」

「中年が『もん』って語尾につけんな！」

ぎゃあぎゃあと言いながら、背の高い男のうしろを小走りに追いかける。しかし覗きこんだ表情は既に見慣れたふてぶてしいものになっていて、佳弥はあきらめるしかなかった。

（くっそ……はぐらかされたーっ！）

島田がこの人を食ったような笑みを浮かべているときは、なにをどう言ったところで無駄なのだ。たぶんのらりくらりと躱されてしまうだろうことは経験上知っている。

「今日は俺忙しいのよ、スッチーと合コンなのよ、夜から」

「スッチー言うな、キャビンアテンダントっ！　だいたいそれ仕事じゃねえじゃん！」

まじめに語った自分がばかみたいだと、さらにふて腐れたまま佳弥が唇を噛んでいれば、重たい手のひらが頭に乗せられた。

「――なにがあっても、さっきの言葉、忘れるなよ」

「え……？」

「まあ、いっこだけフォローしてやるとすりゃ、晴紀の抱きつきぐせと無駄なお色気は、ありゃあいつがホストだからよ。ひとと見りゃ口説くのが商売だ、気にすんな」

「でっ、いてっ、痛いっつの！」

ぐりぐりと思いきり、頭を撫でるというよりこね回され、なにすんだと振り払えば島田は大口を開けて笑った。

「俺は、よっしーの見た目に反する、梨沙ママ譲りの根性の座りっぷりは、かなり買ってるからな。……携帯持ってなくて平気な若者がいるのは、割と安心だ」

「なに、それどういう……」

島田はそれだけを言い残して、ひらひらと手を振って去っていく。なんだか含みばかりが多くて、ちっとも意図がつかみ取れない発言に、佳弥はかぶりを振った。

「意味わっかんねえ……」

前言撤回、やっぱりいちばん嘘がうまいのはあの島田かもしれない。

ため息をついた佳弥は、あきらめ顔で帰途につくしかなかった。


ＭＴＢを飛ばして帰途につき、まだ慣れない広い玄関で靴を脱げば、母が電話をする声が聞こえていた。

「ただーいまー」

「あ、おかえりなさいよっちゃん。パパからなんだけど」

居間にひょこりと顔を出すと、受話器を押さえて嬉しげに顔をほころばせる母の姿がある。

替わろうか、と言ってくるけれど佳弥は軽く手を振って、話していてかまわないと告げた。

「こないだも電話したし。身体に気をつけてって言っといて」

「冷たい子ねえ……あ、そうそう。さっき元ちゃんから電話あったわよ。またかけるって言ってたわ」

「う、……そ、そう。それだけ？」

けろっとした顔で伝言されて、一瞬だけ鳩尾《みぞおち》がひやっとする。だが梨沙は「それだけよ」と微笑むなり、けっこうあっさりと電話に戻った。

「もしもし？　佳柾さん？　そう。佳弥帰ってきたの……ええ」

「ごゆっくりどーぞー……」

梨沙はそのまま、長く話しこむ様子だった。声が弾んでいて、息子はただの会話のダシかとちょっとだけ呆れる佳弥は、肩を竦めて自室へ向かった。

ふつう息子が高校生にもなれば夫婦間はもうちょっと冷めた感じになるものだろうと思うのだが、単身赴任が長く続くせいか、梨沙と佳柾はいまだにかなりラブラブしている。

父がシカゴへと長期で単身赴任したのは佳弥が中学に入って少ししたころだ。だがそもそも自分の幼いころから佳柾はアメリカ本社と日本支社を行ったり来たりという状況であったのは覚えている。

当初は二年ほどで戻るということであったが、優秀な彼を手放したくない本社のせいで、行ったり戻ったりを繰り返したあげく、ここ数年は行ったきりになってしまっているのだ。

(仲いいよなあ、そのわりに。いや、離れてるからなのかな？)

正直言えば、ふだんおっとり母親然としている梨沙が父との電話の際には妙に少女めいて見えて、その姿が見ていてむずがゆい感じもするのだ。

ことにこの春、戻ってくるはずだった父が予定変更になった折りに、いちばんがっかりしていたのは梨沙だと思う。おかげでこのところ電話も頻繁になり、当てられてはたまらないと佳弥は知らないふりでやりすごしている。

（……そういやうちの両親も、歳離れてんだよなあ）

制服から着替えながら、ぼんやりと思う。

ひとまわり違う佳柾と梨沙は昔からの知り合いであり、周囲の反対を押し切っての恋愛結婚だったらしいとは聞いているが、それ以外のいきさつはよく知らない。

だがよく考えてみると、佳弥は父方であれ母方であれ、祖父母や親戚《しんせき》というものとろくに接した覚えがない。

海外暮らしの父はともかく、母はときに親戚の入院や訃報《ふほう》などがあれば出向いているようだけれど、その後の葬儀にも佳弥は顔を出したことがないし、そういうときの梨沙はなんだか疲れきって帰ってくる。

もういつの記憶か定かではないが、なにかの折りに、ぽつりと呟いた梨沙の言葉を覚えている。

――小さいときから、このひとしかいないって思ってたの。パパと佳弥が、ママのいちばん大事なものだから、それでいいのよ。

幸せそうに微笑んでいるのに、なぜか横顔が儚《はかな》く見えた。まだ当時は梨沙よりうんと小さな佳弥だったけれど、女のひとはとても強くて脆《もろ》いのだなと、そんなふうに感じたものだ。

考えてみれば、梨沙は二十歳で自分を産んだのだ。佳弥はもうあと二年で、母が母になった年齢になる。その当時のことを想像しても、成人したばかりで子どもを産むのはやはり、かなり早い部類に入ったのではないだろうか。

（いまだに反対されたり、敷居高かったりすんのかな）

年齢差のある年上の男に、小さなころから憧れて、ついには一途な思いを貫いた梨沙。

なんだか少しだけ元就と自分にかぶる部分もあって、そういうところも自分は梨沙に似たのだろうかと思うと、なんだか強烈に恥ずかしくなった。

「……だから母さん、なんも言わないのかなあ？」

元就と佳弥の関係は、ふつうに考えて、親が知ったらたぶん激怒するかひっくり返るか、ことによれば凄まじい反対の末に縁を切られてしまったりする類《たぐい》のものだろう。

だが梨沙は元就に釘を刺す際に「佳弥とは、高校生らしい節度を持ったおつきあいで」という非常に甘いとも言える態度を見せたのだそうだ。

しかもそれを教えられたのは、こっそり元就の部屋に忍びこんで、梨沙言うところの節度を吹っ飛ばしたような行為を朝方近くまでこなした翌日。ありがたいような冷や汗の出るような気分で、梨沙のお手製の昼食を三人で囲んだあの日には、生きた心地はしなかった。

これが高校の同級生や後輩の、かわいい女の子だったりすれば、奇妙な気遣いもいらず堂々と紹介もできるのだろうけれど——元就が相手というだけで、気の回しようは通常の数十倍になる。

「……んっとに、ややこしい」

ときどき重い。そして疲れる。だがそんなのもこんなのも織りこみ済みで、あの男が好きなのだからどうしようもない。

そのあたりを、元就はちゃんとわかってくれているのやらと思いつつ、自分もまた素直になりきれていないから、佳弥もちょっとだけ反省する。

「電話……今度かけてきたら、出てやってもいいかな」

ここはもう両親に当てられておこうと居直って、ようやく電話を終えた梨沙が夕食だと呼ぶ声に、佳弥は「はあい」と返事をした。

＊　＊　＊

元就からの久々の連絡が入ったのは、それからさらに一週間が経過していた。

『佳弥？　久しぶり、俺だけど』

「……どちらの俺さまですか」

ゴールデンウイークはとうに過ぎ、大型連休中デートのひとつもできないままだった鬱憤《うっぷん》がたまりたまっていた佳弥は、電話に出る声も冷たく凍りきっていた。

『意地悪言わないでくれよ。連絡できなくて悪かったけど』

「べつにいいよ。忙しかったんだろ。大人は大変だねっ」

本当は嬉しいけれど、放置されまくったこの数ヶ月で、すっかりふてくされる以外の態度の出し方を忘れてしまった。

（ああもう、俺、態度悪い……）

これでがっかりされたらどうしよう。そんなふうに思うくらいなら素直に会いたいと言えばいいのにと惑っていれば、喉奥で笑った元就はあっさりと言ってくれる。

『……会えなくて寂しかったよ？』

「さ……っ、う、嘘だねっ」

『嘘じゃないし。事務所も来てくんないからさ。……まだ怒ってる？』

「知らないよ！」

しかし、つんつんとした声を発している佳弥にめげず、元就は『ところで、いま時間ある？』と甘い声で問いかけてくる。

「時間ってべつに……テレビ見てただけだし、電話くらい、いいけど」

『んー、電話以外は無理っぽい？』

「え……」

どういう意味だろうと一瞬戸惑い、そのあと「まさか」と慌てて佳弥は窓辺に近寄った。

ベランダから見下ろせば、庭先の前にある細い道路に、ちんまりとした外車が停まっている。

「もとに……っ」

『はあい』

ミニクーパーの車体にもたれ、ひらひらと手を振ってみせる元就は、仕事帰りなのかいつもの着崩したスーツ姿だった。

『そこのさきの、公園までおいで』

そうっと唇の前に指を立てるリアクションと同時に、ちょいちょいと手振りで佳弥に降りてくるように告げてくる。『ママに気づかれるなよ』と受話器越しの囁くような声にこくこくと頷いて、不機嫌も忘れた佳弥は上着を摑み、階段を駆け下りた。

「あら？　よっちゃんどこいくの」

「コンビニ行ってくるっ」

住宅街であるこの近辺は二十四時間営業のドラッグストアやコンビニが多数ある。品がい い街並みの割に便利もよく、人通りも絶えないので夜半でもさほど危なくはない。

それでも一応「気をつけなさいね」と言い添える梨沙に手を振って、佳弥は玄関から飛び出した。

走って五分とかからない、近所の児童公園に向かうと、植え込みの脇の路肩には見慣れた車体がちんまり停車している。

佳弥の姿に気づいた男は運転席から顔を出し、ひらひらと手を振ってきた。

「どしたの、急に」

「ん？　最近会ってないから、顔見に来た」

助手席に座るなり、息を切らして佳弥が問いかけると、元就はやんわり笑ってそう答える。

だがその言葉に素直に喜びきれないのは、さきほど振ってみせたのと逆の手に巻かれた包帯に気づいたからだ。

「……なにそれ」

「ああ。ちょっとやけどしてね」

「やけど？……あ、そうだ！　顔の怪我っ」

どうして、と問いかけようとした佳弥ははっと元就の頬に手をかける。強引にこちらを向かせれば、暗い車内でも目立つのは、先日見つけた擦過傷。

先日は派手なかさぶたのせいで逆にわからなかったのだが、ライトをつけてよくよく見れば、治りかけの傷跡は目尻の近くにまで達している。きわどい位置の怪我に、佳弥は一瞬ぞっとした。

「まだ、痛い？」

「こっちはだいぶ、治ったよ」

両手で頬を包まれたまま「平気」と元就は笑うけれど、なにかがおかしいと佳弥は思う。

運動神経のいい元就は、身の躱し方もうまい。いままで警察の仕事をしていても、探偵になってからも、それなりに身体を使う場面はたくさんあったはずだ。だがその間一度として――鶴田にナイフで襲われたときを除いて、だが――こんな派手な疵を負ったのは見たことはない。

なのにここしばらく、顔を見るたびに怪我をしている。これはいったい、とにわかに不安がこみあげた。

「怪我とかやけどって……そんなの元にい、したことなかった」

「いや、なくないよ？　メシ作ってて失敗することだってあるし」

スーパーマンじゃないんだから。笑ってごまかそうとする元就に、佳弥は声を荒くする。

「でもこんな包帯まくほどのなんて、知らない！」

「よーしや、大げさだって。たいしたことないし、ほんとに」

嘘だ、と佳弥は大きな目を据わらせて、元就の顔をじっと見つめた。

小さいくせに暴れん坊で、生傷の絶えなかった佳弥に気をつけろと言ったのは元就だ。

――いい？　顔と頭はちゃんとかばって。転んだら両手は手のひらで地面につくんだよ。

ダメージの大きな頭部や、その後の生活に支障の出る手足を痛めないようにと、幼い自分に転び方まで教えた彼は、警察ではむろんのこと専科で体術を習っていたし、それ以前にもスポーツ関係は万能だった。

「顔に怪我するのもおかしい。転んだって絶対、元にいは頭かばうもん。それがそんなとこすりむいてるの変」

「もう俺もトシ行ったんだから、そこら辺はさあ……」

「なにやってんの？　いま。どんな依頼受けたの？　それ、晴紀に関係ある？」

茶化してみせる言葉にはいっさい乗らないまま、佳弥は矢継ぎ早に問いかけた。だがその真剣な表情を向ける小さな顔に、元就は包帯を巻いた手でやんわりと触れる。

「……俺が怪我したの、そんなに心配？」

「あったりまえだろ！　だってそれ、目に近いし、そんなとこ……っ」

言葉が唇に塞《ふさ》がれた。こういうことでごまかすなというのに、いつも元就はこれなのだ。

「うー……んーっんーっ……んー……!!」

ぼかぼかと広い肩を殴って、吸いつかれた唇を振りほどこうともがく。一瞬だけキスはほどかれ、「ばかっ」となじってやろうと口を開いた瞬間に、ぬるっと奥まで舌が入った。

「んふ……うんっ、んー……っ」

いやらしい音を立てて、のっけから深く奪われる。

（ううう、ばかばか……っ舌入れた、中舐められたっ）

これは親愛の情を示すよりもっと濃くて、そのさきの行為へと発展するときのキスのしかただ。

（こんなんでごまかす気かって……ああ、もう、やばい）

まずいと思って腕を突っ張るけれど、濃厚な口づけに佳弥はだんだん力が抜けてしまう。抗《あらが》っても無駄だというように吸いこまれた舌が、丁寧に咬《か》まれて元就の口腔へ導かれ、甘やかすようにたっぷりと舐められると、くにゃっと身体がやわらかくなる。

「……こう、いうの、ずるいって……」

「ずるいって、なにが？」

キスしただけだろうと微笑む顔がさらにずるい。濡れて汚れた口元を長い指に撫でられると、それだけでびくっと震えてしまう。

身体中が火照《ほて》って、吐息にまで色がついたようで恥ずかしい。浅くなった息づかいが狭い車内に反射して、唐突にいまふたりきりなのだと意識した。

「……佳弥」

「や、だ……」

囁きと同時に耳を噛まれた。肩に置いたままの手のひらはただ弱々しく引っ掻《か》くしかできなくなって、もう一度と追ってくる唇が拒めない。

痛いくらい抱きしめられるのも、舌を入れたエッチなキスも本当に久しぶりだ。なにより邪魔する誰もいない、元就が自分以外の声を聞くこともないこの状況自体、何ヶ月ぶりなのかわからない。

とくとくと早い鼓動を刻んだ胸が震えて、その上をゆっくりと大きな手のひらが撫でる。ふだんはあることさえ意識しない胸のさきが、やわやわと触れてくる指にもうすぐ捕まえられてしまう。

外なのに、車の中で、まだこの時間は完全に人通りが絶えたわけでもないのに。

触られること自体はいやじゃない。それどころか、もうちょっとで乳首に触れそうな器用な指に高まる期待感で、なにもかもどうでもよくなりそうで、弱々しく佳弥はかぶりを振る。

「だめだって……やだ……」

「触るのやだ？　ほんとに？」

「――……あぅん！」

なにかのスイッチでも押すように、つんとしたそこを指で潰された。そのまま押しこむようにして軽く指の腹で捏《こ》ねられると、佳弥の細い腰がシートの上で揺れる。

「お、俺、コンビニ行くっていってきただけだから……帰らないと」

だからやめてくれと、ごにょごにょした言葉で訴えたのに、元就は胸をいじる手を止めない。長い腕に手をかけて振り払えばいいのに、どうしてか佳弥はシートの端を掴んだまま、うずうずする身体を必死に硬くするしかできない。

「んー……じゃあどっか連れてくわけ、いかないいな」

「だ、だからさ」

「うん。じゃあ……このままいい？」

「はあ!?」

さすがにぎょっとして身体を引くけれど、もともと逃げ場などあるわけがない。背もたれに埋まってなお身動きの取れなくなった佳弥は、運転席から身を乗り出している元就のにっこりとした笑みに冷や汗をかいた。

「じょ、冗談……」

「本気」

大きめの唇は淫猥《いんわい》な笑みを浮かべ、そのくせ目は少しも笑っていない。先日、給湯室でこっそりキスしたときの目つきなど、この表情の前には爽《さわ》やかなものだとさえ思う。

「やだ、まずいよ、元に……っ、あ！」

左だけだったいたずらが、右側にも与えられた。もうはっきり、愛撫《あいぶ》としか言いようのない触り方をされて、忙《せわ》しなく喘《あえ》ぐ口元には何度もキスが落とされる。

口の中を、さっきよりずっといやらしく舐められた。舌に犯されていると感じるくらいの濃厚さに、もう佳弥もわけがわからなくなって、ついに元就にしがみつく。

「あ、も……誰か、来たら……どうすん、の」

「車停まってるだけだったら、べつに覗きこみもしないだろ」

「だって……っ」

佳弥が暴れなければ、と吐息だけの声でつけ足され、かあっと顔が熱くなる。薄く涙の浮いた目を泳がせ、少しだけ怯えた顔をした佳弥に、元就はやさしく囁いた。

「だいたい佳弥が、そんな顔するから悪い」

「なに、それ……俺のせいみたいに……」

「佳弥のせいだろ。かわいい顔するから、触りたくてしょうがなくなる」

責任転嫁も甚だしいと睨もうにも、またキスされて反射的に目を閉じてしまった。そのまますするすると大きな手が下がっていって、もう熱くなっている脚に触れる。

「……ちょっと触るだけ。最後までなんかしないよ」

「ほん、……ほんとにちょっと？」

「ほんとほんと」

内腿《うちもも》を撫でる手の持ち主が言うところの「ちょっと」とはどのくらいなのだろう。かなり不安で、それでもじわじわ危険な場所に這う手のひらを、もう止められない。

「それにもう、佳弥。これで、おうちに帰れる？」

「あ……」

膨らんだ場所をやさしくさすられると、小さく甘い声が出た。そのまま軽く押されると、ひくひくと身体中震えてしまう。

「ほ、ほんとに触るだけだよね……？」

「うん。大丈夫、すぐ終わるから。あとでこのままコンビニ行って、雑誌買って帰ればいいだろ？」

よく考えればけっこう失礼な発言なのだが、もう頭が淫《みだ》らなことでいっぱいの佳弥にはわからない。

（もういいか……だってもう、勃っちゃったもん……）

久しぶりのそれが車の中というのはさすがに気が引けたけれど、いまさら引っこみがつかない。それにもうこれ以上時間が経てば、梨沙を心配させてしまう。

「じゃ、じゃあ……さわ、って……」

こくんと息を飲み、身体の力を抜いて元就に預ける。いい子だね、と髪を撫でて頬に唇を押し当てられ、佳弥は目を閉じた。

「楽にしてて」

囁きと同時に寄りかかっていたシートが、がたんという音を立ててうしろに下げられる。少しだけ身じろぎが楽になった。部屋着に履いていたゆるめのパンツは、あっけなくフロントをくつろげられる。

（うう、もう……濡れてるかも）

元就の手に脱がされかかっているというだけでさらに身体は熱くなり、早くどうにかしてほしいと思った。――しかし。

「え、え……？」

下着を下げられ、引き出されたそれはてっきり、手でいたずらされるのだと思っていた。なのに、目を閉じていた佳弥のそこには指よりもっとやわらかい感触がある。

「え、わっ、嘘っ！」

「嘘って、なにが」

慌てて目を開けてみれば、こちらもシートをずらして空間を取った元就が、佳弥の膝を抱きしめている。

「狭いから、暴れるなよ。あちこちぶつけるぞ」

「あば、あば、暴れ……って！　暴れるよ……っ、うわ、わあっ！」

いきなりこれか、と目を丸くしているうちに、ぱくりとやられた。あまりの唐突な展開に驚くいとまも与えず、のっけから強烈に吸われて佳弥は声をあげてしまう。

「あ、ああ……あああん！」

「……ついでに声も抑えてね」

根本を指先でいじりながら笑われて、佳弥はがばっと両手で口をふさぐ。

（もう信じらんね……っ）

どうして元就はこうなのだろう。キスひとつねだらないとしてくれないくせに、こういうことになると突然、佳弥の予想を超えたエッチさを見せつける。口でされるのはいまだに恥ずかしいし、快感が強すぎて怖いのに、いざされてしまうとあまりによすぎて逃げられない。

「ふー……っ、ふ、あ、ああう」

くちゅくちゅと舌で先端をいじられ、ねっとりした口腔で全体を吸われると、揺らめく腰が押さえきれなくなる。

路上に駐車しただけの狭い車の中は、佳弥の吐き出す熱っぽい吐息で埋め尽くされそうだ。脱がされることもないままのシャツの中で、さっきいじられたっきり触ってもらえない胸のさきが、もう痛いくらい尖っている。

「んん、ん、……んっ、痛っ」

びくっと身じろいだ瞬間、ダッシュボードに膝《ひざ》が当たった。無意識の力はけっこう強くて、ずり下ろされた衣服越しにもけっこうな痛みを覚える。

一瞬だけ身を固くした佳弥だったが、その痛む脚をやさしく撫でられるついでに膝頭をくすぐられ、同時に性器を強く吸われてしまえばもう、打ちつけた痛みなど忘れてしまった。

忙しなく濡れた音がするのもたまらない。元就の口の中には甘い蜜がたまっていて、その中で佳弥の身体がもみくちゃにされて溶かされるようだ。

「ね、も……って、でちゃ……う、よ」

「いいよ、出して」

「やだっ、口……だめ、あっ」

離してと訴えたのに、含み笑う元就にさらに意地悪なことをされた。粘膜の露出したところだけを含みとり、何度も吸いながら出し入れされると背中がぞくぞくして腰が動く。

わざと音をたてるようないやらしいやりかたに、意識がどろりと溶けていく。呼吸が苦しくて、シャツをぐしゃぐしゃに摑んだ自分の手が、尖りきった胸に偶然触れるだけでもつらい。

「あっ……あっ」

ひりつく乳首がつらくて思わず強く押さえると、腰の奥にずうんと甘い刺激が来た。舐めしゃぶっていたそれの反応で気づいた元就がちらりと目をあげ、にやりと笑った。

乱れた髪の隙間から覗く、甘く卑猥な目つきがたまらない。暗がりの中光る、獣のような元就の目にかあっと体温があがっていく。

「あう！」

「ああ。ここ？」

ぴんと硬くなったそこはシャツの上からでも探すのに苦がないくらい浮きあがり、元就の長い指にすぐ摘まれた。

「いっ……あ、だめ、だ、だめだめっ」

「だめじゃないだろ。佳弥、いいって言ってみ」

「だめ、い……から、だめっ」

小さく過敏なそれをこりこりと転がしながら、さらに深く飲みこんだものを元就は一気に追いあげてきた。唾液なのか佳弥が滲ませたものなのかわからないけれど、粘りの多い体液にべとべとにされたものを強くこすられると、頭の芯がかあっと熱く煮えていく。

「でちゃう、でちゃ……っ、元にい、で、出ちゃうからっ」

「ああ。ほら……ここに出していい」

ふわ、と被せられたのは元就のハンカチだった。そんなものに射精してたまるかと一瞬だけ我に返った佳弥だが、薄い布越しに強くこすりあげられ、すぐに限界を迎えてしまった。

「あっ、ふわぁっ、あああ！」

びくっと腰が跳ねた瞬間、車体ごと揺れたような気がした。もしかすると通行人がいたら、中でなにをしているかばれたかもしれない。

だがもうそんなことも、強烈な射精感の前には無意味だ。ただ小刻みに震えながら、濡れたハンカチで最後までゆっくり絞り取られて、佳弥は汗ばんだ身体をシートに沈めた。

「うー……もう、やだ……」

「なにが？」

手早くウェットティッシュまで取りだし、後始末をしている元就が車の窓を開ける。ふわっと入りこんできた風に火照った頰を冷まされて、佳弥は重い腕を上げて目元を覆った。

「信じらんない……こんなとこで……っ」

「信じらんなくてもしちゃっただろ」

しゃあしゃあと言ってのける男を涙目で睨み、佳弥は拗ねた顔でそっぽを向く。恥ずかしいとか、外なのにとか、いろいろ思うところはあるけれど、それ以上に不満なのは。

「……俺ばっかかじゃん」

「うん？」

「元にい……ふつうじゃん」

自分はあんなに乱れて恥ずかしい状態にされたのに、元就は佳弥をいじっていかせただけで、自分は上着ひとつ脱ぐこともないままなのだ。

「平気な顔して……なんだよ、もう。なんか俺、ひとりではあはあして、ばかみたい」

結局これが、会話をごまかすための手段だったとしたら情けないにもほどがある。小さく洟《はな》をすすって、佳弥は目元をこすった。

「……もういい、帰る」

だが、拗ねきった声を発した佳弥が身を起こそうとすると、そのまま上半身だけのしかかられて動けなくなる。またごまかすのかなとふてくされ、抗うのも面倒で放っておけば、髪に口づけた元就が小声でこう言った。

「ほんとに俺が、平気だと思う？」

「え……？」

抱きこまれた広い胸に、聴けというように耳を押し当てられる。そこから届く鼓動の響きはたしかに平常とは言い難くて、佳弥は潤んだ目を瞠った。

そしてついでにちらっと、長い脚の間に目をやって、大あわてで顔を背ける羽目になる。

(なんだそれ！　すごいことになってる気がするんだけど……っ)

あんまり直視したくない。というか恥ずかしくてできない。瞬時に茹《ゆ》であがった佳弥があわあわと口を開閉すれば、気づいた元就は羞《は》じらうでもなく、にやりとふてぶてしく笑った。

「……わかった？　ひとの理性ぶっちぎっといて、勝手に拗ねるんじゃないよ。佳弥」

「ぶ、ぶっちぎって……って、勝手に切れたのそっちじゃん！」

じたばたと大きな身体の下でもがくと、さらにぎゅうっと抱きこまれた。

まださきほどの余韻が残る身体はその痛いような抱擁だけでびくっと震えて、全身が気持ちよくなってしまう。

「このまんま拉致って帰したくないくらいだけどな。……そうもいかないだろ」

「は……晴紀、いるから？」

おずおずと広い背中に腕を回しながら問えば、今度こそ元就は呆れた声を出した。

「まーだ晴紀言うか。じゃなくて俺はべつに、ホテルでもどこでもいいわけよ……けど」

梨沙ママがなあ、としみじみ呟かれて、佳弥も唸るしかない。

「今度おまえ、どうにかして外泊許可取っておいで」

「どうにかって……どうすんの」

「だから、どうにか」

ぼそぼそとした声でしょうもない話をしながら、しばらくじっと抱きあった。とことこと、元就の鼓動も自分の鼓動も徐々におさまり出して、なんだかほっとするなと息をつく。

(……今日はあんま、いらいらしない)

甘ったるい疲労感が満ちていて、頭がぼんやりゆるんでいる。そのせいか、晴紀について元就が訊いてほしくないのなら、黙っていてもいいかと思えた。

しょうがないから、ごまかされてあげようかな。そんなふうに考えて、ゆっくりと息をつく。

現金なもので、身体の熱を散らせば少しは素直になれるようだ。

こうまでうやむやにするからには、なにかわけがあるのだろう。いずれそれらの事情を明かしてくれるときが来ても来なくても、元就を信じてやるしかないのだ。

「……元にい、キスして」

いまはだだをこねるだけ時間がもったいない。もうそろそろ帰る頃合いだからとねだれば、一瞬だけ元就は困ったように笑った。

「さっきしたけど。いいの?」

「あー……えっと……うん」

そういえば口でしてもらったのだった。自分のあれか、と一瞬だけ顔をしかめてしまったけれど、だがそんなことで嫌がるのも失礼だろうかと佳弥は一拍おいて頷く。

「っとに……ちょっと待ちな」

その正直な反応に元就は噴きだして、またダッシュボードを探った。なんだかいろんなものが入っているその引き出しからは、今度はミントタブレットが現れる。ごく小さなそれを一粒嚙んだあと、軽いキスをされると唇が涼しくなった。

「少しは気にならなくなるだろ」

「……そこまでしなくていいよ」

お子様扱いすんなと拗ねつつ、襟元を摑んで佳弥からキスをする。肉厚でやわらかい唇にうんと吸いつき、舌を入れてと差し出せば、そのままミント味の口の中に誘われた。

「元にい……いいの？」

「ん？　なにが」

「俺、……なんにもしなくていいの……？」

さすがに口ではできないけれど、手でこするくらいなら。そう思ってちらりと長い脚のほうを流し見れば、苦い顔になった元就が頭を抱えこんでくる。

「おまえねえ……やっとおさまりついてきたのに、そういうこと言うのよしなさい」

「えー、だってさー……」

「だいたいできねえだろ。そういうのは、まだ」

ふに、と唇をつつかれて、佳弥は赤くなりながら目を尖らせた。

「そ、そんなのやってみなきゃわかんないじゃん！」

「ふうん。フェラしたあとの口でキスすんのも覚悟いるくせにか？」

「ふぇっ……あう」

わざとらしく露骨な単語を告げた元就が、口の端を舐めてみせる。強烈に淫猥な表情と仕種にも目を白黒させて、佳弥は撃沈した。

「さて。そんじゃデートおしまい」

「うー……」

「家の近くまで送ってやるから。……ああ、その前にコンビニか」

起きあがった元就に、結局乱れた衣服もなにもかも整えられて、佳弥はただくたっとしているしかなかった。シートを戻してしまえば、まるでなにごともなかったかのようにも思えるけれど、微妙に残った服の皺だけが淫らな名残となっている。

走り出した車の中で、佳弥はこっそりとため息を噛み殺した。

いまから家に戻るわけで、それはむろん気配など残さないほうが助かる。けれどこうもあっさり終わってしまうと、寂しいとも思う。

「あのさ。……怪我、気をつけて」

「うん」

コンビニが目の前に来たあたりで、佳弥は唐突に、そっぽを向いたまま告げる。元就がふっと笑う気配があって、視線を向けないままにさらに続けた。

「あと、たまに会いに来て」

「わかってる。できるだけ時間作るから」

じゃないと俺が保《も》たないなどと笑ってみせた元就から、結局知りたいことはなにひとつ訊けなかった。

なによりこのドライブはあと十分程度で終わりを告げる。そうしたらまたいつ、こんな時間が持てるのか、佳弥にはわからない。

「ほら、着いたよ。なんでもいいから適当に買ってきな」

コンビニの駐車場で元就にそう言われ、こくんと頷きながらも佳弥はなかなか車を降りなかった。降りたくないけれど、そうもいかない。

(帰りたくない……けど、無理だし)

胸が苦しくて、無言のまま、促すように頭を撫でてくる手のひらを摑んだ。長い指を唇に押し当てる。奇妙に高ぶった感情のまま、いちばん太い指をぱくりとやってきつく吸い、そのあと根本に歯を立てた。

「今度、するから」

「……佳弥？」

すると、一瞬強ばった長い指の持ち主は、喉に絡んだような声を発する。

「へ、へただと思うけど、練習、しとく」

「おまえ、練習……って」

薄暗い車の中、一瞬だけ近くを通った車のライトに照らされて、お互いの顔があらわになる。煽ったほうも煽られたほうも、もう目を離すことができないままで、見えない糸でもあるかのように、場所も忘れてふたたび唇が重なろうとしたときだ。

元就の上着のポケットから、携帯の着信音が鳴り響いた。

「電話……」

鳴ってるよ、と照れくさくなりつつ目を逸らした佳弥に対し、こちらも少し気まずそうな顔を見せた元就は、しかし携帯の画面を見るなり舌打ちせんばかりの顔をした。

「……なに？　誰から」

「あ、いや……」

仕事なら出れば、と促すと、ぐずぐずと元就は携帯を持ったままだ。しかし切ろうともしないから、まさかと思った佳弥は腕を伸ばす。

「ちょっと見せて」

「あ、こら、佳弥！」

案の定、ディスプレイを覗きこめば、そこには『晴紀』の文字がある。確認した途端、さきほどまで漂っていた空気が、一瞬で霧散した。

「あの、さあ……だからさあ。なんでそこで、変な反応すんの？」

「変って、なにが」

蕩《とろ》けきっていた瞳の輝きは一気に剣呑な強さを増し、佳弥は地を這うような声を発した。

沈黙が流れ、しばし睨みあう間に電話はいったん切れてしまう。しかし、おそらくはあと数秒したらかけ直してくるだろう予感が佳弥にはあった。

その間にもう言いたいことは言ってしまえと、早口に言葉を吐き出す。

「なんで電話出ないの。つか、なんでそこで俺に気ぃ遣うくらいなら、あいつのことはっきり教えてくんねえの？」

「それは……」

「なあ、晴紀になんか弱みでも握られてんの？　だからあいつに、そんなに頭あがんないの？」

問いかければ、また沈黙が返ってくる。なぜそこで口ごもるのかと、佳弥はまたもや襲ってきた苛立ちに眉をひそめた。

せっかく流されてごまかされてやったのに、なんでこんなに不器用な対処ばかりするのだ。

いったいなにがそんなにうしろめたいのかと詰め寄っても、元就は無言のまま眉を寄せている、その態度が歯がゆくてたまらない。

言い訳くらいしてくれ。嘘でもいいしごまかしてもいい。雄弁な沈黙などこの場合はいらない、よけいなことばかり考えてしまう。

「なんでそこで黙るかなあっ……！　それともそれわかってやってる？　いったいなんなんだよ、意味わっかんねえ！」

考えたくもないけれど、それじゃあ本当に晴紀となにかあるみたいじゃないか。

ごまかしきれない不安感が膨らんで、佳弥は震える声を発した。だが元就はやはり黙りこくったままで、これ以上は我慢できないと、佳弥は唇を嚙んだ。

「……もう、ここでいい。走って帰るから。晴紀と仲良くやったらいい」

「ちょっと、おい⁉」

いまさら焦っても遅い。伸びてきた手を振り払って、ぎろりと佳弥は元就を睨む。

「元にいがね、あいつ！　晴紀に関して取ってる態度って、もうモロ疑わしいっていいかげん、自覚したらどうなんだよ⁉」

「佳弥、それは――だから」

「いまさら言い訳しても遅い！　元にいのばか、鈍感、甲斐性《かいしょう》なしのヘタレっ！」

言い捨てて、思いきりミニクーパーのドアを閉める。

「もうあんたの電話は着信拒否すっからね！　じゃあね、ばいばい！」

「佳弥っ」

呼び止める声も聞かず、全速力で佳弥は走った。

（もうちょっとうまく嘘つけ、ばか……っ）

べつに本当のことが知りたいわけじゃない。あんなふうになじりたくないし、詮索も追及もしたくない。

佳弥はただ、なにもないと安心させてほしいだけなのに、それすらできない元就のばかさ加減にただ呆れる。

いったいなんであの男はこんなに情けなくなったのだろう。少なくとももう少し以前には、もっと佳弥を簡単にあしらえていたはずなのに。

（いったい、なんなんだ）

走りながら少し頭が冷えて、佳弥は自宅の玄関先にたたずみ、ふっと息をついた。

本気でいま晴紀とどうこうあるとは思っていない。妙な話だが、もしもそうであるなら元就はあんなに無防備に晴紀と佳弥を会わせたりはしないし、たぶん――もっと巧妙にごますだろう予想はつく。

二十五年も自分のキャラクターを装えていた元就なのだ。浮気のひとつやふたつ、完璧に隠し果たせることもできるだろう。それはそれで腹は立つけれど、そのほうがいっそ彼らしい。

だからこそわからない。晴紀に絡んで、いったいなにがあるのか。

(俺だけ、なんも知らない)

悄然《しょうぜん》としたまま肩を落として玄関に入ると、居間にいたらしい梨沙がすぐに顔を出した。

「……佳弥？　遅かったじゃない。なに買ってきたの」

「雑誌、売り切れてたんで立ち読みだけしてきた」

「あら、そう。残念ね。……ああ、ついでにアイスでも買ってきてもらえばよかったわ」

ごめんね、と笑いながらうつむくと、ほっそりした母の手が汗に湿った髪を梳《す》く。

「よっちゃん、アイスコーヒー淹れようか？　甘いの。飲むでしょう？」

「……うん。飲む」

「ずいぶん汗かいたわね。シャワーでも浴びていらっしゃい。その間にできるから」

うん、と頷いて、そのまま顔があげられなかった。梨沙の目を盗んで元就に会いに行って、とても親には言えないことをしたあげく、大げんかして落ちこんで帰ってきた。

あげく、へこんだ顔をごまかせずに、十八歳にもなって母に慰められている。そのすべてが情けなく申し訳なくて、着替えを取りに部屋に戻りながら、ちくりと胸が痛くなった。

(ごめんなさい……)

うしろめたさの大半は、梨沙に嘘をついたことと、そしていらぬ心配をかけたせいだ。

なにげなさを装いながら、あの母が本当は、遅い帰宅に心配していたことを知っている。

それでいながら、佳弥がプレッシャーに思うとまずいからと、なんともない、ふつうの顔をずっと保ってくれていることも。

それに気づいたのは、事件後あまりにも梨沙が『いままでどおり』すぎる違和感に、佳弥自身がいぶかしさを覚えたからだ。

そうしてよくよく注意していれば、こうして帰りが遅い夜、梨沙は絶対に自室にこもらず、通りの見渡せる居間の窓側をじっと見ていることを知った。

「母さんって、すげえ……」

あの器用なのか不器用なのかわからない男に、佳弥を扱うなら梨沙を見習えと言ってやりたい。そして——自分も、堂々と梨沙に「元就と会う」と言いきれるだけの気概が欲しい。

ため息をついて、佳弥は浴室に向かう。

廊下をとおるとき、梨沙の淹れるコーヒーの香りが鼻腔をかすめ、その芳はしさに少し、ささくれた神経が慰められた気がした。

＊　＊　＊

奇妙なまでの陽気に汗が滲む。

正門を出てふと振り仰いだ空はまだ高い。猛暑の来る前の初夏は少し狂ったような暑さが訪れるようで、ここ数年この校門付近に植えられたツツジは、花開いたと同時に枯れていく。

夏服に替わったばかりの時期には少し肌寒いように思えた半袖の制服。空調の効いた教室ではさらりと乾いた感触しかないけれど、一歩外に出ればねっとりとした熱気と湿気に化繊が肌へと貼《は》りつき、佳弥の細い身体は気怠《けだる》さと不快感でいっぱいになる。

「里中ー、今日マジで出る？」

「出るよ」

牧田の半信半疑の声に、ＭＴＢを手押しする佳弥は鼻を鳴らすような勢いで即答した。だがその怖ろしく不機嫌な表情に、彼はやれやれと肩を竦めた。

「合コン行きてえって顔じゃねえなあ、里中」

「どういう風の吹き回しだ？　つうかね、場を壊すのだけはやめてくれよ。今日の面子、けっこう馴染みなんだし、わりといい感じなんだから」

傍らで首を傾げたのは、中学からの馴染みでもあり、この春から同じクラスになった菅野宏明《ひろあき》だ。

「ってさあ、面子で違いあんの？」

「大あり。ふつうに遊ぼうって中で、女、女ってがっついてんのいりゃ場が崩れるし。逆にヤリ目的の合コンで、わけわかんないの混じると浮くか、あとは丸めこまれてお持ち帰り」

感心したような牧田の声に、鹿爪らしい顔で語る菅野は、淡泊な見た目に反して、意外なことに合コンの達人だった。飄々として見えるけれど学年で一、二を争う秀才でもあるこの友人は、佳弥からするとちょっとばかり不思議な感性を持っている。

「深ぇなあ……っつかどんだけ知り合いいんの、菅野」

「知らね。とにかくこの中にある分だけかな」

この達人は、自身が中心になって女の子を食い歩くというより、セッティングをまとめるのがどうも好きらしい。すごい勢いでメールを打ちこみ、数歩歩く間に新しい着信があるわけだが、それに返事をしつつ会話の流れも打ち切らない。

じつをいうとあまり佳弥はこの携帯メールの類《たぐい》が好きではなくて、自身ではろくに使わない。そのため、菅野のような絶え間ないメールのやりとりというのが、感覚的によくわからず、首を傾げてしまった。

「……ていうかいつから菅野って、そんな合コン奉行なの？　合コン好きなの？」

「いつからとかは覚えてない。けど俺データ管理好きで、気付いたら仕切ってた」

案の定の答えに感心とも呆れともつかないため息をこぼした佳弥は、熱心にいじっている携帯のディスプレイを横から眺めた。

すると、ＰＣと連動しているというメールフォルダの中には、よくわからないグループ分けがなされている。

「菅野、菅野。この『たまご』『ひよこ』『レグホン』『軍鶏《しゃも》』『烏骨鶏《うこっけい》』……って、なに」

フォルダタイトルがすべて鶏関連で、首を傾げた佳弥の問いに菅野はあっさりと答えた。

「上から順番に、単なる騒ぎ仲間のお友達募集、ちゃんとした彼氏彼女の交際希望、マジ交際これはえっちOK、速攻のヤリコン希望に、ガチの結婚狙いお高め希望。以上」

なんでそんなディープなセッティングまで請け負えるのか。とくに最後のふたつはあんまり佳弥は理解したくないと首を振り、かすかに引きつつ曖昧な笑いを浮かべてしまった。

「……幅広いね。それ全部振り分けてんの？」

「うん。だって狙いの違う合コン紹介したら、お互い不幸だろ。クレーム来ても困るし」

「来たことあんの？」

「来るような組み合わせ作らない」

ちなみになんで鶏絡みなのかと問えば、本人が鶏が好きだからだそうだ。やっぱりよくわからない。

「まあ今日は『たまご』……ふつうに食って歌ってってタイプのだからいいけど、女子来たらそのぶーたれた顔なんとかしろよ。割と里中目当ての子来るっぽいんだから」

「……なんで俺の顔知ってんの」

「写メで見せたから」

勝手に見せるなよとさらにふくれた佳弥はといえば、じつは合コンはこれで人生三度目だ。といっても、一年生の折り、それもクラスメイトの集団茶飲みと大差ないようなものにしか出たことはない。

もう少し遊びのうまい面子になれば夜のクラブなどであれこれするのだろうけれど、制服を着た同士での疑似見合いにも似た状況では、そうそう羽目ははずせなかったともいえる。

「待ち合わせ、六時半に駅前だったよなあ。なんか緊張すんだけど」

「なんで緊張すんだよ」

妙に繊細なことを言う牧田は、見場は派手目だし長身のスポーツマンだが、まじめな体育会系青年であったため、あまりこの手の遊びに参加したことはないようだ。そういう硬派で子どもっぽいところが好ましく、佳弥は入学以来この背の高い友人とつるんでいた。

「ってさあ、相手にもされなかったらやじゃん。里中狙いの子とか来るなら、俺とか除外じゃないの？」

「心配すんな。どうせこの手のアイドル顔は本命になんねえ。観賞用だ」

「おまえ菅野、それどういう意味だよーっ」

「どうせ里中だって持ち帰りなんかする気ないだろ。安心しろ、ちゃんとひとは見て場を作ってるから、俺は」

不安顔の牧田にそっけなく返し、佳弥の抗議を叩き落とす間も、菅野は手元の携帯をずっと駆使したままでいる。そして顔をあげないまま、いきなりずばりと切りこんできた。

「でもさあ、どういう風の吹き回し。里中が合コン出るって言うなんて」

「いや……そりゃ牧田が誘うから」

ぎくりとして顔をひきつらせれば、隣にいた牧田が「えー」と声を大きくする。

「なんだよそれ、俺いっつも誘ったじゃん。でもおまえ行かねえつったじゃん」

ふたりからの追及に、うう、と佳弥は声をつまらせた。

高校三年生、同世代は本来、来年の受験に向けてかつかつする時期のはずだが、この三人はいたって暢気《のんき》だ。

牧田はスポーツ推薦が決定、佳弥は持ち上がりの大学に進むための成績も内申書もほぼ問題なし。菅野はいまさら心配することもない優秀さの上に、「合コンのひとつやふたつで落ちるくらいならそれまで」とあくまで飄々としている。

だがそれでも、佳弥がこの手の遊びに顔を出したことは滅多にない。指摘されるのももっともだが、さりとて本音を吐露するわけにはいかなかった。

(……だってくさくさしてるんだ)

むろん、らしくもない合コンに顔を出すなどと言ったのは、元就へのあてつけだ。

あれからもう一週間は経つけれど、宣言どおり元就の電話は着信拒否にしてやったままだ。

そしてあの一件からの数日後、島田からは別件で連絡があったのだが、その際にも佳弥の怒りはほどけないままで、ついついよけいなことまで話してしまったのも我ながら痛い。

――この間のオッサンの件。まだなんかいそうか？　あのあと近くの派出所に警戒注意しておいたけど、とくに怪しいのは見かけんそうなんだが。

——あ、忘れてた……。

元就の件でいっぱいいっぱいで、ここ数日奇妙な気配が消えていたことにも気づいていなかった。そう告げると島田は呆気にとられつつ、まあ気をつけるに越したことはないがと言った。

——しかしなんなの、そんなことも忘れるなんてなにがあった？

怪訝《けげん》そうな刑事に思わず愚痴を言ったのは、相当に憤懣《ふんまん》やるかたないものを覚えていたせいだ。しかし、佳弥が大まかに事情を話せば島田は爆笑しただけだった。

——そらまた、なっさけねえなあ窪塚も……。

——だよなあ!?

まったくだ、と頷く佳弥に彼はなおも笑い「窪塚の件はわかった、少し反省させてやれ」とおもしろがりながら、とくに繫《つな》ぎは取らないでやると約束してくれた。

しかし、だからといって。

（一回も電話かけても来ないのは、ありか！）

自分から拒否しておきつつ、そこは気になるのが人情だろう。情けなくみっともないと思いつつも、携帯の履歴を確認すれば、そこには一件たりとも元就からの連絡はなかった。

たしかに連絡を拒んだのはこちらだし、周囲にもそうして言い含めた以上、当然とも言える。だがそれはそれでどうでもいい扱いを受けているようで、納得いかない。

新機種でろくに使い方もわからないままでいた携帯。慣れない佳弥はマニュアルと首っ引きでどうにかいじってはみたものの、まったくなんの意味もなかったわけだ。

思い出したらとたんにむかむかと腹が立ち、佳弥は語気荒く吐き捨てるように言う。

「気が変わったんだよ！　いいだろもう。だいたいさあ、牧田も合コン、自分から言い出しておいて、なんでめずらしいとか言うわけ？」

「いやだってめずらしいし。だいたい滅多に乗ってこないじゃん」

詮索するなと威嚇するようなその態度にも、へろりと牧田は答える。

「じゃあなんで、毎回俺のこと誘うんだよっ」

「だってぇ、ひとりじゃ怖いんだもぉん」

くねくねと気持ち悪いリアクションをする牧田にげんなりとため息をつき、もういい、と佳弥は手を振ってみせた。

「とにかく着替えたら駅前集合なー」

「おー。んじゃあとで」

のちほどの待ち合わせを再度確認したあと、分かれ道でそれぞれ帰途につく。いつものようにMTBにまたがり走り出した佳弥は、ペダルを踏みながら唇を噛みしめた。

いまはデイパックの中に突っこんである携帯が急に重くなった気がする。

（わざわざマニュアル見て着信拒否して……なにやってんだ、俺）

ひとに着信拒否のやりかたなど訊きたくなかったから、苦労したのに。

だがいま佳弥の気分が悪いのは、無駄骨や徒労のせいというより、自分がなんだか性格の悪い真似をしたようで、もやもやしたものが胸の中にたまっているからだ。

あげく元就は電話の一本もよこさないままで、なんだか惨めに思えてくる。後味だけが悪くて、ばかなことはしなければよかったと思った。

（もういいや。知るもんか）

めずらしく牧田が誘いを食い下がったのも、このところ浮かない顔ばかりの佳弥を気遣ってくれたからだろう。あるいはこのまま大学までバスケ一直線で、色気のない自分に少し焦っただけなのかもしれないが、もう友人の思惑などどうでもいい。

「かわいい女の子とか、知り合いになっちゃうかもしんねえからなっ」

じゃかじゃかとペダルをこぎつつうそぶいて、知り合い程度としか言えない自分がちょっと情けない。

そしてたぶんどんなにかわいくて胸が大きくてスタイルのいい子であれ、元就ほど佳弥の胸を騒がせはしないだろう。その予感は、きっとはずれない確信がある。

そんな自分は結局偏っているのか一途なのか。少しだけ疑問に思う佳弥だった。

＊　＊　＊

カラオケに入るのはものすごく久しぶりで、正直言えば戸惑った。この空間の特有のノリが佳弥はあまり好きではなかったし、じつはあんまり歌も得意ではない。恥ずかしいからだ。

（女子ってなんでこう、ラブソング好きなのかなあ……）

好きだの嫌いだの愛してるだのという歌詞は、恋愛真っ最中の身としてはむしろいたたまれない。むろんのこと、歌の中の女の子のように駆け引きをするようには振る舞えないし、そこに自己投影するほど酔っぱらいきれないからだ。

「里中くん、歌わないの？」

「あー、うん、ちょっと今日、喉痛いから」

場の空気を壊すのも悪くて、適当な愛想笑いで言い逃れる。そのまま話題が切れるかと思えば、彼女は食いついてきた。

「そうなの？　風邪とか？」

「や、どうかなあ。最近暑いんで薄着してたからかも」

気をつけなよ、と肩を叩かれて苦笑するしかなかった。

今日はじめて会ったばかりの女の子に、もう少しで肩がくっつきそうな位置で座っているのになにもときめかない。たぶんそれは、隣にいる彼女のさばさばした雰囲気のせいだとも思うけれど、それ以上に気分がどんより沈んでいる。

(やっぱり、つまんない)

正直言えば、家に帰って着替える間、なんだかむなしくなってはいたのだ。ここに来るのも気乗りはしなかったのだが、あの年上の男に当てつける意味もあっての合コン参加は、どうにも違和感を覚えただけだった。

楽しいとも思えないのに笑って、苦手なカラオケボックスで大音量の流行りのJポップを、しかも声だけでかい牧田の、へたくそな歌声で聴かされて。

(……来なきゃよかったな。なにしてんだろ俺)

だんだん愛想笑いに疲れてきて、顔面の筋肉がひきつる。幸いなのは人数が思ったよりも多いことで、隣にいた彼女は反対側のべつの高校の男子と楽しそうに話しはじめた。

わんわんと反響する音楽の渦に巻きこまれていると、不思議にぽつんとした気持ちが募る。めいっぱいこの部屋に響いているはずの音の洪水がなにひとつ音階に聞こえず、ふっと無音の空間でひとり膝を抱えているような気分になった。

「……ん?」

ブラックライトの点滅する部屋で、すっと影が動く。反射的に目をやればそこにいたのは菅野で、ちょいと顎をしゃくってくるから頷いて立ち上がった。どうしたの、と目顔で問いかけてくる女の子に口の動きだけで『トイレ』と告げて佳弥も友人に続く。

部屋を出て防音のドアを閉めたとたん、ふうっと音の波が遠ざかる。

「なに、どしたの」

「あのさ、里中さ。もう帰りたくなってる？」

菅野らしいあっさりした声で直球を投げられ、うっと佳弥はつまった。

「ごめん……なんか空気悪くしてる？」

「ってほどじゃない。ただもし、あんまノらねーなら帰ったほうがいいかも」

なんで、と首を傾げれば、菅野は軽く呆れたような息をついた。

「おまえさあ、さっきからシホちゃんがすっげえ頑張ってるのに、ふってもふっても食いついてこねえじゃん」

「え、シホちゃんって誰？」

これだよ、と菅野は頭を抱え、合コン奉行として仕切らせてもらうと言った。

「ココ入ってもう一時間半になるけど、その間けっこうそれとなく場所替えさせてんのに隣にずーっと座ってんじゃん。察しろよ。おまえ狙いなんだって」

「え、彼女シホちゃんっつうの？」

「最初に自己紹介したろが、マックで！　もうとにかく、おまえあがっていいよ」

いいの、と佳弥が困惑すれば、菅野は深く頷く。

「逆どなりのヤツがシホちゃん狙いでさあ、ほどほどいい雰囲気なの。でもおまえがいるからシホちゃん、気が散ってるわけ」

「はあ……」

佳弥のぼんやりした返答に、菅野はかすかに眉をひそめた。とくに苛立った様子や声を荒らげるでもないけれども、「わかってないな」とばかりに彼はため息をついてみせる。

「だからあ。ついでにこのノリだとたぶん延長かかるぞ。そんでここあがれば解散だろうけどさ、おまえそんときケーバン訊かれて躱せる？」

「わ……わかんない。断れないかも」

「でもってメアドゲットとかされたあと、ちゃんとそれにそつなく対応できる？」

痛いところを突かれて、佳弥はふるふるとかぶりを振った。そんなことになったらどうしたものかわからないし、メールは不得意だ。

「わかった？　気を持たせるだけシホちゃんにも気の毒だし、テンション違うヤツいると、いろいろ難しいの」

「……でもたまごって言ったのに」

菅野の言わんとするところはわかるけれど、さりとてはいそうですかと頷くのもしゃくに障り、佳弥は小さな声で口答えをした。だがそれに対して、合コン奉行はあっさり告げる。

「たまごでも合コンは合コンなの。その場の展開でクラスチェンジもあり。でもって、あとあともめるとかクレームのネタになるような面子は、俺が困るのね」

というわけでさっさと帰れと、用意周到にも佳弥の分の金額計算まで済ましていた菅野は手を振ってみせるから、佳弥ももうため息をつきつつ従うほかにない。

「菅野って……友情と合コンどっち大事？」

「合コン」

即答にいっそ感心しつつ、言われた金額を払った。それじゃと手をあげた佳弥に、彼はあくまでさらりとした態度で、こう言った。

「気をつけて、早く帰れよ。おまえんち、こっからけっこう遠いだろ」

「――え？」

その言葉に振り返ると、既に菅野は分厚い防音ドアの向こうに消えていた。そこでふと時計を見ると、もう八時をまわっていたことに気づく。

とたん、ぎゅうっと佳弥の眉が寄った。

けれどいまさらあのやかましい部屋に戻れるわけもなく、薄い肩を落として出口に急いだ。

「変な気、回すなよな……」

店を出て繁華街を足早に歩きながら、佳弥は無意識に頬の内側を強く噛んだ。悔しいような気分のときに出るそのくせは、小さいころからのもので、口内炎になりかねないからよしなさいと元就や梨沙はよく叱っていた。

気遣いをされて、少しだけ苦いものを覚える。菅野もまた、あの秋のストーカーの件を知っているひとりだ。おそらく佳弥の帰りが遅くなってはまずいのだと察したのだろう。もしくは先日の怪しげな中年男の件を、牧田に聞きでもしたのだろうか。

（どっちにしろ、俺はおみそか）

場の空気を壊さないよう、きちんともっともらしい言い訳まで作っているあたりは菅野らしいとも思う。これが牧田なら心配顔もあらわに『早く帰れ』とまくし立て、佳弥を意固地にさせたはずだ。

（でもこういうのは、あんまり嬉しくない）

こんなことならただ邪魔者だから帰れと言われたほうがずっとマシだったと、友人に対して不当な怒りさえ覚えそうになる。

十八歳男子ともなって、なんでこんな小学生みたいな気遣いをされなきゃいけないのだろうか。それは結局自分が、被害者の立場から抜けきっていないからだろうか。

周囲の心配や不安はわかるけれど——そういう態度を取られるたびに、ふっとあの事件を思い出してしまうのも事実なのだ。

ふだんどおりにしてくれていても、ときおりぽろりと顔を出すこの過保護さに、たまらなく苛立ってしまう。それがどんなに失礼で情のないことかは察するだけに、どうにも持って行き場がない。

（俺は、そんなに弱くないのに）

ずかずかと歩きながら自分の足下をじっと見つめる。交互に動く脚は細く、体側で揺れる腕もきゃしゃとしか言いようがない。もうこれが自分の身体なのだからと、最近ではあきらめ気味の痩身《そうしん》を眺めつつ、それでもかすかに傷ついた自尊心がじくじくと痛んだ。

そうして地面ばかりを眺めて歩いていた佳弥の視界に、ふっと白いものが飛びこんでくる。大型カラオケボックスのある通りには、飲み屋やチェーン店系のレストランが並び建っている。この界隈《かいわい》はお世辞にもうつくしい街並みではなく、まだ宵の口だというのにところどころに吐瀉物《としゃぶつ》が点在していた。

その汚らしい地面に、女性がうずくまっている。場所柄か、気分が悪そうに口元を押さえて青ざめている女性など、行き交うひとびとは誰も振り向きはしない。

(酔っぱらい……だよなあ)

佳弥も一瞬眉をひそめたが、めずらしくもないことだと思って目を逸らそうとした。しかし、どうにか立ち上がろうとした彼女が立て看板に手をかけたとたん、足を滑らせる。

「あっ……!」

駆け寄って、手を差し伸べたのはとっさのことだった。転びかけたそのひとは、佳弥の腕に支えられてどうにか転倒を免れる。

「ご……ごめんなさい」

「いえ、大丈夫ですか?」

ハンカチで口元を押さえたそのひとは、青ざめた顔色ではあったけれどかなりきれいな女性だった。しかし涙を浮かせた瞳にときめくというよりも、その真っ白な頬の色に驚き、純粋に心配になってしまう。

「あの、立てますか」

「ありがとう……すみません」

そっと薄い背中に手を添えてゆっくり身を起こしてやると、ふらふらとしつつどうにか彼女は立ち上がった。

「ひとりで歩けますか？　救急車とか呼んだほうがいいですか」

「そこまでは……でも、まだ目眩《めまい》がして」

「ああ。ゆっくり、慌てなくていいですから」

ありがとうと頷きながら、彼女はまだまっすぐ立っているのがやっとのようだった。どうしようと思ったが、あまりのつらそうな様子につい佳弥は口を開いていた。

「ここ、ちょっとごみごみしてるし空気悪いから、移動したほうがいいですよ」

「ええ、そうね……」

同世代の女の子相手にはあまり器用に振る舞えないが、幼いころから母ひとり子ひとりに近い生活をしていた佳弥は、頼りない感じの女性はなんとなく放っておけないのだ。

「俺、そこの通り抜けるまで付き添いするから。きつかったら、腕に摑まって。ああ、それともなんか飲みますか？　スポーツ飲料とか……」

「え？」

初対面で親切にする男など却って怪しまれるかと思ったが、一瞬だけ怪訝な顔を見せたものの、佳弥の顔をじっと見つめた彼女は、むしろほっとしたように頷いた。

「飲み物はだいじょうぶ。でも、つきあってくれるととても助かります」

「あ、じゃあ……」

どうぞ、と腕を差し出せば、佳弥のお世辞にも太いとは言えないそれに彼女の細い指が触れた。きれいに整えた爪が震えていて、かなり具合が悪いのかなと思う。

「あの、もっとしっかり摑まっていいですよ」

「ごめんなさい……ありがとう」

ぐっと体重をかけられても、さほどの重さではなかった。そして、ふだん自分が元就を筆頭に、牧田や島田などという超がつく長身の連中とばかり接していたせいで忘れていたが、女性と並べば佳弥もそれなりの身長があったのだと気づく。

（ほっそー。っていうか、ちっちゃー！）

毎日見慣れている梨沙も小柄だが、母親らしい貫禄《かんろく》と迫力でさほど小さく見えない。またさきほどカラオケボックスで隣にいたシホは、どちらかといえば背が高かったのと、そこは若さのせいか全体に肉付きに迫力があって、この儚げなきゃしゃさはなかった。

だが、いま佳弥の腕に摑まるひとは、触れたらほろりと崩れてしまいそうなあやうさがある。

（だいじょうぶかなあ……途中で吐かないでくれるといいんだけど）

心配でちらりと眺めれば、近くに見てもどきりとするような色っぽくきれいな女性だった。長くゆるやかに巻いた髪が乱れ、赤く色づいた唇が苦しげに開いている。かなり飲んでいるようでアルコールの臭いもするが、髪が揺れるたびに香水のような甘い香りも漂うので、さほどの不快感は覚えなかった。

（やっぱ母さんとは違うよなあ）

母親以外、大人の女性との接触などろくにない佳弥は、しなだれかかってくる甘ったるい身体に慣れずどぎまぎしてしまう。

そして、シホ相手にはまったく覚えることのなかった動揺がこみあげるのは、縋《すが》ってくる腕にあたる胸が、あまりにやわらかいからだ。

大人っぽい、甘く濃厚な香り。触れれば溶けそうな身体のやわらかさ。そういえばいま自分の腕を摑んでいる指までもひどくやわらかく、女性に触れられているのだなと意識する。元就に抱きしめられるときとはまた意味合いの違う、あまりに脆そうな身体に対して覚えた違和感は、どうしてかうしろめたさと怖さを伴っている。

「え、えーっと……もうちょっと行くと駅ですけど、そこまで――」

自分でもはっきりしない、理由のわからない感覚がどっと押し寄せる。そのやましいような気分を振り払おうとして口を開いた佳弥は、さらにぎくっと肩を強ばらせた。

(やべ、見えるよこの角度)

夏仕立てのシャツから覗くそのとろんとした胸の谷間に、一瞬目が釘付けになった。胸が苦しいのかけっこうボタンを開けているので、インナーのレースまでが見えてしまうのだ。大あわてで目を逸らすと、佳弥はできるだけ平静な顔を装った。

「えっと、駅まで歩いて、行けます?」

「はい……でも」

焦りつつ言葉をつないで確認すると、ちょっと不安そうに語尾を濁らせた彼女が、また息を荒くする。苦しそうな浅い呼吸に、今度はべつの意味で慌ててしまった。

「少し休みますか? そこ、植え込みの脇、ベンチがあるから」

座って、と促すと無言で頷く。ぐったりした彼女に「ちょっと待ってて」と言い置いて、佳弥は近くの自販機に走った。

「あのこれ、やっぱり飲んだほうがいいと思うから」

ミニペットボトルを差し出し、細い指に握らせる。少しびっくりしたように目を瞠って、彼女はのろりとした動作でそれを受けとった。

「ごめんなさい、お金……」

「いまそんなのいいですよ、ほら、早く」

蓋《ふた》を開けるのもまごついているので、ボトルキャップを取ったあとふたたび手渡す。

遠慮したものの、やはり喉が渇いていたらしく一気に半分ほどを飲み干したあと、ほっとしたように息をついていた。

「ちゃんと水分とったほうがいいですよ、お酒飲むときは」

「そうなの？」

「はい。悪酔いしたときは、スポーツ飲料を飲んだほうがいいらしいです」

ぼんやりした顔の彼女に、佳弥は鹿爪らしく頷いてみせる。

島田か元就に聞いた話でしかないが、血中のアルコール濃度を早く下げるために有用なのだと言われた気がすると、うろ覚えながら説明すれば、かすかに彼女は笑った。

「物知りなのね。まだ未成年なんじゃないのかな？」

「あー、知り合いのオッサンの受け売り……です」

ほんとかな、と言う声が、少し低くて甘い。きれいな声だなと佳弥は思う。きんきんと高い、クラスの女子や同世代の女の子に比べて、落ち着いたまろやかさのある声音《こわね》だった。

（ＯＬさんなのかな。仕事帰りって感じの服だけど）

大人っぽいラインのほっそりしたパンツにストライプシャツは彼女のスタイルのよさを強調して、アンクレットの似合う足首のラインにも、大人の女性だなあ、と思う。

「少し落ち着いてきたかも……本当にありがとう。あの、これ」

ごそごそとバッグを探った女性は、財布の中から千円札を取りだした。

「あ、おつりないし、ほんとにいいです。俺のおごりで」

「だめよ、悪いわよ。若い子におごってもらうなんて……あっ」

しばし押し問答をするうちに、財布がぼとりと落ちてしまう。声をあげたのは中の小銭入れがゆるかったらしく、カード類と小銭が飛び散ってしまったからだ。

「わ、ごめんなさいっ」

「ああ、こっちこそ……そんな、いいのに」

大あわてでしゃがみこんで拾った佳弥は、カード類に混じって何枚か同じ名刺があるのに気づいた。

（藤村綾乃《ふじむらあやの》……さん。このひとのかな？）

どうやらけっこう有名な広告代理店勤めらしい。『なんとかマネージメントアシスタント』とかいう肩書きが目に入ったけれど、夜道で一瞬眺めただけのそれでは読み取れるわけもなく、あまりじろじろ見ても失礼だと、佳弥は手早く手の中にまとめた。

「わ、これもしかしてあなたの名刺ですか……ごめんなさい、汚れちゃった」

「ああ、いいの。名刺入れに入らないスペアだから……それより面倒ばっかりでごめんなさいね」

お互いにぺこぺこと頭を下げていると、なんだか妙におかしくなってきた。綾乃もくすりと笑みこぼし、しばらくふたりで照れ笑いを浮かべる。

「あー、こっちきれいなのあるから、一枚あげる。あなたはないの？」

自己紹介します、といたずらっぽく笑った綾乃は、さきほどと同じ名刺をバッグの奥から出してきた。スライド式の名刺入れも品のいいデザインで、おしゃれな女のひとだと感心する。

「あ、俺名刺とか作ってないんで……」

「そうなのか。最近の若い子みんな、持ってるんだと思ってた」

それとももう流行りは終わったのかな、と眉を寄せてみせる綾乃に、ひとそれぞれだと思うと佳弥は笑う。

「えっと俺、里中佳弥です」

「そうか、佳弥くん。かっこいい名前ね。でもだめよ？　きみ十五か十六ってとこでしょう。子どもがこんなとこでいつまでも……酔っぱらったオバサンがお説教することじゃないけど」

「……十八です、一応」

鹿爪らしく、いけないわよと告げる綾乃に顔をひきつらせつつ、佳弥は訂正を口にした。

「えっ、あら……ごめん、あははっ。でも未成年なのは一緒じゃない」

「いて！」

まだ酒が残っているのか、さきほどよりかなり顔色の戻った綾乃がぱしりと佳弥の腕を叩いてくる。こちらもあえて睨んでみせながら、佳弥は逆襲を試みた。

「じゃあ、綾乃さん……でいいですよね。綾乃さんは、いくつなんですか？」

「ちょっと、女にトシ訊いたらだめよ」

くすくす笑って、はっきりと答えはしなかった。だが雰囲気から、十ほどは年上じゃないだろうかと見当をつける。

「でもどっちにしろお姉さんですよね。大人だったらちゃんと飲む量セーブしましょうよ」

佳弥としては、冗談混じりにたしなめたつもりだった。だが、そのとたんに表情を曇らせる綾乃に、なにかまずいことを言っただろうか――とどきりとすれば、彼女はうつむいたまま溜め息混じりに呟いた。

「……飲みたくて飲んだってより、ちょっと、飲まされちゃって」

「飲まされた？」

「うん……さっきとっさに摑まっちゃったのも、そのせいなんだけど」

複雑な顔の綾乃は、じつはさきほどナンパされた相手に呑まされすぎ、まずいと思ってトイレに行くふりで、店を逃げてきてしまったのだと細い声で語った。

「え……危ないじゃないですか、そんな」

「ちょっといやなことあったのよ。まあ騒ぐだけならいいかと思ったんだけど、だんだんまずい感じになって……」

　きれいな顔の綾乃が眉を寄せたまま微笑むと、ずいぶん頼りなく見えた。

「だから、うわ、親切な男の子だ、助かった！　と思って……酔いだけじゃなくて、怖くて気分悪くなったのもあったみたい。ありがとう」

「いえ、なんか俺とか細いしチビだし、へなちょこなんだけど……」

　深々と頭を下げられ、佳弥は慌てて手を振った。だがいささか自虐的なその発言に、綾乃はそんなことはないと首を振る。

「さっきから面倒みてくれて、佳弥くんすごく頼もしかったもの。さっき若いほうにサバ読み過ぎちゃったけど、やっぱり男の子だなあって」

「あ……そ、そうですか？」

「そうよ。チビなんて言っちゃだめ。二十四くらいまで背は伸びるっていうし、きっとかっこよくなるわよ。それに男は身長じゃないし、わたしから見れば充分背が高いわ」

　このところにはない言葉をもらって、佳弥は照れと同時になんだかとても安心している自分を知った。

（あ、そうか……このひとは）

　佳弥を――鶴田の事件で起きたことのいっさいを、綾乃は知らない。弱く護られなければならない存在としてではなく、まだ頼りなくても成長途中の男子として見てくれる。

それがひどく嬉しい気がして、佳弥は無意識ににっこりと笑った。

「うん、でも。なんともなくてよかったですね。具合もよくなってきたみたいだし」

「いますごく楽だわ、佳弥くんのおかげ。……それで、迷惑ついでにお願いしていい？」

「なんですか？」

綾乃のお願いは、できれば自宅の最寄り駅まで送ってくれないかということだった。この付近の駅から三つ目というところで、ちょうど佳弥の家に向かう方面でもあるし、電車はまだ充分に本数もある。

「やっぱりまだちょっと目が回るの……かといって、ここからタクシーじゃ摑まりそうにないし、却って時間食いそうだし……」

繁華街であるため、酔客の多いこの付近は渋滞になりやすい。早めに帰りたいのだが、ひとりで具合が悪くなるのも不安なのだろう。

「いいですよ、それくらいなら」

「本当？　すごく心強い、ありがとう。あの、電車代もちゃんと出すし……そうだ、今度お礼させてくれないかな。食事とか……あ、あとおうちのひとにも、なんならわたしから事情を」

「いや、いきなり女のひとから電話来たら、うちの母さん驚いちゃうから」

それにお礼などいらないと佳弥が遠慮すれば、しかし綾乃は急に肩を落とした。

「オバサン相手じゃ、いやなのかな……」

「え、なに言ってんですか」

たったいま元気に話していたのに、急に涙まで浮かべている。酔った女性はテンションのアップダウンが大変だ、と慌てつつ、佳弥がその顔を覗きこめば、悔しそうな声がした。

「……あのね。じつはわたし、今日ふられたの」

「え……」

「け、結婚するはずだった彼に……年下の、女の子と二股《ふたまた》かけられて……やっぱり、若いほうがいいんだ……」

そこまで言ってほろほろと泣き出した綾乃に「これが泣き上戸というヤツなのか」と半分は感心し、また半ば本気で焦りながら、佳弥はどうにかフォローしようとする。

「いやあの、オバサンとか思ってないですよ、ほんと」

「う……それで、やけくそでナンパに乗ったら、そこでも、身体目当てで、早くやらせろよオバサンとか言われて……っ」

「いや、あの、……そ、そんな男気にしなくていいですよ！」

目の前で女性に泣かれ、どうしていいのかわからないまま、佳弥はあわあわと手を振った。

「綾乃さんすっげえ美人だし！　ぜんぜん、次の彼氏くらいすぐできるし！」

「そうかなあ。もう三十近いし、出会いもないのに……もう会社と家の往復で、そいつ会社の同僚で……もう、世界狭くてやんなっちゃうし……」

「いやほら、今日！　いま、俺とも出会ったりしてるし！」

言いながら、あれ、と佳弥は首を傾げた。なんだかこれでは口説いてでもいるようだった
が、綾乃はとりあえずあまり深く考えなかったようだ。

「……そうね。そうだよね。酔っぱらって、佳弥くんみたいな若い子、知り合えたもんね」

「そ、そう。そうそう。ね、とりあえず今日は帰って、ゆっくり寝たほうがいいですよ」

送って行くから、と腕を取れば、ようやく口元を綻《ほころ》ばせた。ほっとして細い手を引くと、
綾乃は「じゃあお礼するから携帯教えて」と手を握ってくる。

「えー、でもお礼とかそんなつもりじゃ……」

「いいじゃない。男子高校生の携帯ナンバーゲットなんか、もう滅多にできないもの」

ぷっと口を尖らせて、子どもみたいな顔をする。ころころとよく替わる表情に佳弥も半ば
呆れつつおかしくなり「いいですよ」と携帯を取りだした。

「えーっと……あれ、俺のナンバーどこだっけ……」

しかし困ったことに、相変わらずこの機種が使いこなせていない。もたもたとジョグダイ
ヤルやあちこちを押す佳弥に、むしろ微笑ましそうに綾乃は告げる。

「忘れちゃったの？　じゃあわたしのにかけてくれる？　０９０――」

口頭で教えられる番号をそのまま打ちこむのはさすがにできる。そのまま通話が繋がり、

綾乃のバッグの中からは、聞き覚えのある音楽が流れてきた。

「えーっと、それカルメン……だっけ？」

「そう。カルメン組曲のハバネラ。わたし、好きなの。情熱的で、ドラマチックでしょう？」

うっすらと微笑む表情はどこか艶っぽい。

子どものようにはしゃいだかと思えばどきりとするほど謎めいた表情を見せる。印象の定まらない綾乃に少しだけ面くらいつつ、佳弥は彼女の伏した睫毛の長さに無意識に見惚れる。

薄暗い夜の中、携帯から反射する光が彼女の瞳に映っている。不思議な色合いになる大きな瞳はどこか、ぞっとするようなうつくしさがあった。

ワンフレーズを聴いたのちに綾乃が通話を切る。やわらかく笑む口元がひどく赤くて、佳弥は夏日だというのに背筋を震わせた。

「ん、これで登録できた。かけてみるね」

「え、あ、はい」

そのまま無事、佳弥の携帯にも彼女からの着信があり、その場で登録してくれとせっつかれて、苦労しつつなんとかメモリーに入れることができた。ついでに同じ着メロにすれば、すぐにわかるだろうと言われ、綾乃の分の着信メロディをハバネラに設定する。

「やった、ありがと。嬉しいなあ、友達に自慢しちゃおう」

「なにが自慢になるんですか……」

えへへ、と笑って今度は腕を組んでくる綾乃に苦笑して、なんだか不思議な出会いもあったものだと佳弥は感じた。

「今度電話するね。ごはん食べにいこうね。今日おごってもらったから、そのお返し」

「だから、おごりはいいですよ」

「うふふ。男子高校生とごはんなんてリッチな気分だなあ」

聞いちゃいない、と呆れたけれど、軽く体重をかけてくる彼女のやわらかな重みに、このところにはない充実感も覚えていた。

＊　＊　＊

彼女の最寄り駅に着くまで他愛ない話をした。ホームまでついて降りようかといったが、もう充分だと笑った綾乃とは、電車のドア越しにさよならをする。

ホームに立ったまま、電車が遠ざかるまで手を振ってくれた彼女に、佳弥はふうっと息をついた。

(なんだろうな。すごく……楽だ)

元就に曖昧な態度ではぐらかされ、晴紀に突き回し邪険にされ——そうして周囲の誰も彼もに心配され。

なんだか必要以上に圧迫感や鬱屈を覚えていたのだと、なにも知らない綾乃の笑みにあらためて思い知らされた気分だった。

細い頼りない腕でも、今日のように誰かを助けることはできたし、ふつうにしていればたぶん、なにごともなかったころと、佳弥はなにも変わりはしない。

謎の多い晴紀や元就の件はなにひとつはっきりしていなくても、なんだかちょっとだけ救われた気分でいるのはたしかだ。

久しぶりに、自分が自分でいる気がした。肩にずっしりのしかかっていた重みのようなものが失せて、胸の奥に空気がちゃんと通っていく感じがする。

そういえば頬がゆるんでいる。いまさらながらここ数日、ずっとしかめ面をしていたことに気がついて、これでは牧田や菅野に気を遣われるはずだと佳弥は反省した。

(煮詰まってたんだなあ……俺)

明日からは少し身がまえず、しばらくは元就のことも忘れて、もうちょっと気楽に行こう。

そう思ってようやく自宅の最寄り駅に辿りつくと、既に夜の十一時を回っていた。

「やべ、ちょっと遅くなったなあ……」

梨沙には一応、遅くなる旨は伝えてあったが、牧田らと別れたのはイレギュラーな事態だ。

もし心配して電話でもしているとまずいと思い、焦って駅の階段を駆け下りた佳弥は、そこでぎょっと立ち竦む。

駅前ロータリーに続くこの階段の真下には、あの赤いミニクーパーが停まっていた。

「――遅いお帰りだな」

「なんで……」

おまけにその車体に寄りかかったままの元就は、凄まじく不機嫌な顔をしていた。反射的に、夜遊びを咎められるのかと鳩尾が冷えたが、はっと佳弥は我に返る。

(そうだよ……もう、関係ねえじゃん)

あれだけほったらかしておいて、いまさらなんなんだ。もう叱られる筋合いはないと顔を逸らし、無視して通りすぎようとした腕が強引に摑まれた。

「なんだよっ」

「乗れ」

命令口調にかっとなり、佳弥はその手を振り払って大声を出した。

「いらない、自分で帰るっ……ちょっと、離せよばか、ひとさらい！」

「夜遊びした子どもがえらそうに言うな！」

周囲中に聞こえる声をあげたが、すぐに意図に気づいた元就が倍ほどの声量で怒鳴り返す。

一瞬、もめごとかと目を瞠っていた駅周辺のひとびとも、ただの保護者と子どもの喧嘩と察したのだろう、あっという間に関心を失っていた。

拉致されるように車に押しこまれ、文句を言うより早く運転席に座った元就がエンジンをかける。そのあとさらにいらいらした様子でアクセルを踏みこむと、彼は有無を言わせず車を発進させた。

「連絡くらいしろ。梨沙ママが心配するだろう」

「……ちゃんと遅くなるって言って出てきたよ」

また心配か。もういいかげんにしてくれとうんざり佳弥が呟けば、乱暴に車を走らせる元就は厳しい声を出す。

「ばか！　牧田くんに電話したら、とっくに別れたのに戻ってないって大騒ぎになりかけたんだぞ！」

その強い声に、佳弥はひどく強い苛立ちがこみあげるのを知った。帰りの遅さを心配した元就は、どうやら途中で別れた牧田に裏を取りでもしたらしい。

どうしてそこまで、と言いかけて、ぐっと口の内側を噛みしめた。

（これだから……っ）

あの事件のことは、佳弥と元就の中でも暗黙の了解的にタブーになっている。だが結局、周囲はずいぶん過保護なままで、そういう息苦しさをどこで解放すればいいのかわからない。

だからこそ今日、綾乃と出会って——本当にふつうの高校生男子として扱われて、嬉しかったのだ。けれどその一瞬の解放感も、元就の発言でまた元の木阿弥《もくあみ》だ。

「なんで大騒ぎすんだよ……牧田だって、どうせまだ家に戻ってないんだろ」

びりびりとした気配に、元就はなにかを言いかけて口をつぐんだ。佳弥の苛立ちの原因に気づいての沈黙なのだろうけれど、察せられたこと自体もまた不愉快で、腹が立つ。

あげく、佳弥の発言から話をはぐらかすように、元就は皮肉な笑みを浮かべてこう言った。

「──しかし合コンに行くとは大人になったな、佳弥……浮気でもする気か？」

「なん……！」

そっちこそ、と言いかけてやめた。無理矢理に方向を変えたような会話が、あまりに不自然で息苦しいからだ。いいかげん、むやみに心配するのはよしてくれと叫びそうになって、けれど相手の気持ちもわかるから、口にはできない。

本当に自分自身が平気と言いきれるほどでもないから、なおさらだ。

複雑な苛立ちを元就にぶつけてもしかたない。気を落ち着かせようと長いため息をついて、疲れきった声でこう呟いた。

「……今日はたまご組だから、浮気もクソもないよ」

「は？　たまご？」

なんだそれ、と首をひねる元就に説明してやる気にもなれず、佳弥はふんとそっぽを向く。

「だいたい、突然なんなのさ？　電話一本もかけてこなかったくせに……っ」

「はあ？　なに言ってんだ。着信拒否にしたのはおまえのほうだろう」

「嘘だね、履歴に入ってなかったもん！」

あげく佳弥が声をあげれば、元就は「なに？」と眉を寄せる。そうしてしばしなにかを考えるような沈黙のあと、途中に見えたファミレスの駐車場へといきなり車を滑りこませた。

「……なんだよ、メシなんか食わないよ」

「中に入るわけじゃない。おまえ、ちょっと携帯見せてみろ」

広い駐車場の中でもいちばん奥まった場所へ車を停めた元就が、佳弥の渋々差し出した携帯を奪った。そうしていくつかのボタンをいじったのち、げんなりとした声を発する。

「あのな……おまえどこの履歴見たって？」

「だから、着信……」

ばか、と呆れたようにため息をつかれて、なんなんだよと佳弥は目を尖らせる。

「拒否してるのに着信履歴に残るわけないだろ、見てみろこれ！」

手早く携帯を操作した元就が出した画面には、ずらりと同じナンバーが並んでいる。

「……これ、なに」

「拒否履歴！　着拒にしたナンバーは全部こっちに振り分けられるんだよ」

「そうなの？　音が鳴らないだけだと思ってた」

「よーしーやー……」

知らなかった、と目を丸くした佳弥に今度こそ呆れたという顔で元就は呟いた。

「おまえ携帯オンチにもほどがあるだろ。どうやってそれでメールだなんだやってんだ」

「えーっと基本設定は母さんが全部やってて……メールほとんど使わないし、あとどうしてもいるときとか、細かいとこは菅野とか牧田に教えてもらって……」

だんだん語尾が萎れていくのは、面倒なことをひとまかせにしたと告げるのが情けなかったからだ。案の定、元就はどこか疲れたような声でツッコミを入れてくる。

「そんなんで、心配されるのが鬱陶しいとか言うつもりか」

「……うるさいなあ！」

自分でもわかっているだけに腹立たしく、佳弥はいらいらと放っておけと言い放つ。しかし元就はなおも追及をゆるめない。

「もう、俺から逃げないんじゃなかったのか」

「ちょっと待てよ、いまそれ言う⁉」

かあっと頭が煮えて、佳弥は目を吊り上げる。それはかつて、佳弥と元就が交わした約束だった。

——逃げない……ずっと、いるから。ここにいるから……。

だが、泣きたいくらい甘くせつない気持ちで告げた言葉を、いまここで言質《げんち》を取ったとばかりに蒸し返されれば、いっそ反故《ほご》にしてくれと言いたくなる。

「元にいの都合でばっかもの言わないでくれよ、最初に俺をほったらかしたの、そっちじゃないかっ」

売り言葉に買い言葉、言いたくないことばかりがぽんぽんと口から飛び出て、佳弥はなんだかむなしくなった。

「……事情があるって言ってるだろう」

「だからその事情ってなんだよ！　俺が言いたいのは……っ、ああ、ああもう！」

言いかけたことを途中で放り投げ、頭を抱えこんだ。大きく肩で息をして、どうしようもなくまずい空気の中、そっぽを向いたままぼそりと呟く。

「……もう、やだ」

「やだって、なにが」

「なんかもう、最近は会うと喧嘩ばっかだもん。なんかこんなの、やだよ」

疲れるよ、と呟いてうつむくと、元就はなにかを言いかけて結局は口を閉ざした。

エンジンを切り、しんと静まりかえった車の中では、ため息さえも大きく響く。佳弥はもうどうしていいのかわからなくなり、ずるずるとシートに身をもたせかけた。

間の持たなくなったらしい元就も困惑している気配が濃くて、いつからなにがこんなにすれ違ったのだろうと思う。

（なんだったっけ）

晴紀に苛立って、元就に苛立って、そのいらいらがおさまらないから些細なことの全部が気になって——悪循環の連鎖に、もはや根本の原因などわからなくなってきた。ただ現実問題として、隣にいる元就とのこの気まずさだけが残っている。そして佳弥は、それをどう払拭すればいいのか、さっぱりわからないのだ。

「おい、待て。……なんだこの匂い」

「え？」

なんだかうんざりした気分で物思いに沈んでいると、いきなり元就は不快そうに眉をひそめて言った。そうして唐突に佳弥の肩を抱き、首のあたりに顔を寄せてくる。

「な、なに……」

脈絡のない行動に面食らい、また匂いを嗅《か》ぐような動作にも困惑と羞恥《しゅうち》を覚えていれば、さきほどの比ではないほどに元就の顔が険悪だと気づく。

「おまえ……今日、牧田くんたちと別れたあと、なにしてたんだ」

「なにって……？」

意味がわからないとかぶりを振ったとたん、ふわっと花のような品のいい香りが漂った。覚えのあるそれは、綾乃の身体から漂っていたのと同じものだ。どうやら彼女を支えるとき、香水が移り香として残ったらしいなと佳弥はようやく思い至る。

「……どこでこんな匂いつけてきた？」

「いや、これは、べつに——」

詰問口調に佳弥が目を瞠ると、元就はさらに顔をしかめて声を低くする。

「エルメスのヴァンキャトルフォーブル。こんなもの、女子高生が好んでつける香水じゃないだろう」

やましいことなどなにもない。人助けをしただけだと言いかけて、けれどふと、なぜ言い訳をしなければならないのかと思った。

どちらかと言えば、大人の女が好む――というより、そうした年齢でなければ似合わない類の、品のよい高級フレグランスを銘柄まで言い当てた彼に、不愉快さが募る。

そんなブランドまで嗅ぎわけられるような経験を、いったいどれだけ元就は積んだのだと、そう思ったら頭が煮えそうだった。

「……知らないよ。っていうか、女のひとの香水なんかよくわかるね」

詳しいことで、とあてこすれば、元就は淡々とした、しかしなにか苛立ちを無理に押さえこんだような違和感のある声を発した。

「知り合いがつけてるだけだ。答えなさい、佳弥……どこで、誰といたんだ」

元就だって晴紀のことをなにも教えてはくれないではないか。それでどうして逐一、自分の行動だけは詮索されなければいけないのか。

素直に教えてやる義理はない。いっそ怒りというより冷めきったような気分で、冷たく佳弥は吐き捨てる。

「——べつに、元にいには関係ない」

「佳弥っ」

「なんだっていいだろ。どこで俺がなにしたって、なんでそういちいちいちいちいち口出すんだよ、自分はなにひとつ——晴紀のことひとつ、説明もできないくせに！」

荒らげた声でひといきに告げれば、元就はまた押し黙るか、キスでごまかしでもするのかと思っていた。

だが、ひどくつらそうな顔を見せた彼に頬に手を伸ばされて、佳弥は渋面をほどけないまま、目を合わせてしまう。

「事情を……説明できないのは、悪いと思ってる」

「……元にい？」

弱い声に、意味もわからず胸が騒いだ。ときめくということではなく、なんだか不安を覚えさせるような声音と、そして手つきだった。

「ただ、本当に頼む。皆が心配することだけは……受け容れてくれないか」

「だって、俺は……っ」

「わざと逃げ回るのだけはやめてくれ、佳弥。頼むから。……お願いだ」

重ねて言われて、ずんと腹の奥が重くなった。怒り任せで言いたい放題したけれど、どこにいるかわからない佳弥に対し、彼が気を揉んだのはおそらく事実なのだ。

「話……それとこれとは、違うだろ。ごっちゃにすんなよな……」

最初にそこを同列に置いて怒ったのは自分だとさすがにわかっているので、佳弥の声も歯切れが悪くなる。

「そうだな。ごっちゃになってるな」

だというのに宥めるように頷かれて、よけい居心地が悪くなった。それ以上に、髪を撫でる元就の、らしくもなく遠慮がちな手つきが苦い。

「今日は……帰る途中で酔っぱらった女のひとが、気分悪くしてたから。それで、途中まで送ってあげて、遅くなっただけだ」

「じゃあ、これは」

「そのひと、腕に摑まらせたから、匂いついただけだよ」

ぼそぼそと白状したのは、触れている手に少しも近さを感じないからだ。去年の秋以前、どこかぎこちなくしか接することのできなかった時期に戻ってしまったかのように、元就が遠い。

肌の境目さえなくなるほど抱きあって、身体の内側まで許した相手のはずなのに、髪に触れている手がどうしてこんなによそよそしく思えるのだろう。

「それで途中で駅まで送ってくれって……具合悪そうで、断れなかった」

でも心配かけてごめんなさい。ようやく謝ると、ほっとしたように元就も強《こわ》ばりを解く。

「まあ……だったらいい。じゃあもうとにかく、帰るぞ」

うん、と頷いて、車は駐車場を出た。そしてふと気になり、運転する元就の横顔を眺めた佳弥は問いかける。

「駅で、ずっと待ってた？」

「ああ、……まあな」

歯切れの悪さは、元就もまた微妙な空気をどうにもできないからだろうか。悪いことをしたなと思いつつ、もう一度謝ろうかと逡巡するうちに口を開くタイミングを逃してしまった。

「俺……いつまで心配されなきゃいけないのかな」

「え？」

謝罪の代わりに口をついて出たのはそんな言葉だった。言わなければよかったと、自分の声を耳にした瞬間には思ったけれど、もう取り返せるわけはない。

「……なんでもないよ」

茫洋《ぼうよう》とした声で呟けば、元就はやはり無言のままだった。

そうして自宅へたどり着き、気まずく別れたあと気づいたのは、結局今度会う約束も、それについての問いかけもなにもしなかったということだ。

こうまで後味の悪い別れ際は経験したことがない。いままでどれだけ突っかかってみせようと、元就はいつも笑って「またね」と言ってくれていたから。

「なんなんだよ……」

走り去る車を見送りながら、ため息ばかりこぼれる。しかし、そう落ちこんでもいられないのは、このあとさらに梨沙とのやりとりが待っているからだ。

もうだいぶ見慣れた新居の玄関が、異様に大きく重たく見えた。敷居が高いという言葉を実感しつつ、そろりとドアを開ければ、そこにはやはり梨沙がいた。

「……遅かったわね」

今日の梨沙はさすがにいつもの穏和な表情を捨て、怒った顔で仁王立ちをしていた。

佳弥はまだ三和土《たたき》で靴を脱ぐ前で、梨沙は段差の上に立っている。それでもやっと身長差が埋まる程度の小柄な母なのに、今日ばかりは怖ろしくその姿が大きく見えた。

「途中で牧田くんから電話があったからいいけれど。佳弥、あなたどこでなにをしていたのか、お母さんに説明なさい」

そうじゃなければ家に入れませんという顔で睨まれて、佳弥はぼそぼそと、元就に話したのと同じ説明を繰り返した。

「だから、そのひと送ってくるのに、遅くなりました」

すると梨沙は深々とため息をつき、しかしまだ渋面はほどかない。

「それにしても、電話の一本も入れられるでしょう」

「相手、すげえ酔ってて……絡まれたんだもん……そんな暇なかった」

やはり梨沙は元就ほど甘くはないようで、びしりと「それはおかしい」と言う。

「そんな絡んでくるような女のひとに、つきあう必要はありません。大人が子どもに酔っぱらった面倒をみさせるなんて、どうかしているでしょう」

「待ってよ、でもそのひとにも事情が……無理に飲まされたりして」

「事情がなんですか。そのひとがそんなものは断ればいいだけの話です。少なくとも初対面で、あなたを巻きこむ必要はないでしょう」

正論であるだけに、反感を覚えもする。そうは言っても目の前であんなに泣かれて縋られて、放っておけるほど佳弥は冷たくはなりきれない。

「……じゃあ、具合悪そうなひとほっとけばよかったのかよ⁉」

「そんなことは言っていないでしょう。状況的におかしいって言ってるんです。あなたは未成年なのよ？　自分自身でも責任が取れるような状態にないのに、他人事に巻きこまれてどうするの」

嚙みついても梨沙は冷静なままだ。むしろ佳弥が激昂すればするほど、母は淡々とした声で説教を続ける。

「実際、いまこうして、わたしにも元ちゃんにも心配をかけているでしょう。その状態で、人助けだったからなんて言うんじゃありません」

「……心配してくれなんか言ってない」

言うつもりのない言葉が、ぽろりとこぼれた。一瞬目を丸くした梨沙の顔を見ていられず、ふいと顔を逸らせばさすがに母はきつい声を発する。

「佳弥！」

「うるさいよ！」

どん、と玄関の壁を叩くと、凄まじい音がした。神経がひりひりと逆立っていて、たまらない気持ちのまま佳弥は吐き捨てる。

「なんなの、心配心配って、俺、幼稚園児かなんかかよ。みんな心配しすぎで、うざい！」

「……佳弥っ」

「俺はいつまでこうなの!? またいつどっかで誘拐されるとか、強姦《ごうかん》されそうになるとか、殺されそうになるとか、そんな心配ずっとされんのか！」

俺はもうふつうじゃないのか。あのことはずっと終わりにできないのか。この半年以上、徐々に降り積もった鬱屈を吐き出して、佳弥は肩を震わせる。

しばしの沈黙のあとに、梨沙はいささか冷たくも聞こえる声で言った。

「……佳弥がそう思うんだったら、そうなのかもしれないわね」

「え……？」

興奮しきった様子の佳弥に動じることもないまま、少し冷静に考えなさいと、梨沙は厳しい表情で告げる。

「そもそも、あなたはこんな夜遊びする子だった？　せいぜい遅くなったって、お友達の家に泊まるのが精一杯で、それもちゃんと電話してきてたでしょう」

つけつけと言われて、意外なそれに目を瞠る。そして言われてみればたしかに、佳弥はろくに羽目をはずしたこともない、比較的品行方正な子どもだったことに気づいた。

「繁華街ではぐれて連絡がつかない未成年を、保護者や、お友達や、周囲のひとたちが心配することの、なにがおかしいの？　なにが問題なんですか？　あなたのほうが、そのこと考えすぎて、らしくない行動取ってるんじゃないの？」

「そ……れは」

まるで突き放すように言われて、佳弥は唇を嚙みしめる。いままでに知らないほど、母の存在が大きく、そして遠く思えて、屈辱と同時に寂寥《せきりょう》をも覚えた。

「もう少し自分で考えなさい。それこそ十八歳にもなったと言い張るなら、親に心配をかけない程度の分別ある行動を身につけなさい」

それだけ言って、ふいと梨沙は身を翻《ひるがえ》した。

圧倒的に正しく強い母の前に、佳弥は唇を嚙みしめ、どうしてここまで言われなければいけないのだと思う。

そうじゃない、違う。なにかどうしようもなく自分の気持ちを無視されたような気分だけが残って、だが反論する材料があまりに少ない、それが悔しい。

「俺が悪いのかよ……っ！」

低く呻《うめ》いても、答える声はなかった。

＊　＊　＊

佳柾《よしまさ》から、わざわざ佳弥《よしや》の携帯に電話があったのは、その翌日のことだった。

母は買いものに出かけて不在だったけれど、おそらく梨沙《りさ》からなんらか説教をしろとでも言われたのかと身がまえて電話に出ると、父は開口いちばん、どこかおもしろそうな声でこう言った。

『我が家の王子さまに反抗期が来たらしいねえ？』

「父さん……勘弁してよ……」

国際電話の、少し音質の悪いそれでも快活に響く声で、父親はからりと笑う。なんだかその第一声に毒気を抜かれ、気を張っていた佳弥の反抗心はあっけなくへなへなになった。

『梨沙さんも心配してのことなのだから、許してあげなさい。彼女も、おまえを思って言っているのだから』

まあ、ちょっと怒っていたようだから、素のままきつくなったらしいけれど。おもしろそうに笑う佳柾は、どうやら佳弥の知らない梨沙を知っているようだ。

『あのひとが見た目どおりおっとりさんじゃないのは、佳弥も知っているだろう？　それに本当は、悪かったとも思っているんだろう？』

　まあそれはそうです、と頷《うなず》きつつ、少しだけふてくされた声が出てしまう。

「……でも俺べつに、悪いことして遅くなったんじゃないのに」

『まあね。けれど途中経過を彼女も元就《もとなり》くんも知らないのだから、そこはしかたないだろう』

　毎度ながら不思議なもので、佳柾の言葉だけはふて腐れた佳弥の耳にするりと入りこむ。それはこの父が近くにいないからなのか、本人の度量の問題なのだろうか。

『物事は結果論だ。その過程をさかのぼって評価されるのは学校の中の成績だけだよ』

「大人の社会じゃ通じない？」

『大人であれ子どもであれ、人間関係では通じないことも多いだろうね。だから行き違いや誤解が生じたら、たくさん話し合いをして解決をするしかない。難しいけれどそこで感情的になっては、どんどんもつれてしまうものだよ』

　どんな経緯を辿《たど》っても、その結果が起きてしまった以上は責任を免れるわけではない。やんわりした声で、佳柾は静かに諭《さと》してくる。

『佳弥から見れば梨沙さんは大人で、お母さんなのだろうけれど、まだまだたくさん悩んでいるからね。わたしがいつもそばにいないから、ふつうより気を張っているところもある』

それこそ男の子ならば、そうした面を護《まも》ってやり、少しでいいから譲りなさい。

『わたしはそちらにいられないからね。佳弥が母さんを気遣ってあげてくれないかな』

あっさりした声で言われると、そうだね、と素直に頷きそうになる。だが昨日の今日で丸めこまれるのもなんとなくしゃくで、佳弥はふと思いつきに問いかけた。

「……ねえ。なんで父さんと母さん、そんなにラブラブなのに、一緒にいないの？」

『うん？』

「なんでいつまでも単身赴任してんの？　そりゃさ、もしかしたら言葉の問題とかあるかもしれないけど、こんな長いことになるなら一緒についてけばよかったのに」

あらためて考えれば妙な話だ。そう思っての問いに、父はくすくすと笑い出した。

『なにを言ってるんだ。おまえが、日本を離れたくないと言い張ったんじゃないか』

「え……？」

『わたしが最初にこの国に来たときは、まだ佳弥は十歳か……いや、もっと小さなころかな』

はじめに父が二年間の海外赴任になったころ、まだ佳弥は小学生だった。当時は短期間とはいえ、後年——つまり現在のように、アメリカに行ったきりの生活は既に予想されていて、だったらいっそ拠点をあちらに移すという話もむろんあったのだと佳柾は言った。

まだ物心もつかない小さなころに連れて行かれてしまえば、佳弥は環境に適応できただろう。梨沙にしても最初の数年は苦労するだろうが、英語圏なだけにどうにかなったのではないか。

そんなことは当然、佳柾も考えていたという。

『むろんわたしはおまえたちを連れて行くつもりでいたよ。けれど、あのころ佳弥は……なにしろ、元就くんべったりで』

「え……」

意外なところで聞かされた名前にぎょっとしていれば、嘆息した佳柾の続けた言葉に、佳弥はますます冷や汗をかいた。

『だいぶ小さかったから、覚えていないだろうねえ。アメリカに本格的に行くと決まったとき、佳弥は最初はいいよと言ったんだよ。ただしこうつけ加えてね』

――元《もと》にいも一緒にいるんでしょ？　じゃあいいよ。

「そ、そんなこと言ったの、俺」

なんて恥ずかしいことを言ったのかと赤くなりつつ青ざめるのは、いま現在恋人であるはずの男の話を父親とするいたたまれなさからだ。

だが佳弥の心情を知ってか知らずか、佳柾は飄々《ひょうひょう》とした声で続ける。

『ああ。それで、あっちには元就くんはいないんだと言ったらまあ怒って怒って泣いて拗《す》ねて……しまいには、彼の家にこもって帰らないとだだをこねて』

うわ、と佳弥は赤くなった顔をしかめる。佳柾は懐かしいと笑って、かすかにため息をついて言った。

『元就くんにも説得してもらって、無理矢理連れて帰って――そうしておとなしくなったら今度は、熱を出して下がらなくなった。おまけに毎日みたいに吐いて、話が出ただけでこれじゃあ、この子はどうなるやらと思ってね』

あきらめました、と残念そうに告げる父に、記憶にない自分の暴れん坊ぶりを教えられ、佳弥はだらだらと生汗をかく。

「ど、どうも……だだっこですみません……」

なにを言っていいのかわからず謝れば、喉奥で笑った父は『いいけどね』と言った。

『まあどうせ数年で戻れると思っていたし……今年こそは日本に帰るつもりでいたんだけれどねえ』

「まだ、かかるんだ？」

当面はね、と呟《つぶや》く父が、あの広い肩を竦《すく》めているのがわかる。

『まあ、そんなおまえのわがままを聞いて、ひとりで頑張ると言ったのが梨沙さんなのだから。許してもらったぶんだけ、これからは佳弥が許しなさい』

「してもらったぶん……だけ？」

『そう。そうして持ち回りで動くのが、ひとの世というものじゃないかな？　いきなりは難しいけれど、できなくてもそう、努力をしよう。そうすれば、佳弥ならいつかできる』

許しを与えてばかりの佳柾は穏和に締めくくって、元気で頑張りなさいと電話を切った。

「……勝てません」

今回も結局、声を荒らげることもなく、押しつけがましいことを言うでもなく、さりげなく自尊心をくすぐって反省までさせられた。

よく考えればまんまと乗せられ、気分まで変えられている。あの話術と人心掌握術があるからこそ、本社のえらいひとたちは佳柾を手放したがらないのだろう。

おまけに――意図的かそうじゃないのかわからないが、本当にまったくもって、事件後の影響に関しての話を、匂わせることさえしなかった。

「父さん、でっけー。俺ちっちぇー……」

呟いて、自室のベッドに転がった。そうしていたたまれずに身を揉《も》むのは、幼いころの自分の話を聞かされたせいだ。

(なんっも変わってないじゃん……)

近くに元就がいないというだけで情緒不安定になって、さすがに熱を出したり吐いたりはしないけれども、誰彼かまわず食ってかかって、いらいらして。

そんな子どもがなにをえらそうに彼を責めたのだろう。そして母に、どれだけいやなことを言ってしまったのか。

（ちょっと消えたい）

だがここでグダグダとしていてもしかたがない。いっそ覚悟を決めて、まずは梨沙に謝るか——と悩んでいると、携帯の着メロが聞こえた。カルメン組曲、ハバネラ。綾乃《あやの》の音だ。

「もしもし？」

『あの……こんばんは。これ、里中佳弥くんのお電話ですよね？』

なんだか逃げ場をもらったようでほっとして電話に出れば、おずおずとした声が聞こえた。

「はいそうです。綾乃さんですよね？　どうかしましたか？」

先日ずいぶん大胆だったのに、とおかしくなりつつ返答すると、すっと訪れる小さな沈黙。

『……本当にごめんなさい！　この間はわたし、すっごい迷惑かけてしまって！』

「は？」

のっけから平謝りを繰り返した綾乃は、翌朝になって自分の所行《しょぎょう》に青ざめたのだと言った。

『朝になって、なんてことしたんだろう恥ずかしい、って……もう呆《あき》れておかしくないのに、最後まで高校生の子につきあわせて、最低だって思って』

「いや、そんな。しかたないですよ」

あの夜と似たようなフォローをしてやりつつ、心の中で佳弥は思う。

ほら、母さん。このひと悪いひとなんかじゃないよ。ちゃんと謝ってくれているよ。

そう思えることが、なんだかとても嬉しくて、佳弥の声は笑みを含んだ。

「気にしてないですから、ほんとに」

『もうほんとにごめんなさい――……。それで、あの、是非お詫《わ》びしたいんだけど』

いやだから気にしないで、と告げるけれど、綾乃はそれでは気が済まないという。

『じゃあ、じゃあお詫びじゃなくってお礼をするわ』

「や、だから同じですってそれ」

それでも、と食い下がられ、もう佳弥もこれ以上断れば却《かえ》って綾乃が気にするのだろうと思い、了承することにした。

「じゃあまあ、ポカリの代金に相当する分だけってことなら」

『ありがとう、嬉しい……！　なに食べたい？　なにが好きかな？　やっぱり、お肉がいいのかな？』

「や、俺はなんでもいいです」

どうしておごってもらうのに相手が喜ぶのかな、と思いつつ、店はまかせるからと告げて、佳弥は電話を切る。

そうしてふっと息をついて、いまの話を梨沙にしようと思った。

感情的に怒鳴り返したことの中には、けっして悪いひとではない綾乃を、梨沙が――敬愛する母親が、勝手に決めつけてきたことへの失望と怒りもあったのだ。

――行き違いや誤解が生じたら、たくさん話し合いをして解決をするしかない。難しいけれどそこで感情的になっては、どんどんもつれてしまうものだよ。

父にも教えられたばかりのことを実践するべく、佳弥は部屋のドアを開け、「母さん、ちょっと」と声を張り上げた。

＊　＊　＊

綾乃との待ち合わせは、学校の帰りに渋谷だった。先日の件もあってあまり遅くなるのはよくないと佳弥自身思ったし、また一応妙齢の女性と一緒ともなれば、気を遣う。

「……ごめんね、お待たせしちゃったかな？」

「あ、いいえ」

ひとでごった返すハチ公口ではなく、南のモヤイ像前で落ち合った綾乃は、佳弥を見るとほっとしたように表情をゆるませた。

「今日は来てくれてありがとう。嬉しい」

「いえ、そんな……」

この日の綾乃は、ほっそりした身体に似合いのツーピース。しんなりした色っぽさに、道行くひとも振り向いている。連れだって歩く佳弥は、ひそかに優越感を覚えたが、一瞬ののちにどうせ弟程度にしか見られないだろうなと苦笑した。

「制服も似合うね、なんかやっぱりそうすると、若いんだなあって思っちゃう。一緒にいるの、恥ずかしいな」

「ええ、なんでですか？　俺、変ですか？」

つり合わないいかと思って、と綾乃は巻いた髪を揺らしてみせる。

「デートの相手が年上の女で、やじゃない？」

「いえいえ、ぜんぜん」

デートという言葉に冗談以上の含みも感じられないので、佳弥もけろりと受け答えできる。

そのまま綾乃に連れられて赴《おもむ》いたのは、少し奥まった場所にあるイタリアンレストランだ。

けっこうおしゃれな店だったが、佳弥の遠慮を制するように綾乃が告げる。

「ここ、割と量もあるけどリーズナブルなの。イタリアン好きかな？」

「や、パスタ大好きです」

もう予約でコースを注文してあると言われ、これも会計時に恐縮しないようにという気遣いかなと思った。

綾乃はワインの白、佳弥にはペリエも頼んであったらしい。「一応未成年だからね」と目配せしてくる綾乃に、佳弥は感心してしまった。

「これこれ、これおいしいの」

アンティパストには四種のブルスケッタ。トマトとモツァレラチーズとアボカド、キノコと鶏肉のソテー、アンチョビにパプリカと、鴨レバーのペースト。けっこう大ぶりなそれらはカットされていて、シェアしやすくなっている。

「わあ、うまそー」

「よかった、気に入ってくれた？」

いささか緊張していた佳弥だが、たぶん彼女は場慣れしているのだろうなと感じ、これはもう変に気取らずいっそまかせしてしまって、自分は食べるのに集中するほうがいいのだろうと判断する。

オープンサンドのようなブルスケッタは「そのまま齧《かじ》っちゃえ」という綾乃の茶目っ気のある発言に、ほっとしてかぶりついた。一応のテーブルマナー程度は身についているし、綾乃に恥をかかせることだけはないだろうとは思ったが、食べやすいのに越したことはない。

「おいしい？」

「うん、すごいうまいです」

よかったね、と微笑んで、軽くグラスを傾ける綾乃はご機嫌だった。

ぷりぷりのカニと甘エビがたっぷり入ったパスタを食べながら、問われるままに話をする。

「今日は、おうちのひとに怒られなかった？」

「だいじょうぶです。夕飯も断ってきたし」

綾乃との食事については、事前に梨沙にも了承を取ってあった。

——綾乃さんっていうんだ。本当に変なひとじゃないし。これ名刺だって。

社名の入ったそれを差し出すと、少し怒りすぎたという気まずさもあったのだろう、梨沙は思うよりもあっさり、彼女との食事に行く件を認めてくれた。

——お礼にごはんおごってくれるっていうから、少し遅くなる。でもそんなに、この間みたいな時間にはならないから。

だったら電話ででもご挨拶をすると母は言ったのだが、それこそ親に出てこられては自分が恥ずかしいからと説得し、どうにか許可を取りつけた。

(でも、なんか変な話だよな……)

——女性が相手なら、なおのことよ、よっちゃん。きちんとして、早い時間に帰っていらっしゃい。それがエチケットでしょう。

かなりリベラルだと思いこんでいた母が、堅苦しいことを告げてくるのには正直びっくりした。

佳弥としては、元就や島田《しまだ》などという大人たちに食事をおごってもらったり、連れ回されることは比較的慣れている事柄だ。そして彼らと一緒で遅くなったことがあっても、一度としてあんなに叱《しか》られたり、釘を刺されたことはなかった。

だから綾乃とのこれも、佳弥の意識的にはその延長線上でしかなかったのだが、どうやら周囲はそうは見ないらしい。なにより、綾乃が女性であるという点において、もう少し話はややこしくなるようだ。

（色恋沙汰《ざた》の心配があるからってこと？　でも……）

だがそれならば梨沙はなぜあんなにあっさり、元就とのことは認めているのか。

それは結局梨沙が、島田や元就に対して全幅の信頼を置いているから、好きにさせてもらっていただけのことなのだろうと、佳弥は少々のもどかしさとともに気がついた。

（過保護なのは昔っからってことだ）

たぶん、気づいたのがいまさらのことだったのだろう。佳弥はため息をついて、自分が子どもであることを認めようと努力する。

歯がゆい事実を認識するのは、けっこう痛いものがある。けれどそこで強引に突っ張ってまで、主張したいなにかがあるかと問われれば、結局そんなものはどこにもないのだ。

「どうかした？」

「あ、いえ、なんでも」

少しばかり考えに沈んで、手も口も止まっていたようだ。怪訝《けげん》そうに問われて、佳弥は慌てて首を振る。差し向かいで食事をしている相手の前で放心するのは、失礼以外のなにものでもないと反省するより早く、なにも気づかないふりで綾乃が口を開く。

「佳弥くん、十八って言ってたよね。受験するの？」

「あ、いえ。付属の大学に行くつもりです」

「へえ、なるほど。だから余裕なんだねえ。わたし受験の時はひぃひぃだったわ」

どこの大学に行っていたのかと問えば、けっこうに優秀な国立の名前を挙げられて驚く。

「うわ、すげ、綾乃さん頭いいんだ」

「あははは、ぜんぜん、ぜんぜん。上には上がいるし、結局は民間だもの」

しかも法学部だったというからさらに佳弥は感心した。同期の連中は皆、法曹界や官僚コースを目指しているらしいが、さすがにそこまでは行けなかったと彼女は言う。

「なんかねえ、ああいう頭いいひとたちって、本当に人種が違うのよ。同じ学部だって言っても、レベルは雲泥の差だしね」

「ふええ、そういうもんなのかな」

佳弥のような中級レベルの人間からすれば、ブランド大学に進んだだけでもたいしたものだが。気取りなく笑ってみせる綾乃はそういう学歴偏重主義をいささか苦く思ってもいるらしかった。

「だって……お勉強だけできても、会社でどれだけ役に立つかっていうとね。意外と使えないもんだったりするし、そこは本人次第なんじゃないかなあ」

営業などになれば人柄や人心掌握術のほうが強く必要になる部分もあると言われ、父を思い出した佳弥はなんとなく頷く。

「でも……逆に、国立出の女なんかプライド高いし煙たいって、最初から蚊帳《かや》の外にされたりするし。わたしより年下で、学歴もおつむもたいしたことない男のほうがガンガン出世したりするの」

「え、なんで？　頭いいひとにさせたほうが仕事の効率っていいんじゃないの？　それに体力仕事はともかく、頭使うデスクワークなら、あんま関係ないいんじゃん」

その差別がわからない、と佳弥が首を傾げれば、綾乃は一瞬目を瞠《みは》り、そのあとほろ苦く笑った。

「……佳弥くん、いい子ねえ」

「いや、べつに……」

その笑みにほんのちょっとだけ佳弥は苦いものを覚える。単純に褒《ほ》められたというだけではなく、『子どもだから知らないのね』という響きを感じとったからだ。

だがたぶん、実際に佳弥はなにも知らない子どもなのだろう。そう思ってムキになるのはやめ、曖昧《あいまい》に笑ってみせるしかなかった。

「ま、そんなしょっぱい話はやめましょ。さてさて来たわよ、温野菜とトリのサラダ」

取り分けるね、と微笑んだ綾乃はぱっと話題を切り替えてしまう。一瞬だけ返答に困った佳弥の空気を読んだのだろう。

（なんか、こういうとこ大人のお姉さんだなあ）

女性に場の空気をさきに作ってもらうというのは佳弥もはじめての経験だが、いっそ同年代の女子よりも気楽だ。綾乃からは若い女の子とは違う余裕と落ち着きのようなものが感じられて、さほど身がまえなくても会話ができた。

彼女は聞くのも話すのも上手で、知りあったばかりというのに佳弥も気づけばあれこれと自分の話をしてしまっていた。

通っている高校のこと、父親が単身赴任で不在がちなこと。だからここ数年は母ひとり子ひとりで、あまり羽目をはずすようなこともなかったということ。

「そっかあ、佳弥くんひとりっ子なんだ」

「はい。綾乃さんは？　兄弟とかいますか？」

あまり自分語りばかりもどうかと思って水を向ければ、しかし綾乃はふっと寂しそうに目を伏せ微笑んだ。

「わたし？……うん、弟がいたの」

「え。いた、って……」

「きみと同じくらい……ううん、もうちょい上かな？　の歳《とし》のころに、いなくなっちゃったけど……」

ただの世間話のつもりだったのだが、いた、という過去形の響きにどきっとする。ワイングラスを手にした綾乃は表情を曇らせていて、伏した目元の影がひどく濃く感じた。

「え、あ……す、すみません。変なこと訊《き》いちゃったかな」

なにかまずい部分に触れてしまったようだ。慌てて頭を下げた佳弥に「いいのよ」と綾乃は微笑んだ。

「だからね、今日嬉しいんだ。どうせ佳弥くんみたいなかわいい弟じゃなかったしね」

「いや、そんな……あの」

なにか事情があるのかな、と思った佳弥が次の言葉を探せずにいると、喋りすぎたと思ったのだろう、綾乃がとりなすように笑いかけてくる。

「いいのいいのー。気にしないで。ほら、次お肉来るよ、食べて食べて」

「あ、はい。綾乃さんも」

勧められるままに、たっぷりした量の食事を平らげながらも、綾乃のひとり語りは続いた。

「でも嬉しいな……誰かとこんなにのんびりごはんするの、ひさしぶり」

「そうなんですか？　ひとり暮らしとか？」

「そうなの、寂しいわ。食事相手っていえば、仕事の関係者か……彼氏くらいで。でも、あとはいっつも、ひとり」

だったら実家に戻らないのかとは問えなかった。彼女はどうやら家族運がないらしいことは言葉のはしばしにうかがえて、ひとり暮らしというのも単なる自立という以上のなにかがあるのだろう。

綾乃の抱えた寂寥《せきりょう》のようなものを感じて、佳弥はなんと言っていいのかわからなくなった。

「おまけに今年は、クリスマスも正月の予定もパーだから、むなしーく過ごすのよ」

「彼氏さん、って、そのー……」

「うん。この間もぺろっと言っちゃったけど、ふられちゃった。結婚もご破算」

気づけばグラスワインは既に三度目のおかわりで、綾乃は少し酒を過ごしていたようだ。

「せめて会社に、結婚の通達する前に精算しとけっていうのよね。しかも相手、今年の新入社員で、あっちと同じ部署の若い子」

「そ……れはー……また、ずいぶん」

そんな近い距離で二股《ふたまた》をかけるというのはかなりあさはかなのではないか。世慣れない佳弥でさえ思うのに、いったい相手はなにを考えていたのだろう。

「ずいぶんでしょ？　なんだっつうのよね、まったく」

ばかにしてるわよ、と唇を嚙《か》みしめた綾乃の顔に剣呑《けんのん》なまでの怒りが滲《にじ》む。

「上司に結婚しますって報告しにいったら、その上司がメールで彼にあれこれ訊いたの。そしたら……その子、その部署のメールサーバー管理やってて」

相手は相手で、二股をかけられていたことを知らなかった。若い分大胆な彼女はいきなり綾乃の部署に、業務時間中というのに殴り込みをかけてきて――実際、顔をひっぱたかれたのだそうだ——別れろとつめよったらしいのだ。

「うっわー、こわ！　っていうか、だって相手のほうがあとからだったんじゃあ」

「関係ないのよねえ、そういうの……すんごい剣幕で会社は大騒ぎ、彼は逃げるし」

それは荒れもするだろう。なにを言っていいのかわからずに佳弥は呆然《ぼうぜん》と目を瞠る。

「……もういいんだ。あんなやつ知らない。どうせ、若い子にも逃げられたみたいだしさ」

遠い目で呟いて、ぐいぐいと綾乃はグラスを煽《あお》る。佳弥はペリエで口を湿らせつつ、ひっそりと眉を寄せた。

（うわ、まずいかな。また泣いちゃうかな）

たぶん綾乃はあんまり酒癖がよくない。次に追加を頼みそうなら、止めなければ。

「あー、飲み過ぎとか思ってるでしょう。こんなの序の口なんだからね」

おろおろと見守っていれば、もう目が据わりはじめた綾乃に唇を尖《とが》らされる。困ったな、と思いながら佳弥は宥《なだ》めるような声を出した。

「うん、でも今日飲み会じゃないじゃないですか。そろそろジュースかお茶にしません？

俺、食べ終えちゃったし」

「えーっ、佳弥くんかったーい！　いいじゃん、飲もうよ」

案の定、口調がまた子どもっぽくなっている。なんだかバランスの悪いひとだな、と思いつつも、そういう面はちょっとかわいらしい気がした。

頼りない様子の綾乃に、放っておけない気持ちが募《つの》る。恋愛対象としてときめくわけではないけれど、それこそ姉がいればこんな気分なのだろうかと思いつつ、佳弥は苦笑した。

「ほらほら、俺未成年。未成年と一緒、ね？」

「んん、そうね。じゃあデザート選ぼう」

「う、まだ食うんですか」

細いのにけっこう食べるのだなと、自分のことは棚に上げて佳弥が感心すれば、「あら」と綾乃は目を瞠った。

「甘いものは別腹よう。あ、それともスイーツは嫌い？」

「いや、俺も甘いの好きだけど……」

「じゃあ、違うの頼んでこっちもシェアしようよ」

にこにこと、ジェラートかな、ケーキかな、とドルチェのリストを眺める綾乃を見ながら、佳弥はなるべくやわらかな声で告げた。

「ねえ、綾乃さん。俺、暇なときはつきあうよ」

「え……？」

突然はしゃいでしまうのも、寂しいからかもしれない。だから佳弥のような子どもを捕まえて、年上ぶって振る舞うことで、なにかを彼女は埋めようとしているのだろう。

だったら、それにつきあってあげるくらい、少しもかまわないと佳弥は笑った。

「だからさ。飲み過ぎないように見ててあげるからさ。あっと、でも次からおごりじゃなくって、俺も割り勘できるとこにしてね。ケーキバイキングくらいまでなら、なんとかいけるけど」

「佳弥くん……」

綾乃は一瞬だけ戸惑う目をした。もしかしたらよけいな世話だと言われるかと思ったけれど、そのあとで軽く何度か瞬《まばた》きをすると、「いいのかな」と呟くように言う。

「あのね……私、今日すごく楽しい。でも、佳弥くんはオバサン相手でつまらなくないの？」

「ぜーんぜん。メシうまかったし、おもしろかったよ？　美人ＯＬさんと食事会」

綾乃が「高校男子とごはん」と繰り返したのを真似て茶化せば、彼女はふっと噴きだした。

「あはは、逆エンコーだ」

「だからー、援助にならないように割り勘しようよ」

「マックとかケンタとか？」

「そうそう」

笑ってくれて、ほっとした。なんだか綾乃が自分の言葉に反応してくれるたび、佳弥のほうこそが楽になれる気がしたのだ。

（気持ちだけでも、頼ってくれてるんだろうな）

彼女は心に、なにか不安定なものを抱えている。今日の食事の合間漏れ聞こえた言葉だけでもわかるほどに、それは強烈なものがあるだろう。

ほうっておけないという気持ちが募るのは、自分もそういう不安定なとき、誰かにやさしくされたいと思ったことがあるからだ。

佳弥の場合、それはあの、背の高い男に対して覚えたものであったけれど――綾乃にはいま、そういう頼れるひとはいない。ましてこの間、ナンパにふらふらとついていってひどい目にあっていた彼女を知っているだけに、目を離しては危ない気がした。

「ごちそうさまでした。おいしかったです」

「いえいえー。わたしもすっごく楽しかった」

店を出れば、まだ九時前だった。予定内の時間でほっとしつつ、佳弥は問いかける。

「今日も送っていかなくていいの？」

「ここからだと、違う路線使ったほうがお互い早いでしょ。だいじょうぶ、そんなに酔ってないし、まだ全然早い時間だしね」

じゃあ気をつけて、と笑いあって別れると、携帯を取りだし、約束したとおり自宅へと電話をかける。

「……あ、もしもし母さん？　うん、いま渋谷。そう。これから帰る」

コール二回でつながった梨沙へ、なにか用事はないかと確認したのち通話を切った。とたん、佳弥の口からは大きなため息がこぼれた。

今日の梨沙はとくにくどくどと言うわけでもなかった。ただひとこと『早く帰っていらっしゃい』、それだけに、無言のプレッシャーが重いなあと感じる。

(信用されるのって、難しい)

梨沙とは、お互いに話しあってなんとかもとの状態に戻ったと思う。

正直言えば、母の言うことがあまりに正論でむしゃくしゃしただけだと自覚もしていたから、反省さえすれば謝るのはたやすかった。

だが元就とのことは、結局棚上げのままだ。というよりも、彼との間にできた溝のようなもの――かつて反抗してばかりの時期に、佳弥が勝手に作りあげたものより、ずっと厚くて堅牢《けんろう》なそれを、どうやって取り除けばいいのかさえわからない。

――自分自身でも責任が取れるような状態にないのに、他人事に巻きこまれてどうするの。

びしりと言ってのけた梨沙の言葉を噛みしめ、けれどどうやれば自分で自分に責任を取れるようになるのかと、佳弥は思う。

そんな自分が、綾乃に気を遣ってみせるのは、なにかが間違っているんじゃないだろうか。

そして元就とはこれから、いったいどう接すればいいのだろう。

「わっかんないよ……」

難しすぎるなにもかもに疲れて、ただため息ばかりがこぼれていった。

結局それから数日経っても、佳弥は元就と会うことはできなかった。一度だけ覚悟を決めて電話してみたものの、事務所の電話は留守番電話のみ、携帯も同じくだ。

＊　＊　＊

そのあとリターンを待ってみても連絡はなく、悄然《しょうぜん》と肩を落とす日々が続いていた。

おまけに合コン事件以来、菅野《かんの》や牧田《まきた》からもお誘いがかからなくなった。元就や梨沙からことの顚末《てんまつ》を聞いた友人ふたりは、呆れ混じりに説教をかましてくれたのだ。

「おまえ、酔っぱらいのおねえさま送って親に怒られるってどうよ」

「やっぱこいつ、しばらく夜遊びとか無理じゃねえの……」

ばかだばかだと二重奏で言われたあげく、今度はそのおねえさまと食事友達になったと教えれば、べつの意味でのブーイングがすごかったのだ。

ことに、先日の合コンでそこそこいい感じだと狙《ねら》っていた彼女に、既に彼がいたことを知り、傷心中の牧田のグレようは深かった。

「おまえみたいな裏切り者は、もう知らん！　俺はもう女なんかいらん……！」

そう宣言して引退寸前の部活に打ちこみ、後輩をいびり倒すことに専念している牧田はすっかりかまってくれなくなったのだ。

菅野は菅野で、「合コン程度で落ちるならそれまで」などと言っていたくせに、やはり大事な受験に身を入れるからと、あっというまに奉行の廃業を宣言していた。

「どうも六月からの特別コースが、受講前に試験受けなきゃだめっぽいんだ。というわけでしばらくまじめにやっとくよ」

家と学校と進学予備校の三点ルートのみに活動を絞ると言った彼は、本当に学校が終わるなり、さっさと帰途についてしまう。

となれば、気楽な帰宅部、おまけに推薦確定の佳弥ばかり、贅沢な話だがなにもすることがない。

（つまんねーの）

遊び相手もおらず、元就があの調子なもので、すっかり暇を持てあます佳弥に、綾乃からはかなり頻繁に連絡があった。

ごはんを食べよう、ショッピングにつきあって。他愛《たあい》もないそれらは断る理由もなかったし、正直言えば寂しい佳弥は、ついつい綾乃の誘いに飛びついてしまっている。

「今日も楽しかったねえ。おつきあいありがとう」

「あ、いいえ。俺のほうこそ」

かくいうこの日も、また綾乃に誘われてのお出かけだった。佳弥もちょうど夏物の服が欲しかったので、なかなかおしゃれな彼女につきあってもらい、見立ててもらったのだ。

「若い男の子の服、最近はいろいろあって目移りしちゃったよ」

「俺よか悩んでましたよね」

原宿から渋谷までをあちこち行ったり来たりとさまよい、ブランドオンリーの古着屋で、ステューシーやエイプ、ナンバーナインあたりの裏原宿系をあれだこれだと見繕《みつくろ》う綾乃が迷いに迷って、結果は上から下まで揃《そろ》えることになった。かなり値切り交渉もしてくれたけれど、そこまで服に執着のない佳弥はけっこう疲れたのも本音だ。

「だって予算あるっていうし、佳弥くんプレゼントされてくれないし」

「そんなわけにいかないでしょ」

苦笑して手にした紙バッグを持ち直す。プレゼントしたいと言い張る綾乃に、そんなことをされては困ると固辞する佳弥の押し問答が、買いもの中にはいちばん時間が食った。

（もしかしたら、いなくなった弟さんにしてるみたいに、思ってるのかな）

まだ日が浅い知り合いでしかないのに、綾乃が佳弥に向ける親切は少し過剰なほどだ。

ただ、あまりいやらしい意図は感じない。ごくたまに見え隠れする不安定な感情や、寂しげな表情の理由はおそらく彼女の弟にしてやるつもりだったことの代償行為ではないかと佳弥は思っている。

断るのもちょっと骨が折れるのだが、だからこそここで頷いてはいけないのだ。

「そんなに高くないから、かまわないのに」

「値段の問題じゃないですよ。そんなことされたら、ほんとにエンコーみたいじゃん」

綾乃とはけっこう気持ちよくつきあえていると思う。それだけに、いろいろお互いの負担にならないようにしたい。きっぱりと佳弥が言えば、一瞬だけ綾乃は瞳を揺らした。

「……まじめなんだね。これくらい、平気でみんな受けとるよ？」

どうしてかわからないけれど、少しだけ綾乃は傷ついたような顔をする。なんだろうと思いながらも、佳弥は首を縦には振らなかった。

「みんなはわかんないけど。俺は、そうだから」

ほんのときどき、彼女は佳弥にはわからない理由で哀《かな》しそうな顔を見せることがある。それは大抵、なにかを「してあげる」と言ったことを佳弥が拒んだときや、ごくさりげなく放ったつもりの言葉に反応してのものだ。

「んと、だって……俺と綾乃さん、友達じゃん。友達におごってもらったりされてばっかりって、なんか変じゃん」

「……ともだち？」

なるべくやんわりとした言葉を選んで伝えると、綾乃は茫洋《ぼうよう》とした声でそれを繰り返した。

「友達だと……思ってくれるんだ」

伏し目のまま呟く彼女にあやうさを覚え、佳弥はまたひんやりとなる。

（友達以外、なんかあるのかな……）

なにかを責められているような、奇妙な圧迫感を覚えるのはなぜだろう。

もしかしてそれ以上の好意を彼女が感じているとしたら、これは卑怯《ひきょう》な牽制《けんせい》に似ている。

だが、綾乃の態度はあくまで年下の弟分をかわいがる域を出ていないし、そこまでうぬぼれも強くない。

（それに、なんでだろう。どうして、綾乃さんの顔が怖く見えるんだろう）

こういうときの綾乃の表情が、じつは佳弥は苦手だった。綾乃のいつもきれいな目はどこか遠くて、混沌《こんとん》とした闇が見えるようで、なにか背筋に冷たいものが走っていく。

「えっと、俺はそう思ってるんだけど、違う……のかなあ」

だがおずおずと問うた次の瞬間には、ぱっと彼女は笑ってくれてほっとした。

「――ううん。すごく嬉しいよ。でもなんか変な友達だね」

「あは、いいじゃん。変でもなんでも」

たとえその笑みの向こうに、まだ少しだけ痛々しいような揺らぎが覗《のぞ》いていても、彼女に対してはきっと追及してはいけないのだろう。

理由はわからないまま笑いに紛らせた会話を続けて、その日も駅前の通りで別れた。私鉄を使う綾乃とJRの佳弥では道行きが違うのだが、この日の綾乃は少し用を済ませて帰るのだと言った。

「じゃあまたね。なにかあったら携帯に」

「うん。またね」

手を振って別れた瞬間までは、多少の気疲れはあっても笑ってすごせる。けれど、こうして綾乃と会う回数が増えれば増えるたびに、佳弥はひとりのため息が増えてしまう。

(あてつけてるのかな……俺)

正直言えば、綾乃との時間を過ごすことは少し、元就にうしろめたい気持ちもあった。

だがあの、すべてを抱えこんで佳弥に分け与えようとはしない男への反発は、結局消えていないのだ。

(それで綾乃さんのこと、利用してるのかな。……俺が寂しいから、つきあわせてるのかな)

そう考えると、綾乃に対しても元就に対しても不誠実なことをしている気がして、なんだか少しだけ罪悪感を覚える。

おかげで、ことさら佳弥の態度は甘くなり、浮気をすると男が急にやさしくなる、というやつを、身をもって体感するとは思わなかったと、乾いた笑いが漏れていく。

このままでは誤解されるんじゃないだろうかとときどきひやひやするのだ。さっきもとっさに『友達』などと言ってしまったが、このままいけばその言葉もそらぞらしくなっていくのではないだろうか。

(でもほんとに、一緒にごはん食べてるだけだけど)

内心呟きつつ、言い訳がましいなと思う。これは立派にデートの範疇《はんちゅう》だろうと、本当はわかっているからだ。世慣れた大人同士ならともかく、同世代同士のつきあいの上では立派な裏切り行為になるだろう。

元就にしてもどう思うことやらと考えた佳弥は、なんだかひどく頼りない気分になった。

だが、その一瞬後にはきっと眦《まなじり》を尖らせて、唇を噛む。

「……知るもんか」

いくら佳弥から連絡をしないと言ったところで、相変わらずあの男は白分を放ったままなのだ。その間好きにしてなにが悪い——と、半ば居直《なか》りを覚えつつ駅へと向かった佳弥はそこで、ふと見覚えのある姿を目にした。

「え……あれ？」

すらりと細い身体に、派手目のシャツ。甘ったるいような容貌《ようぼう》をサングラスで半ば隠しているけれど、あれはたしかに晴紀《はるき》だ。

しかし、なぜ渋谷などにいるのか。彼は元就のところに匿《かくま》われているのではなかったのか。

(外に出ちゃいけないんじゃなかったのか……？)

どういうことだろうと首を傾げていれば、どんどん彼は道玄坂のほうへと向かっていく。

つい気になって追いかけた佳弥は、しかし既に店じまいしたドラッグストアのショーウインドウに映る自分の姿に気づいてはっとした。

（あ、俺、制服だ。やばいかも……）

武楠《ぶなん》高校の夏服には、胸ポケットに冬服と同じエンブレムがついている。その凝ったデザインは都内でもわりと人気が高いため、見るひとが見れば学校名がばれてしまう。

あたりを見渡せばそこは有名なホテル街の入り口で、入り組んだ細い路地で営業しているのは飲み屋程度だ。

夜遊びの高校生などめずらしくもない街だけれど、さすがにこの目立つ制服でうろつくわけにはいかない。一瞬の迷いのあと、あたりを見渡せば既に晴紀の姿はなく、これはあきらめるかと肩を竦めたそのときだ。

「……ボクちゃん、なにやってんの？」

「うわ！」

坂道で背後から頭を小突かれて、佳弥は一瞬転びそうになった。不意打ちに心臓が不必要に騒いで、ざわっと鳥肌が立った佳弥はそれをこらえるために唇を嚙んだ。

「ひとのあと露骨につけて、どういうつもり？」

なにをするんだ、と振り返ればそこにはにやにやと笑う晴紀が立っている。

「べ、べつにつけたわけじゃ……」

夜だというのにサングラスをはずさないままの晴紀は、気まずくあとじさった佳弥の腕を摑《つか》んでくる。そのあと、まじまじと顔を覗きこまれ、なんなのだろうと顔をしかめた佳弥は、ふっとあの甘ったるい匂いを感じた。

(あれ、これ。なんか覚えがある……)

以前と同じフレグランスをまとっているのだろうけれども、それだけではなくなにかがひっかかる気がした。だが嗅覚《きゅうかく》の記憶など曖昧で、困惑した佳弥が摑まれた腕に往生していると、ふっと晴紀は鼻で笑う。

「挨拶はできない、他人には甘ったれる。そのくせ夜遊びだけは一人前で、ひとを見りゃ、あとをつける。おまえの親って、どういう教育してんだろな」

「なん……!?」

いきなりの言葉にぎょっと目を剝《む》く。あまりに腹が立ちすぎて、佳弥は一瞬、言われたことが理解できないとかぶりを振った。

「ああ、それともアレか? 元就にべったべった甘やかされてて、自分の非常識さもわかってないとかなのかな」

「……あんたに言われたくねえよ! っていうか、腕放せっ」

どうしていつもいつも、晴紀は佳弥に対して意地が悪いのか。自分がなにをしたというんだと睨《にら》みつければ、濃い色のサングラス越しにも同じほどの強さで睨み返されたのがわかる。

「元就はなんでまた、こんなあかんぼくさいガキがいいんだかねえ……」

「な……なにがだよ」

やはりなにか気づいているのか、それとも元就に聞いたのか。身がまえつつ、どうにか腕を振り払った佳弥が数歩下がって距離を取れば、晴紀はふわりと唇を笑みの形に歪《ゆが》めた。

「おまえさあ、元就に自分がつり合ってると思ってる？」

いきなり痛いところを突かれて、ぐっと佳弥は押し黙る。

「トシは離れてるし、わがままだしかわいくねえし。それでいつもあの色男振り回して、楽しいか？」

「ふ、振り回してなんか――」

「振り回してんだろ。この間おまえがいなくなったって大騒ぎしてたときの元就、どういう顔だったかわかってんの？　それで迷惑かけといて、言いたい放題だだこねて、謝りにも来ないってどういう了見」

「それはっ……！」

あんたがいるから顔を出しづらいんじゃないかと言いそうになって、だが佳弥は口をつぐんだ。結局はそれが言い訳でしかないことは、自分が知っているからだ。

代わりに、よけいな詮索だと逆に嚙みついてやる。

「なんで、そこまで口出すんだよ。ていうかあんた、だいたい元にいのなんなんだよ!?」

「んん？　はじめてのオトコ」

つらっと言ったそれに、佳弥はまたも衝撃を受ける。まさかと思っていたが本当に――と青ざめ、怜悧《れいり》に整った顔を凝視したまま唇を噛んでいると、晴紀はいきなり噴きだした。

「——だったらどうすんの？」

「てめ……！」

からかったのかと摑みかかろうとすれば、ひょいと躱《かわ》されてたたらを踏んだ。無様《ぶざま》な佳弥を見て喉奥で笑うままの晴紀は、高らかに宣言する。

「言っておくけど、俺おまえのこと、大っ嫌いだから」

「お……俺だってあんたなんか嫌いだよ！」

「気が合うな。そこだけは」

嫌味に笑った晴紀がなおもなにかを言おうとした。だが、その言葉は背後から現れた男によって塞《ふさ》がれる。

「——こんなとこにいたのか」

「あれれ。見つかっちゃったぁ」

怖ろしく不機嫌な顔で広い肩を上下させているのは元就だ。どうして、と佳弥がその顔を振り仰ぐけれど、彼はまるで佳弥など見えないかのように晴紀に近づき、腕を取る。

「おまえもう、いいかげんにしろ！　なにやってんだこんなとこでっ」

「あっは。そんな怒ることないじゃん。もう軟禁生活飽きたから、気晴らしに来ただけだよ」

「状況を考えて動けと言ってるだろうが！」

そうして有無を言わさず細い身体を引きずるように歩き出す。その間、元就は怖ろしく苛《いら》立《だ》ったような顔をしたままで、ろくに佳弥を見ようともしない。

「もとに……」

「悪い。佳弥。今日は送ってやれないから、早く帰りなさい」

あげく、振り向きもしないで言い捨てると、「早く来い」と荒く言い捨てて晴紀の腕を引っぱった。

「あてて、痛いって元就。んーな強くしなくても、ちゃんとついてくから」

「信用できるか、ばか！」

わざとしなだれかかる晴紀に怒鳴ると、まるで腕を組むかのように強く彼を引き寄せる。

それはまるで連行するような強引さであったけれど——佳弥には、親密な恋人同士の姿のようにも思えた。

(なんだそれ)

無視された。その事実だけがわんわんと佳弥の頭をかけめぐる。

ひとことだけは放り投げてよこしたけれど、佳弥など相手していられないといわんばかりの態度で、晴紀を腕に縋《すが》らせて。

「——じゃあな。ボクちゃん。早く帰ってママのおっぱい吸ってろよ」

「晴紀っ」

もうどこからどういう理由で怒っていいのかわからず、拳《こぶし》を震わせながら立ち竦んだ佳弥は、さらにだめ押しした晴紀の捨てぜりふに血管が切れそうになった。

「……そっちのひとがそんなに大事なら、俺のことはほっとけばいい」

「え？」

冷たく吐き捨てて、佳弥もまた背を向ける。ぎょっとしたように元就が振り向いた気がしたけれど、かまってなどいられないと佳弥は足早に歩きだした。

（もう、知らねえよ……！）

元就がなにを考えているのか、さっぱりわからない。中途半端に会いに来たり、突き放すような態度を取ってみたり――こんな曖昧な彼は、いままでに知らない。

（なんかもう、疲れてきた）

むろんあの不愉快な男を連れ戻すのも仕事とわかってはいるけれど、露骨に後回しにされるような態度は、正直こたえた。

なにより、晴紀にはなんであそこまできつくあたられなければならないのかわからないし、自分をほったらかしにしたまま、彼だけを庇《かば》うような元就に対しても、もう限界だと思う。

「おい、佳弥！　待てってて」

背後から元就に腕を摑まれ、どきりとした。一瞬だけ、渋面《じゅうめん》を浮かべつつも自分を追いかけてきてくれたのかと喜ぶが、振り返った佳弥はもういっそのこと笑いたくなってきた。

「……離せよっ」

元就の傍らには晴紀がいるままで、にやにやとこちらを嘲《あざけ》るように笑っている。癇癪《かんしゃく》を起こして暴れる子どもを、どこまでもばかにしたようなその表情に、急激になにかむなしくなった。

「離せって、佳弥、だから——」

「いまなに言われても、一切合切、聞きたくないから」

仕事だからと言いくるめられても、もういいかげん限界もある。なにより理由のわからない嫌悪や憎悪をああまでぶつけられ続ければ、晴紀の意図するところなどわからなくとも、とにかく邪魔にされていることだけは見えてくる。

「俺もう、元にいのことなんにもわかんない。信用できない」

きっぱりと言いきって、腕をほどいた。癇癪を起こすこともなく、冷たい表情のまま静かに告げた佳弥の声に本気を感じたのだろう。元就は声もなく立ち竦んでいて、しかもそれに追い打ちをかけたのは晴紀だ。

「すっげえ、こりゃまた傲慢《ごうまん》なガキだよね、ほんとに。あーあーあー、贅沢《ぜいたく》なおぼっちゃんだこと」

「おまえはもう黙ってろ……！」

「いやだね。俺程度に引っかき回されて拗ねて逃げるんだったら、早いとこ終わりにしちゃえばいいじゃん」

軽薄な笑い声。嬌笑《きょうしょう》が夜の道にこだまして、佳弥はなんだか腹を立てるのもばかばかしくなった。

「ほんっとにむかつく。会ってみてよけいむかついたよ。こんなガキいっそ、もっとぼろぼろになっちまえば——」

「それ以上言うな」

だが、晴紀の嘲るような言葉を遮《さえぎ》ったのは、元就の声と腕だった。晴紀の襟首を摑んだまま、目を据わらせた男はすさまじい怒気を纏《まと》わせて彼を恫喝《どうかつ》する。

「いいか、晴紀。約束はしたから、俺はおまえを護るしかない。けど、これ以上佳弥にいらないことを言うな。傷つけるな」

「……へえ、そういうこと言って——」

さすがの晴紀も目を瞠り、一瞬だけ怯《ひる》んだ様子を見せた。しかしなおも薄笑いを浮かべた彼に、元就はさらに力を強める。

その目はあのとき、鶴田《つるた》を半死半生にまで追いこんだときと同じもので、彼の真剣さが——佳弥に向けたそれが、けっして浅くないものだと知らしめる。

「俺がおまえと交わしたのは、佳弥を傷つけるなという約束のはずだろうが。それ以上よけいな口を聞いたら、本当に絞め殺すぞ」

「元にい……？」

　困惑したまま佳弥は彼の名を呼ぶ。答える声はなかったけれど、こちらに向けられた広い背中からは、晴紀から佳弥を護るような気配以外のなにもない。

　不愉快そうに晴紀は咳をした。元就の締めあげた腕は、まだゆるまない。

「えらそうによく言うよ……ばれてもいいわけ？」

「おまえがここまでやるくらいなら、結果は同じだろう」

　いったい元就はこの男に、なんの弱みを握られているのか。それはもしかして、自分に関してのことでもあるのだろうか。

　そこで元就が振り返って、ただ待っていてくれと言われれば、もう一度だけ信じてもいいだろうか。そう佳弥が瞳を揺らしたのを見てとったように、晴紀は目元を歪めた。

「……だからむかつくんだよ、おまえらは」

「なん……っ」

　そのまま、元就の後頭部を摑んだ男はいきなり唇を奪った。ぎょっとして目を剝いたのは佳弥も元就も同時で、あまりのことに反応しきれずにいる元就を捕まえ、強烈に濃厚なキスは続く。

（なにこれ）

頭が真っ白になった佳弥は、もう目の前で展開されていることのすべてを理解できない。

「う……っ、なに、考えて……っ！」

「さあね。あんまり鬱陶《うっとう》しいんで、わかりやすい行動に出ただけ。……で？　言い訳しなくていいの？」

突き飛ばすように晴紀を振りほどいた元就が、汚《けが》らわしいとでも言うように口元をこすっている。だが、はっとなって振り向いた彼の唇が赤く濡れていて、佳弥はびくっとあとじさった。

(なに、いまの)

ただ呆然と立ち竦んだ佳弥の手から、学校指定の鞄《かばん》が滑り落ちそうになる。反射的に握り直そうとしたそれを、思いきり振りかざしたのはもう本能的な行動でしかなかった。

「うわ……っ」

投げつけた鞄は、元就の肩と晴紀の胸に当たって落ちる。振動に晴紀のかけていたサングラスがはずれ、そこにひどく派手な傷跡を見つけたけれども、そんなことはもうどうでもよかった。

目の前で、元就が自分以外の誰かとキスをした。それだけで佳弥の頭はもう飽和状態だ。

これ以上なにも考えたくないし、見たくもない。

「つもう……死んじまえ……！」

ふたりに向かって吐き捨てて、佳弥は一気に駆けだした。

「佳弥……っ」

待てという制止も、もう訊けなかった。ただ闇雲に走り、道順もなにもかもめちゃくちゃに駆け抜け、気づいたときにはセンター街にたどり着いていた。

ゲームセンターやさまざまな店のドアから大音量で流れてくる音楽より、自分の鼓動のほうがうるさい。ぜいぜいと肩で息をして、喉《のど》が渇いたなと思った佳弥はふと手元を見る。

「……財布……」

はっとしてポケットを探っても、あるはずがない。鞄の中に入れっぱなしで、持っているのは携帯と綾乃と選んだ服の入った、紙袋だけだと気がついた。とたん、喉の渇きは急激に激しいものになり、佳弥は軽く咳きこむ。

「ばっかみてえ……」

モノの溢《あふ》れる渋谷のど真ん中で、ジュースひとつ手に入れることができない。おまけに、無一文になってどうやって帰るのか。梨沙に電話することも考えたけれど、とても状況をまともに説明する気にはなれなかったし――なにより、帰りたくない。

「……綾乃さんなら、いるかな」

携帯の画面を見れば、まだ彼女と別れて、一時間経ってはいなかった。なにか用があると言っていたし、もしかしたら渋谷近辺にいるかもしれない。

震える指で、佳弥は電話をかける。最近いちばん頻繁に連絡をとっているせいで、履歴にずらっと並んだ綾乃の番号にリターンするまでは早かった。

（お金貸してもらうだけだ）

どうせ鞄は元就が持っているのだし、明日には勝手に家にでも届けられるだろう。電車賃を数百円借りられれば、それで済む。

『――はい、もしもし？　佳弥くんよね、どうしたの？』

ものの二コールでつながった電話。甘い綾乃の声を聞くまでは、ただ頼み事をする、それだけのつもりだったのに。

「あやの、さ……っ」

『佳弥くん、どうしたの？　泣いてるの⁉』

やわらかく、ほころんだ声で名前を呼ばれた瞬間ぼたぼたと涙が溢れて、佳弥はその場にうずくまってしまった。

＊　＊　＊

泣きはらした目で待っていた佳弥を、綾乃は見るなり抱きしめた。だが、口をつぐんで涙の余韻《よいん》にしゃくりあげる佳弥に、事情を問おうとはしなかった。

「そうだ、なにか飲もうか？　ああ、汗かいちゃって、……おなかは空いてない？」

可哀想《かわいそう》に。こんなに泣いて。そうしていたわる手で汗ばんだ髪を撫《な》でられ、またちょっと涙が出そうになる。

「でも遅くなっちゃうよね。おうちに連絡は？」

「かっ……帰りたく、ない」

予定より遅くなっているし、きっと帰ったってまた怒られるし。どうせ元就からの根回しも済んでいるだろう。

「なんかもう、お……俺ばっかいやな目に遭うし……もう、やだ。なんで、こんなんばっかなのか、わか、わかんないし……っ」

意味不明で、そのくせネガティブなことばかり呟く佳弥に呆れもせず、綾乃はただうんうんと頷いた。

「そう……いやなことあったのね？　可哀想に」

「うっ、うえ……っ」

「そういうこともあるわよ。いいのよ、男の子だって、泣いたっていいの。しょうがないのよ。いやなことなんか、いくらもあるもの」

奇妙なまでのやさしさで乱れた髪を何度も撫で梳《す》き、綾乃は理由も問わずに慰め続ける。その毒のような甘さに安堵《あんど》と、同時になにか違和感を覚えつつも、佳弥は心地よい細い指の慰めを求めてしまった。

「ああ、制服もぐちゃぐちゃね……そうだ、今日買った服！　パンツもシャツもあったし、いっそ着替えちゃおうよ」

「え……？」

ほら、と腕を取られて、連れて行かれたのは近くで営業していたゲームセンターだ。

「こういうとこならトイレとか空いてると思うの。私服に着替えて、どっか遊びに行こう」

いやなことあったときは、ぱーっと騒ごうよ。綾乃の提案に、佳弥は少し戸惑った。

「え、でも俺……お金ないし」

「そんなの気にしなくていいよ。今日くらい、年上の顔立てて、おごられなさいよ」

せっつくように背中を押されたが、佳弥はためらいつつ問いかける。

「あのでも、綾乃さん、なにか用事、あったんじゃないの？　いいの？」

「いいのいいの。いままで佳弥くんには気晴らしにつきあってもらったもの。当然よ」

そう言って綾乃はにっこりと笑う。無条件で差し出された許容に、ふらりと佳弥は縋りつきそうになって――その瞬間、携帯が鳴り響いた。

「……おうちから？」

「え、と……違う」

着信を確認すれば、案の定元就からのものだった。携帯を見て顔をしかめた佳弥に、綾乃はとろりとした声を発する。

「携帯、切っちゃえば？」

「え？」

「邪魔されたくないわ、切っちゃいましょうよ」

そうでしょう、と微笑む綾乃の目がなぜか光っている。

「怒られたって、たいしたことないよ。どうせ、その程度の夜遊び、みんなしてるもの。佳弥くんだけやっちゃいけないってことはないわ」

「そう……かな、でも」

どうしようかとまだためらっていれば、とたんに綾乃はつまらなそうな顔をした。

「……じゃあ、帰る？」

「え……」

「せっかくだと思ったんだけど、佳弥くんがいやならいいよ。わたしはどっちだっていいんだから」

突然、気分を害したような態度を取る綾乃に、反射的にひやりとした。せっかく慰めようとしてくれたのに、あまりぐずぐずするから呆れたのだろうか。

（そんな顔、しないでくれよ）

気分が不安定ないま、目の前の綾乃にまで冷たくされてはかなりこたえる。どこか急《せ》かすような気配を感じて、少し慌てながら佳弥はかぶりを振ってみせた。

「い……いやとかじゃないよ」

「じゃあいいじゃない！　ほら、着替えて携帯切って。早く早く」

綾乃の目に光るぎすぎすしたもの、それになんだか妙に違和感を覚えてはいたものの、結局佳弥は頷いた。

（なんか変なことになったな……）

こぎれいなゲームセンターの中のトイレは案外広くて、汗みずくの制服から買ったばかりの服に着替える。古着ながら袖を通してもいなかったらしい新品同様のシャツは、少しノリがききすぎていてごわつく気がしたが、少なくともあのよれた制服よりはましかもしれない。なにより、清潔な服に着替えると、少しだけ気分がすっきりした。くしゃくしゃになった制服は、もともとこの服が入っていた紙袋に詰め直し、佳弥はふと携帯を見た。

綾乃にさきほど、切れと言われてあの場では電源を落とした。しかし、これがつながらないとなればまた、元就も、そして母も心配するだろう。

じくじくとした罪悪感が芽生えて、だが家に電話をする勇気も、元就の電話に出る踏ん切りもつかないまま電源だけを入れ、バイブレーション機能を切った状態で消音モードにする。

電話に出ないのも、元就はきっとまだ着信拒否にしていると思っているだろうから、こうしてあれば充分だろう。

（だいぶ使い方、覚えたなあ）

必要に迫られて――それが元就から逃げ回るためというのが皮肉だが、このところマニュアルと首っ引きでいたおかげか、このくらいの操作はできるようになった。だがまだ全容を摑んだわけでもないその携帯をとりあえずジーンズのポケットに押し込み、空調が効きすぎの気がするトイレから出る。

「あっ、やっぱり似合うじゃない！　すごいすごい」

「あは、そうかな」

ペインターデニムと黒ベースのプリントシャツ。足下はもともと黒っぽいスニーカーだったので、悪いコーディネイトではないと綾乃は手放しで褒めてくれた。

「それこそ雑誌モデルとかに応募してもいいよ、佳弥くんかわいいもの」

おおげさだよと笑うと、綾乃は腕を組んでくる。気やすい態度はなにも不愉快さを覚えさせるものではなかったが――彼女からふんわりと漂った香りに、佳弥は一瞬だけ眉を寄せた。

（あれ……？）

その瞬間、ここしばらく何度か覚えた違和感の所以《ゆえん》に気づいた。

綾乃から常に漂うこの香りは、さきほど晴紀が纏っていたものと似ているのだ。

むろんユニセックスタイプの香水などめずらしくもないから、銘柄がかぶることはあるだろうけれど、なぜかひどくひっかかる。

そこでふと思い出したのは、元就が詰問するように告げたひとことだ。

——エルメスのヴァンキャトルフォーブル。こんなもの女子高生が好んでつける香水じゃないだろう。

——知り合いがつけてるだけだ。答えなさい、佳弥……どこで、誰といたんだ。

(あれって……いったい？)

なにかの符号のようなものが、頭の奥でちかちかと明滅している。しかしそのふたつをつなげる前に、綾乃がはしゃいだような声を発して、佳弥は思考をまた散漫にさせられた。

「さて、かわいい子連れて、お姉さんはどこに行こうかな。自慢できるとこがいいな」

「自慢って……綾乃さん」

苦笑してみせつつも、なにかがおかしいと思う。だが目の前で明るく笑う綾乃と、あの意地悪で剣呑な晴紀をどうにも結びつけられるわけもなく、佳弥はかぶりを振った。

(考えすぎだ……またナーバスになってるんだ、きっと)

いつもの不安と同じ、怖くない。そう言い聞かせることで、佳弥は目の前にあるなにかを見ないふりをした。

綾乃に連れて行かれたのは、賑《にぎ》やかな通りから少し離れた場所にある、なんだか大人っぽいおしゃれなバーだった。とても子どもひとりでは入る度胸の出ないような、しっとりしたムードの薄暗い空間に佳弥はたじろぐ。

ＢＧＭには静かなジャズ系の音楽がかかっていて、どの席も皆ひそやかに会話をするばかりだ。そもそもクラブ遊びさえしたことのない佳弥にはあまりに敷居が高くて、どうしていいのかわからずに硬直してしまった。

「座って。なにがいいかな」

「え……わ、わかんない」

おずおずと見やったカウンターの向こうでは、これもいかにもというバーテンがシェーカーを振っている。佳弥のような子どもが来るところではないと、周囲の客にもそのバーテンにも咎《とが》められてはいないかとひやひやしたが、綾乃はあっさりとしたものだ。

さすがにカウンター席に腰かける度胸はなく、テーブルの端のほうがいいとねだれば、綾乃は「まだちょっと無理かな」と笑いながら奥まった位置に席を取った。

「男の子だもの、ちょっとずつ覚えてもいいでしょう？　でも、……そうだ、これ飲んで」

「なに……？」

ピルケースから取りだされ、手渡されたカプセル錠剤をしげしげと眺める。ちょっと市販の風邪薬のようだが、見たことのないタイプのものだ。

「酔い止めっていうか、あんまり酔わないようにする薬よ、すぐに効くから。ウコンとか入ってて、あとで気分悪くなることはないの」

そんなものがあるのかと感心しつつ、佳弥は素直にそれを口にした。万が一酔いつぶれて綾乃に迷惑をかけては悪いと思ってからの行動だったが、それを飲みくだすまでじっと彼女が見ているのが気になった。

「……どうかしたの？　綾乃さん」

「ううん。そうね、じゃあ……最初は口当たりのいいのから行こうか」

堂々としている彼女が、なんだかかっこよく見えた。やはり大人の女のひとはこういうところを知っているものかと感心しつつ、勧められるままに慣れない酒を口にする。

（でも、酒飲むときって、なんか食べたほうがいいんじゃないっけ……）

なにか摘《つま》むものが欲しい気もしたが、周囲を見ても食べ物をつついているひとたちはほとんどいない。本当に酒だけをたしなむ空間なのだと知って、佳弥はルールに従うことにした。

「あ、これおいしい……」

「ふふ、そうでしょ。佳弥くんわりと甘いもの好きだもんね」

オレンジの香りがする甘いシャーベット状のそれは、さらっとした感触で口の中に消えていく。口当たりのいいそれは酒というよりデザートのようで、これくらいなら平気だなと佳弥はほっとした。

だが、じゃあ次はこれ、今度はこっちと、徐々に味を大人仕様にされていくうち、だんだん頭がふわふわしてくる。それぞれ、飲んだ瞬間は甘みや香りばかりが口に残るけれど、しばらく経ってから気づけば胃のあたりがかあっと熱くなるものが多かった。

「綾乃さんは、なに飲んでるの？」

「わたし？　ラスト・キッス。飲んでみる？」

カクテルの名前など、佳弥はなにも知らない。言われても、アルコールに酩酊《めいてい》し、真綿がつまったようにやわらかくなった脳がそのまま名称をスルーしていく。

「あはは、なんか……すごいね、目がまわりそう。これ、きつい」

「あらあら。まだたいしたことないのに」

モスコミュール、マイタイ、スクリュードライバー。

たとえ教えられた名前を覚えても、それらがすべて、ウォッカやラム、ジンベースのきついものであることは佳弥は知らない。おそらくは島田や元就がその場にいれば血相を変えただろうが、その事実を教えてくれる誰も、いなかった。

「ほっぺ、真っ赤になっちゃってる。だいじょうぶ？」

「えへへ、楽しいよ、なんか」

胃を保護するようなつまみもないままにどんどんと杯を重ね、佳弥が顔を真っ赤にしても、綾乃はたしなめることもいっさいしなかった。チェイサーの水を勧めることさえしないまま、楽しげに——そしてどこか凄味《すごみ》のある目つきで、微笑むばかりだ。

「……機嫌よくなったかな？　よかったね」

火照った頬をいたずらするように撫でられ、くすぐったくて佳弥は笑ってしまう。やめてよ、と軽く手を払うと、その手はそのまま細い指に握られた。

「なにがあったの……？」

トーンを落とした、大人の女性の甘い低い声に、じくりと胸が疼《うず》いた。アルコールに酩酊し、心が開放感を覚えてきたタイミングで発せられた問いは、佳弥の中にぐさりと刺さる。

「あんなに哀しそうな佳弥くん、見たことなかったもの。……わたしみたいに、失恋でもしたのかな？」

茶化したように言われて、佳弥は茫洋と霞《かす》む店内に目をやった。うつろな目で眺めるうちに目の前がぼやけて、頬をまた撫でてくる綾乃の指が濡れている。

「……失恋、したのかなあ？」

「んー？　わかんないねえ。どうしたのかなあ。泣いちゃったねえ」

ぼんやり呟くと、まるであやすような声で曖昧な相づちを打たれる。その声になんだか、綿菓子にくるまれたような気分になって、佳弥はほろほろと涙をこぼすままに口を開いた。

「さっき、俺……俺の好きなひと、ほかの男とキスしたの、見た」

「あら……いけない彼女ね。でも、相手に強引に迫られたのかもしれないでしょう？」

「でもう、ずっとそっちばっかかまって、俺のことほったらかしだった」

誰にも言うつもりのなかった愚痴《ぐち》は、一度こぼしてしまえばとりとめなく溢れていく。

(お酒って怖い)

頭の芯で、こんなことを言ってはいけないと警告が聞こえるのに、止まらない。

もういいよ、どうにでもなってしまえという強烈な解放の欲求に、アルコールでねじ伏せられた理性が負けてしまう。

「なんだか、相手は年上っぽく聞こえるなあ。どんなひと? 佳弥くんの、好きなひと」

「歳は……十二歳、上。で、やさしくて、かっこいい……けど、ひどい」

「まあ、そんなに上? ひどいって……遊ばれちゃったの?」

ぐす、と洟《はな》をすすると、綾乃がいい匂いのするハンカチで涙を拭《ふ》いてくれる。瞼《まぶた》が熱いのは、涙のせいなのかアルコールのせいなのか、もうわからなくなった佳弥は、そのハンカチから漂うあの香りにもろくに考えを巡らせることができない。

「遊び、とかじゃ、ないと思う」

弱々しく反論しつつ、借り受けたハンカチをぎゅっと目に押し当てた。おかげで綾乃の表情はわからず、次第になにか、慰めとは違う色を帯びてくる声も、膨張したような頬の熱さと遠くなった耳のせいで、よくわからなくなる。

「なんで言いきれるの。そんなに歳離れてて、ちょっとおかしいじゃない? 佳弥くん、なにか騙《だま》されてない?」

「そんなこと、ないよ……っ！　なんでそんなこと、言うの？」

綾乃の咎めるような声に、急に哀しい気分が強くなる。酒を入れると、ことに感情の乱高下が激しくて、心臓がどこか壊れてしまうのだということを、いたずら程度にしかアルコールをたしなんだことのない佳弥は知らなかった。

「意地悪を言うつもりはないのよ。でも、少し冷静に考えましょうよ、そんな年上の女が……わたしもひとのこと言えないけど、だからわかるわ。あなたみたいな子、本気にするわけないでしょう？」

「違うよ、違うもん……」

ざくざくと綾乃の言葉に傷つきながら、佳弥は必死で反論を試みる。彼はそんなひとじゃない。自分だけをずっと見ていたと教えてくれたのだから。

「元にい、そんなんじゃないよ。俺のこと騙したりしないも……っ」

「――元にい？」

復唱されて、はっとする。ひんやりしたものが鳩尾《みぞおち》を漂い、たったいままで煮えるように火照っていた胃の奥が、一瞬で冷却されてしまった。

（しまった……っ）

あきらかに女性に対してつける呼称ではないことを、どうごまかせばいいのだろう。半ばパニックに陥りつつ目を泳がせた佳弥に、綾乃は小さく息をついて、呟く。

「ねえ……佳弥くん。もしかして相手は男のひと？」

「……うん」

長い沈黙の末に、佳弥は観念して頷いた。もうそれしか取る道はなく、これで綾乃にどう思われてしまうのかを考えれば、ひどく怖かった。

「そ、か。……ううん、そんなびくびくしなくていいのよ、なんとも思ってないわよ」

「そう、なの……？」

「ええ、気持ち悪いなんて思わないわ、だいじょうぶ。ふつうのひとはどう思うかわからないけれど、わたしはあなたの味方だもの。偏見持ったり、いやなことを言ったりしないわ」

慰めようとしてくれている綾乃の言葉に、却って佳弥は傷ついた気分になった。

(気持ち悪いのか……偏見、もたれるのか)

たしかにそういうこともあるだろうと、予想はしていた。だが必死に、そんなつもりはないとアピールされればされるほど、元就と佳弥の関係が『そういうものなのだ』と決めつけられていくようだった。

(そうだよな。だから俺……牧田にも、菅野にも……言えないんだ)

成り行きでことの顛末をすべて知ってしまった島田ひとりだけが、本当の意味での佳弥の理解者だ。母である梨沙は黙認しているのかなんなのか、いまいち掴みづらいスタンスでいるし、なにより恋愛沙汰を親にいちいち打ち明けたりはしたくない。

「ねえ、それで……そのひとはじゃあ、どうしてあなたの目の前でキスを許したの？」

「ゆ、許したわけじゃ、なくって……だから、さっき綾乃さんが言ったみたいに、強引に」

「あら、だってわたしは女性だと思っていたんだもの。男のひとなら、そんなの突き飛ばすなりなんなり、できるはずじゃない。おかしいわ」

元就をかばうように必死に佳弥は言いつのったが、綾乃に断言されると、なんだか自信がなくなってくる。

あれはやはり、おかしいのか。あれは晴紀が強引に奪ったものと思っていたけれど、本当は違うのだろうか。

「それになにより、事情がどうであれ、恋人の目の前でそんなことするなんて、どうかしてるわよ、そうでしょう？」

「そう……なの？」

「ええ。……あら、どうしたの佳弥くん」

ぐらぐらとした頭からは、さきほどの多幸感など消え失せ、ただひどい陰鬱《いんうつ》さだけが残された。貧血を起こしたような感覚が襲って、手足のさきが冷たい。

「なんか……気持ち、悪い」

呻《うめ》くように佳弥が呟き、テーブルに突っ伏した瞬間、綾乃は心配そうな声を発する。

「あら。飲み過ぎたのかしら。ここはもう出ましょう。少し風にあたったほうがいい」

だが、火のような息を吐く佳弥がうつろな目で見やったさきの彼女はなぜか、笑っている。

「酔い止め……効かなかったのかな？」

「あれは宿酔《ふつかよ》いにならないためのもので、酔わないわけじゃあないのよ……さ、お水飲んで」

赤い唇だけがにいいっと、横に引き延ばされて見えたのは、酒のせいなのか、それとも。

「ほら、お水飲んで。そうしたら、出ましょう」

「あ、……うん」

目眩《めまい》を覚えながら、手渡された水を一気に流しこんだ。渇ききった喉にはその程度の水では物足りなかったが、これ以上いてもっと気分が悪くなっては困るだろうという綾乃の声に抗《あらが》えず、佳弥はふらふらと立ち上がる。

空調の効いた店から出ると、夏を目前にした街の夜気は粘った生ぬるさを感じさせた。よけいに胸が悪くなりそうだと、ふらつく脚で歩く佳弥の腕を取り、綾乃はそっと囁《ささや》いてくる。

「……ね。そんな浮気者、ほっておこうよ」

「綾乃……さん……？」

「それとも、あてつけにこっちも浮気してみる？」

言いながら、いつもより身体を近づけられた。なにかとろりとしたやわらかいものの感触を手に押しつけられ、佳弥は目を瞬《しばたた》かせる。

「――わたしじゃ、いやかな？　年上の女は嫌い？」

「え、……え、なに……？」

なにが起きているのか、よくわからなかった。ただ、綾乃の細い割にふくよかな胸へ、自分の手のひらが触れている。その事実にたじろいで、佳弥が数歩あとじさっても、綾乃はそれを阻むように手を離さない。

「ねえ、佳弥くんは完全にゲイなの？　女のひとは、だめ？　セックスしたことある？」

「わ……わかんない……元にいしか、俺、知らないし」

きわどい単語をいきなりぶつけられ、ぎょっとしつつもかぶりを振る。激しく振りすぎたせいか、また酩酊感がひどくなって、佳弥はふらふらと近くの壁によりかかった。

「女のひとの身体、触ると気持ち悪くなったりするほう？」

「ううん。それはない、けど」

いまこうして綾乃に触れていて、照れくさいような気分はある。嫌悪感などはべつにない。ただ――だからといって、ときめくのかと言われれば、それはまったくないのだ。

「ねえ、こういうのは……まずいと思う」

しかし、いまのこの展開が佳弥には理解できない。拒むけれども酔いがまわりすぎてどうにもならない。

（でも、俺……たしかに飲んだけど、そんなにたくさんじゃ、ないはずなのに……）

そんなに過ごしただろうかと、佳弥はくらくらする頭を振る。あげく、妙に身体が熱い。牧田らとふざけてこっそり飲んだ折りの自分の酒量を鑑《かんが》みても、それほどではないはずなのに――と思いながら、綾乃の手が振りほどけない。

(力……はいらない。腰の奥、重い……それに)

どうして――なぜ、こんな状態で、佳弥の性器は反応しかかっているのだ。少しもそんな気分ではないのに身体だけがどんどん興奮状態に近くなって、怖くなった。

(どうして、綾乃さん?)

なにかがおかしいと思うのに、だんだんと散漫になってくる頭ではまともな判断ができない。ただ、触れた手のひらのさきに蕩《とろ》けそうなやわらかいものがあって、そのマシュマロのようなものに包まれたまま、溺《おぼ》れそうになっていく。

「……行こう。教えてあげる」

「なに、を……?」

おいでと手を引かれると、どうしてか抗えない。まるで催眠状態だなと、うっすらとした危険と不安を覚えながらも、佳弥の身体は綾乃の言うままに歩みを進めてしまう。

ホテル街へと向かう道筋であるのは、なんとなく気づいていた。いったいどうしてと思ううちに、寂《さび》れたほうへとふたりは向かい、どこからともなく生ゴミの腐ったような、饐《す》えた臭いが漂ってくる。

胸の奥によどんだなにかがつまっていて、息苦しい。そんなほうに行きたくない。それなのに綾乃の細い腕は、佳弥をけっして離そうとはしないのだ。

「わたしが。女、教えてあげる」

甘い微笑みが、なぜか怖い。かぶりを振って手をほどこうとするのに、佳弥の腕をひどく強引に引っぱり、綾乃は「いいから」と急かす。

「ねえ、しようよ。だいじょうぶ。なにも怖くないのよ？」

「ちが……そうじゃ、ないよ。こんなの……よくないよ、綾乃さん、だめだよ……」

佳弥はたどたどしい声で、こんなことはいけないのだと繰り返す。

どうして綾乃が急に、そんなつもりになったのか、わからない。どんなに意識がぐらぐらとしていても、その疑問だけが佳弥を頷かせない。

ただ凄まじい違和感だけがあって、背筋がざわざわと落ち着かない。

「だって、違う……よ？　綾乃さんと、俺……そういうんじゃ、ないよ」

ともだちじゃ、ないの。あどけないような声で佳弥が呟くと、綾乃は一瞬だけ笑みを捨てた。すうっとうつくしい面差《おもざ》しからすべての表情が抜け落ち、佳弥はぞっとする。

「友達。……大人はね、身体のお友達もいるのよ」

「だってっ……そんなの、違うよ！」

違う、そんなの友達じゃない。佳弥が哀しげな声で訴えても、綾乃は表情を変えないままだ。そうして足早に佳弥を引きずって、薄暗い、人気のない細い通りにどんどん入っていく。

そして、いかにもな寂れたホテルの前に立ち止まると、皮肉な声で言い放つ。

「違うなら、違っていいわ。どうだって、いいのよ……どうだっていいのよ！」

「あやの……さん……？」

その声にはもう、あの佳弥を宥《なだ》めた甘さはない。ただじわじわと浸食してくるような悪意の強さに、身体中が震えた。

「あなたはわたしとセックスしなきゃだめ。そして思い知らせてやるの……」

「思い知らせる……って、誰に？　なにを？」

なにを言っているのか、少しもわからない。ただ闇雲に目の前にいる彼女が怖くて、逃げ出したいと思うのに、地面に縫いつけられたような脚がもう、動かない。

「佳弥くん。……可哀想な子。いっぱい教えてあげる」

「な……いを？　らんれ、……あえ？」

「いやなこと。汚いこと。教えてあげるわ……汚れなさい」

ろれつが、急にまわらなくなる。舌の奥が痺《しび》れたようになって、どうしようもなくなにかがおかしいと青ざめた佳弥の首に手をかけ、綾乃が屈《かが》めと促《うなが》してくる。

「あやろ、さ……これ、な、に……？」

「ほら、……かがんで。キスができないでしょう？」

どうして、と抗っても女性ひとり振りほどけない自分の異常にようやく佳弥が思い至る。

「さ、っきの……薬……？」

答えず、綾乃はただ微笑む。ぞっとするような艶笑《えんしょう》に青ざめ、抗って首を振ると、ホテル脇の塀に突き飛ばすようにされ、佳弥は倒れこんだ。

「だめよ、逆らわないの。……あなたはわたしに、逆らえないの」

「らに……っ、あや、……いや、あ、う……！」

ルージュにぬめる唇に、悲鳴が塞がれた。ぎらぎらとした目で睨んでくる綾乃が怖くて怖くて、佳弥はがたがたと震えだす。

押しつけられる、欲情のような——けれど違う、狂ったなにか。あまりにも覚えのあるそれに、指先ひとつ動かせないまま佳弥は痙攣《けいれん》するように胸を喘《あえ》がせた。

（たすけて……助けて、誰か）

饐えた臭いが、記憶の再現に拍車をかける。

生臭い、息苦しい。荒れた息が耳にこだまして、そして、耳の奥に残るあの、おぞましい声。

——ふーっ、……お、起きなさい、……起きて、なあ、見なさい？　こっちを見なさい？

べたりと自分に降りかかった、不潔で不快な——体液。

鶴田の、歪んで昏《くら》い、あの笑み。

「ひう、——い……あ——……!!」

「……佳弥くん?」

いまここがどこで、誰になにをされているのかも一瞬わからなくなった佳弥は、塞がれた唇の奥で悲鳴をあげた。

「いや、ひ、……やだ……やだやだやだ!! 触るなあああ!!」

「きゃ……!」

目の焦点があっていないままの佳弥が振り回した腕に突き飛ばされ、綾乃も地面に転げる。

「ちょ、ちょっとなに? なんなの!?」

「いやっだっ……もと、もとにいっ、元就、もとなり……っ!!」

そうして、がたがたと震えだした少年を見て、彼女は呆然と呟いた。だがもう目の前のなにもかもが見えずに、佳弥はぼろぼろと泣きながら元就の名前だけを繰り返す。

「もと、もとにー……っ、たすけ、助けてよお……も、やだ……っ」

地面にうずくまったまま、小さく身を丸める。誰も——元就以外の誰も、もう自分に触れるなと、防衛本能のままに縮こまった身体が、唐突にふわりとあたたかくなった。

「……佳弥」

「うー……っ、ふ、あ、……えっ……うえっ……」

「ほら、来たから。いい子だ。立って。ひとの言うことも聞かないで、逃げるからだ。……

この、ばか」

聞き覚えのある低い声に、嗚咽《おえつ》が止まらなくなる。しがみついた身体は大きくて硬く、嗅《か》ぎ慣れた煙草の匂い。

「もとにぃ……っ」

「……ああ。いるよ。いるから、泣かなくていい」

どうしてここがわかったのか、なぜこのタイミングで現れたのか――そんななにもかもがわからないけれども、ただどっと押し寄せた安心感に大きく息をつく。

「……やっぱりおまえだったのか」

苦い声で呟いた元就に、綾乃は大きくため息をついた。その反応がよくわからないまま、しゃくりあげた佳弥は長い腕の中で身をよじる。

だが佳弥の問うようなまなざしは無視したまま、綾乃は優美に唇をほころばせ、言った。

「ふふ。ばれてたかしら」

「移り香もおおかたわざとだろう。……どうして、佳弥まで巻きこむ」

ぎりぎりと睨みあうようなふたりの緊張感に、佳弥は戸惑う。けれど口を挟める雰囲気ではなく、ただ不安げに綾乃と元就を見比べているしかできない。

「なんでここがわかったの？　携帯は切らせたのに」

「あいにく、佳弥はそこまで警戒心がない子じゃない」

「あらあ。そこまで過保護だから、息がつまって彼は逃げたのよ？　小学生じゃあるまいし、本人も知らないうちにGPS機能つき携帯にするってのは、どうかしらね」

　プライバシーもなにもありゃしない、と肩を竦めた綾乃を見て、呪縛《じゅばく》から解かれた佳弥はようやく口を開いた。

「GPS……って、どういうこと」

「……梨沙さんと相談して、おまえの携帯は念のため、その機能がついたものにしてある。正式な手続きをしていれば、保護者側がパソコンで位置を確認できるんだ」

　もともとは幼い子どもや老人向けのサービスであるそれは、近年ではかなりメジャーなものになってきている。佳弥もそのサービスの存在を知ってはいたが、まさかそれが自分の携帯に備わっているとは思わなかった。

「ど、して……言わなかったの」

　ふと思い出したのは、しげしげと型番を眺めていた島田の姿だ。彼はもしかして、携帯を買い換えたと佳弥が言ったときには、その事実に気づいていたのだろうか。

　だが佳弥に指摘すればまた反抗すると思って、あの刑事は言わなかったのだろう。予想を裏付けるように、元就の少し苦い声がする。

「言えば、またおまえは気にするだろうし……なによりこれは、どちらかといえば梨沙さんからの要望だ」

あの事件後から、どこかやはり不安定な佳弥を、元就は知っていた。梨沙にしても同じことで、もうあんなことは起きないと思っていても万が一を疑う気持ちは消し去れない。

「俺にまかせるから、佳弥のことを頼むと言われた。だから……知らないふりで携帯を変えてくれと言っておいたんだ」

「だから……そう、か」

駅に迎えに来たのも、晴紀ともめた瞬間にあまりにタイミングよく現れたのも、あの携帯のおかげということか。そしてこのいまも、駆けつけられたのはそういうことなのだろう。

「ご丁寧に地下のバーに連れこんでくれたときは見失ったけどな。……どういう、つもりだ」

知らないうちに、そんなものを持たされていたことはたしかに驚いた。だがそれ以上に、さきほどから交わされるふたりの会話が——その関係が気になって、佳弥は瞳を不安に揺らす。

抱きしめてくる元就の腕には、なにか緊張感が漂っている。耳を押し当てた広い胸からも、それがただの思い違いではないと知らせる早い鼓動が聞こえてくる。

「綾乃さん……知ってるの……？」

どちらにともなく発せられた問いに答えたのは、元就ではなかった。

「あーあ。……つまんないわ。これで失敗？　興信所まで雇ったのに、ばかみたい。まあ、顔写真撮るのにも失敗するようなへっぽこだったから、値切ってやったけど」

「綾乃……さん？」

いままでのおとなしげな様子をかなぐり捨てた綾乃は、憎々しげに吐き捨てる。

（誰……？）

そこに見つけた綾乃は、まるで知らない人物のようだった。にやりと口の端を歪め、倒れこんだときに汚れた衣服を軽く払うと、皮肉に目を細めてみせる。

一連の仕種や表情の中に、誰かと酷似したものを見つけて佳弥が目を瞠ると、彼女はさばさばとした口調で言った。

「この子寝取ってやればお返しになると思ったのに。ばかばかしいったらありゃしない」

「なに……なんのこと？」

佳弥には意味のわからないことを言いつのる綾乃に不安な顔を向ければ、彼女はまるで嘲るように笑う。

「はは。それともいわゆる、『兄弟』ってやつかしらね。……嬉しい？　元就。あなたこの子の、お兄さんにでもなりたかったんでしょう？」

そのはすっぱな声、物言いで舌打ちをしたのは、本当に綾乃なのだろうか。下世話な隠語が意味することを知り、また手足のさきが冷えていくのを感じながら、佳弥は青ざめる。

「もとにい……？　なに？　どういう、こと？」

細い声の問いかけに、元就は佳弥の頭を抱きしめる。長い腕で耳を塞ぐように、なにも聞くなと言うように。

「――綾乃、やめろ。こいつには関係ないだろう」

「あら。関係ない？　本当に？……そんなの、あんたがいちばん知ってるじゃないの」

だが、どんなにくぐもったとしても、この距離ではすべてが耳に入ってきてしまう。

不安で、怖ろしくて高鳴る心臓が、やめてくれと訴えるけれど、状況は佳弥の心を置き去りに、どんどん流れていってしまう。

「関係ないわけないじゃないの。あんたが、あたしと寝たベッドで、あたしの弟と――」

「やめろ、綾乃……！」

元就が制するように叫んで、しかし、綾乃の声は止まらない。

「――晴紀と寝ながら、佳弥って名前呼んだのはどこの誰よ‼」

高らかに笑うようなそれは、佳弥にはまるで死刑宣告のように思えた。

がらがらとなにかが壊れるような気がして、一瞬目の前が真っ暗になる。それでも、痛いほど抱きしめてくる元就の腕に縋って、闇の奥へと目を凝らした。

――おまえ、それが求めた答えじゃなくても、知りたいか？

あのとき、自分はなんと島田に答えただろう。案じるような年かさの刑事の声を思い出し、佳弥は激しくなる鼓動にあがっていく息を、ゆっくりと吐いた。

（聞かなきゃいけない。ちゃんと、知らないといけない）

強く、そう思った。知りたいと願ったのは自分なのだから、すべてのことの顛末を、どれほどそれが苦い現実であれ、知って、そして受けとめなければならないのだ。

「……はなして」

細い声で訴えたのは、離してなのか、話して、か。そのどちらでもあるだろう。

震える足を、地面で踏ん張った。がちがちと鳴るこめかみの音を聞きながら、もう一度佳弥は目を凝らす。そして、ゆっくりと歩み寄ってくる細いシルエットに、ざわりと全身の血が沸騰するような気分になった。

「……綾乃」

当事者のもうひとりが現れて、場の緊迫感はいっそう増した。晴紀はゆっくりとサングラスをはずす。そこには先日、元就がつけていた以上のひどい疵《きず》が残されていた。

「あら。久しぶりね晴紀」

「直接顔見るのはね。長い間ストーキングお疲れさま」

冷え冷えとしたものの流れるふたりに、佳弥は息を呑《の》む。

久々に顔を合わせた姉弟とも思えない緊迫感に、吐き気さえ催しそうだったが、そのあとに続く会話はもはや、常軌を逸しているとしか言いようがない。

「どうしたの？　その怪我」

「なに言ってるの。自分でやらせたくせに」

明るい声で言ってのける晴紀が信じられなかったけれど、笑いながらそれに答える綾乃のことも、もう佳弥には理解できない。

「あら。あたしは怪我だけで済むようには言ってないんだけど。……そうそう、おなかの傷はどう？　内臓までいってたんじゃないの？」

「おかげさまでね。あんたの力じゃそこまで刺せないよ」

「そう……残念ね」

ため息をついた綾乃に、晴紀は笑った。そうして皮肉な笑みを浮かべてみせれば、このふたりは非常によく似たものがあるのだと、佳弥はようやく気づく。

——弟がいたの。いなくなっちゃったけど。

そう呟いたときの綾乃は、目を伏せていた。あれは、消えた弟を悼《いた》んだわけでもなく、胸の痛みをこらえたのでもなく——憎悪に燃える瞳を隠していたのだろうか。

触れれば火花が散りそうな沈黙の中、元就が押し殺した声で晴紀を制した。

「出てくるなと言っただろう！」

「平気だろ。どうもターゲットはそっちのボクちゃんに移ってたみたいだし」

鋭く叫んだ元就に肩を竦め、悪びれずに晴紀は笑った。

「ま、俺らがことのはじまりだからね。それに、そっちのボクちゃんも知りたいって言ってんだから。これで契約もおしまい、おまえに護ってもらう必要もない」

嘲るような声にはただ純粋に悪意が滲んで、震えた肩を元就が強く抱きしめる。

「つまり——俺がなにを暴露しようと、いいんだろう？　元就」

「ふざけんな、だったらおまえらだけで勝手に泥仕合してろ！」

頭上で飛び交う言葉が、また佳弥を置き去りにしていく。睨みあう男ふたりからよろよろと離れ、佳弥は綾乃に向き合った。

「ねえ綾乃さん。……教えて。ちゃんと、全部」

「……女とするセックスを？」

はぐらかすような笑みを浮かべた彼女に、佳弥はただ青ざめた顔でかぶりを振る。

「ほんとの、こと。なにがあったのか」

「佳弥、やめろ、そいつに近づくなっ」

「——元にいは黙ってろ！」

背後からの制止に全身で拒絶を示し、佳弥は頬の内側を強く噛んだ。血が少し滲んで、それでようやく舌の痺れがおさまっていく。

「綾乃さんは、元にいとつきあってたの？」

「ええ、あたしはそのつもりだったけど……」

ゆっくりと歩み寄ると、綾乃がそっと佳弥の肩に手をかけ、そしてバッグから銀色に光るなにかを取りだすと、人質に取るように背後にまわる。

「おまえ……っ」

「あら元就。動かないで。この子が望んでここにいるのよ。……そう、少しいい子でおとなしくしていて」

顔色を変えた元就が、はっとして長い脚を踏みこんだ。だが、そのなにかを佳弥の腰へと突きつけるような体勢を取って、綾乃は摑みかかろうとした元就を制した。そうして、佳弥へとも元就へともつかない曖昧な言葉ですべての動きをとどめる。

「昔話をしてあげるわ。彼とつきあってたのはもう八年くらい前の話だけど。ああ、でも、元就は身体のお友達のつもりだったみたいよ」

「おいおい、待てよ。最初からそれは言われてたくせに」

混ぜ返した晴紀は、傍観者のように笑うばかりだ。そして綾乃はきれいに、弟の声を無視するまま語りだす。

「元就と知り合ったのはクリスマスパーティーついでの合コンだった。いまでも覚えてる。まだお互い学生だった。懐かしいわ」

いったいどこからどこまでが狂っているのかわからない空気の中で、佳弥は綾乃の語る過去に耳を傾けた。

「みんなどいつもこいつもぎらぎらしてるのに、ひとりだけつまらなそうに端にいて、煙草を吸って、冷たい目をしてた」

近寄る人間をすべて排除して、そのくせにどうしようもなく寂しそうな横顔を見せる男に、綾乃はひと目で夢中になったのだと、懐かしむような声で告げた。

「あたしから声かけたのよ。でもなにを話しかけても適当な相づちしか打たなくて、つまらない男、って思ったのが最初。あげくに、まともに話した最初の言葉は最悪」

——寝たいなら寝てやるけど、まともにつきあいたいならよそをあたれ。

吐き捨てるように告げられ、いままで男からそんな扱いを受けたことのない綾乃は唖然《あぜん》となったのだそうだ。

「ふざけるなと思ったけど……おもしろかったのも事実。なんなのよと思って、そんなに自信あるのって訊いたら笑うだけ。でも……若かったわよね。興味があったの」

だから寝た、と軽やかな声で笑った綾乃に、佳弥はまた目眩がぶり返しそうになる。だが、強く背後から押し当てられたなにかが、聞けと告げるから、相づちを打つことさえもできないまま頷いた。

（誰の話だろう……）

彼女の語るその男と、元就とは本当に同じ人物なのか。あまりのことに呆然とするまま、佳弥は立ち竦む。

「そのうち、落としてやれると思ってた。だって誰だってそうだったから。あたしが望んで、手に入らない男なんていなかったから」

美人でプライドの高い綾乃は、男につれなくされたことなどなかったようだ。だからこそ、どこまでもつれない元就に夢中になった。

「傍目《はため》からもよく、お似合いって言われた。この男と一緒にいるのは、そういう意味でも満足だったわ。だからあちこち連れ歩いた。元就は、そういうことはどうでもよさそうだったから」

でもそれはあたしも同じねと、綾乃は皮肉に笑う。佳弥がちらりと元就をうかがえば、綾乃が言うとおりの冷えきった目を伏せ、表情さえ失っていた。

（そういう顔を、ずっとしてたの……かな）

八年くらい前というと、元就が大学を卒業する前後あたりだろうか。当時のことで佳弥が思い出すのは、警察に入庁し印象深い制服を着た、あの清潔でやさしい元就の姿だ。

だが、たとえあの制服を着ていなかったときでも、彼はそんな怠惰に冷たい顔など、佳弥に見せたことはないのに。

「たとえば、本当はどこの大学にいて、そのさきの就職をどうする気なのかとか。そうなってもつきあってくれるのかとか……素性らしいことなにひとつ、元就は教えてくれなかった。住んでいるところに押しかけられても迷惑だからって、周囲にも徹底的に伏せていたようね」

「それで……どうやって、つきあってた、の。それ、つきあってる、の？」

綾乃の語る元就は、本当に自分の知っている元就なのだろうか。

喘ぐような声で佳弥が問えば「本当ね」と苦笑するような声で綾乃は言った。

「元就がただ一方的に、自分の時間が空いたらあたしに連絡をよこしただけ。次の約束もなにもなかった。会っても、ろくに会話もなくってセックスするだけ。よく考えたらつきあってるなんて言わないと思う」

吐き捨てるような声に、佳弥は喘ぐような呼気《こき》を漏らした。

「それでも、ほかの女よりずっと長く続いてるみたいだし、あたしは満足だった。……でも」

「でも……？」

「晴紀と会わせたのだけは、失敗だったわ」

すうっと、弟の名を呼ぶときだけ温度の下がる綾乃の声に、佳弥は身を震わせる。そこに滲《にじ》む憎悪のようなものは、あまりに深く濃い。

「昔から仲はあまりよくなかった。すぐにひとのものを盗ろうとするのよ。泥棒みたいに」

「綾乃が捨てたモノを拾ってただけだろう？　飽きっぽいのはそっちだ。ばかみたいにプライドだけ高くて、思い通りに行かなければすぐ切れる」

「うるさいわよ！　あんたみたいなばかになにがわかるの！　そのうえ小モで、ひとの男寝取るのが趣味のくせに……！」

嘲弄《ちょうろう》する晴紀に嚙みつく瞬間の、熱風のような綾乃の叫びに、佳弥はただ怯えるしかない。

核心に近づいていく話から逃げ出したくてたまらない。いっそ綾乃に脅されていてよかったのかもしれない。そうでなかったらいまにも、走ってこの場を去っている。

(でも、こらえろ)

自分が知りたいと望んだことだ。そうしていま、そのとおりになっているのだから——と、拳を握りしめて佳弥は目を開けた。

まっすぐに見つめたさきの元兇は、痛々しいような苦渋に満ちた顔をしている。その横でおもしろそうに笑っているのは晴紀で、これから聞かされることの大半を予想しながら、彼を睨んだ。

(負けない)

それは晴紀に対してだけのことではなかった。ただ、すべての象徴のように、うつくしい顔で婉然《えんぜん》と笑うままの男を、じっと見据える佳弥の耳に、綾乃の甘い声が滑りこむ。

「話が逸れたわね。……会わせたっていったって、紹介したわけでもなんでもない。ただそのころはまだ、一緒に住んでたからね」

たまたま顔を会わせる程度で、名前も教えなかった。ろくに挨拶もさせなかったと、当時のことを思い出したように綾乃は尖った声で言う。

「でも……元就が泊まっていった日だった。あたしが大学に出かけてて、そこにこの、ばかが来たの」

当時からできのいい姉に反抗するように男遊びをしていた晴紀は、綾乃の不在になんと、元就をベッドに誘った。そして元就は――なぜかそのまま、それに応じた。

あげく帰宅した彼女は最悪なことに現場に踏みこんでしまったのだ。

「急に休講になって、途中で家に戻ったら……こいつら、ふたりとも裸よ。あたしのベッドの上で……冗談じゃないわ、早く降りてって叫んだ」

「降りろって、そのベッドからだっけ？　それとも……俺が、元就の上から？」

「あんたは黙りなさいよ！」

あまりに凄まじい言葉のやりとりを、もう理解したくない。混乱のひどくなっていく頭を振ると、綾乃が不意に声をやわらげる。

「ホントに最悪だった。でも本当に……最悪なのは、そこにいるその男よ、佳弥くん」

「もと、に……？」

ようやくで発した声は、渇いた喉に貼りついてほとんど音にもならなかった。

元就は目を伏せたまま、ただ綾乃が佳弥に押しつけたものがなにかを見極めるために、気配だけを鋭くさせている。

「あたしはきっとまた晴紀がやったんだと思った。だから元就じゃなく弟を責めたわ。でもこの男は謝りも、悪びれもせずに、しらけきった顔で、言ったのよ」

「……おまえだろうが晴紀だろうが、どっちも俺にとってはなにも変わらない」

綾乃の言葉に続けるように、低い、陰鬱な声で呟いたのは元就だ。佳弥は唇を震わせて、目を瞠ったまま息を呑む。

「いまだにそれを撤回する気はない。誰だって一緒だ」

「そうだねえ。あんたの本命はそのころっから佳弥くんだ」

からりと、場に似合わない声で指摘したのは晴紀だった。佳弥は一瞬意味を掴みあぐね、どういう意味なのだと喘ぐように口を開く。

「だ、て……八年前、だろ」

「そう。ボクちゃんはまだ十歳。けどこの冷血漢は、俺とやってる真っ最中に、ぽろっとおまえの名前言っちゃったの」

おかげでその後の修羅場はすごかった。おもしろそうに告げる晴紀の神経も、そしていま目の前に突き出された事実のなにもかもを理解したくはなくて、佳弥は目眩を覚えた。

「そうね、あんたはそうやって……あたしにもそれを言ってくれたわね。ほんとに無神経」

苛立たしげに綾乃が晴紀を睨み、それに対して晴紀は軽く肩を竦めるのみだ。

「他人にナイフ突きつけてる女が言う台詞《せりふ》じゃないねえ、綾乃姉さん」

「ナイフ？　なんのことよ」

冷ややかに笑って、綾乃は両手を上にあげる。彼女の手にしていたのはただの、リキッドタイプのルージュだ。

意外さと驚愕に目を瞠った元就と晴紀の前で、佳弥は、ゆっくりと振り返ると赤い目で彼女を見つめる。

「……わかってたのにどうして、じっとしてたの？　佳弥くん」

どうしてか、綾乃は佳弥に対しては、晴紀や元就に向けるのとは違う目をしていた。

背後からの気配で、殺意や、さきほど一瞬だけ見えた悪意などとうに自分に向けられていないと察していたから、佳弥も抗うことをしなかったのだ。

「教えてほしかったから。……こうしてないときっと、元にいはあなたに、全部を喋らせないから」

「そう。……やっぱりね。驚かせて、悪かったわ。そこからさきはまあ、言ってもしょうがないような修羅場だったから、割愛するけど」

ごめんね、とどうしてそんなに申し訳なさそうにしながら言うのだ。

いっそもっと憎々しくあってくれれば、佳弥だって怒りきれる。けれどこんな顔をされたら、いったいどうすればいいのだ。

戸惑う佳弥の態度をなぜか気に入らないというように、晴紀は尖った声を出す。

「……なんだよ。綾乃もずいぶんそのボクには甘いんだな。俺にはずいぶん、執念深かったくせに」

次から次へと男を雇って、襲わせて。いったいいくらかかったの。顔の疵を撫でながら、晴紀は皮肉な顔で嗤《わら》う。

「あれだこれだの嫌がらせ、ずいぶん手がこんでたおかげで、俺までクビだよ」

「だってある意味じゃあ、この子はあたしと一緒だもの。——あんたなんかとは違うわ」

吐き捨てた綾乃のぎらりとしたまなざしで、晴紀がいったいなにから護ってくれと元就に頼んだのか、佳弥は完全に理解した。

「もっとやってやりたいくらいよ。でもいまはなかなか、お金でもひとは動かないわね」

職場へ怪文書を撒《ま》いて嫌がらせをし、石を投げるなどの小さなものから他人を使って弟に暴力を振るわせた。

エスカレートしていく綾乃にたまらず、晴紀は逃げ出したのだそうだ。そして襲ってくる相手から晴紀をかばい、元就は怪我を負ったのだろう。

「なんで……そこまで」

喘ぐように佳弥が問えば、「だってこいつのせいだもの」と綾乃は言った。

「あそこから、元就を盗られてから、あたしの人生はおかしくなったの。……あんたが、晴紀が、あたしをめちゃくちゃにしたのよ」

八年前、晴紀と三つどもえの修羅場を繰り広げたあげく、綾乃は元就に向かって顔も見たくないとモノを投げつけ――その話はそれっきりとなった。

しかし綾乃の人生は、まるでそこからケチがついたかのようにうまくいかなくなった。

「晴紀はきっといままでも、あたしの男にちょっかいをかけてたんだと、元就の件でわかった。あげくに……居直ったこいつはそこから、露骨になったのよ」

まず元就の件で凄《すさ》まじい修羅場を迎えた姉弟は、お互いに対しての憎しみをぶつけ合った。

「元就とも二度と会わなかった。もう忘れたかった、あんなこと。晴紀の顔だって見たくなかったから、同居も解消したわ。そのくせに、こいつはまたあたしの彼を盗ったの。……何度も、何度もよ！」

とくに凄まじいと佳弥が感じたのは、元就からあとにも何度も同じことを繰り返した晴紀に業を煮やした綾乃が、両親の前で弟がゲイであることを暴露し、結果家庭崩壊にまで至ったことだろうか。

それでも何度も、綾乃はやり直そうと思っていたのだ、だがいつでも弟に寝取られた事実が邪魔をし、男に対しての猜疑心《さいぎしん》が強くなる。

あげくようやく晴紀と離れて数年が経ち、今度こそはと決めて、結婚を約束した男は――綾乃のトラウマを正面から抉《えぐ》るような失態を犯したのだ。

「今度こそ、今度こそって思うたびにあたしの邪魔して、いったいなんなのって思った」

「その程度の男ばっかりひっかけるからだろう？　それに今回は俺のせいじゃない」

「なにがあんたのせいじゃないのよ、居直らないでよ……！」

「ほーら、切れた。いやだね、余裕がなくて」

なんでこんな話の最中に笑えるのか。どこか神経がいかれているような晴紀を見つめたまま、佳弥は唇を噛みしめて悪夢のような話を聞き続ける。

「結婚がご破算になったのも、そのせいだろう？　怖いねえ、会社で若い女の子ひっぱたいたんだって？」

「あの女もあんたと同じよ、泥棒みたいにひとのもの取りあげて！」

叫んだ綾乃の言葉に、佳弥は目を瞠った。それは綾乃の口から語られた事実と、まるで反対ではないか。

「それで会社クビになってりゃ、世話ないだろう。ばかだね、綾乃」

「あたしのなにがいけなかったのよ……全部あのひとに合わせたのに！」

「そうやって重いから、逃げたくなったんだろう？」

「うるさい、うるさいうるさいっ」

（なにがほんとなんだ。どれが嘘で……どこから、嘘？）

目の前がぐらぐらする。鈍く痛む頭を押さえながら、佳弥はじっと綾乃を見つめた。いったい自分は、彼女のなにを見て、どうやって接してきたのだろう。

「いつまた誰かに盗られるかって、怖いから、だから尽くしたのに。それが重いから逃げたなんて、冗談じゃないわよ……っ」

そして、接するたびに綾乃がなにくれとなく佳弥に気を遣い、ものを与えようとした際の違和感も、これでわかった。

極端に、捨てられ嫌われることを恐れていたからだ。綾乃に佳弥はなにも求めていないのに、媚びるようにしてくる態度が、どうしてもいやだった。

そんなことをしなくても、楽しく一緒にいることはできると教えてあげたかった。綾乃はそうすることがちゃんと、できるひとだったし、佳弥にはいつもやさしかったのに。

「会社も辞めて、結婚するつもりだったからもう自分のマンションも引き払ってた。実家に帰るしかなくて、情けなくて……そうしたら、晴紀は相変わらずで」

そのトラブルがもとで、当然結婚はご破算。会社も辞めさせられ、綾乃はぼろぼろになった。もとは才女で通った綾乃にそうした挫折はあまりに重く、陰鬱な口々が続いた。

「てっきり父さんも母さんも、こんなヤツ見捨てたと思ってたの。なのに、しゃあしゃあといまはホストしてるんだなんて挨拶に来て、あげくこいつは……あたしの破談を聞いて、嗤ったのよ」

「励ましてやろうと思ったんじゃないか」

「男を見る目がないって大笑いすることのどこがよ！　それでうちの店なら夢くらいみせて

やれるなんて言われて、なにが励ましなの！」

綾乃にとって、相変わらず放蕩《ほうとう》生活を送る晴紀は「いい気なものだ」としか映らなかったらしいことも、佳弥にはわからないでもない。

（でも、どうしてこんなことを、したの）

ひとを殴って、嫌がらせをして――刺して、それで得るものなどなにもないのに。

なにもかもわからない。傷つききった目でじっと見つめていれば、綾乃はその視線から逃れるように目を逸らした。

そんな目で見ないでくれと、羞《は》じるような態度だと思えたけれど、一瞬後に彼女はまたあの、きつく嘲笑するような表情になる。

「あたしがこうなったのも……ことの起こりは全部、このばかのせいよ。だから探して……復讐《ふくしゅう》してやりたかったの」

ため息をついた綾乃は、なんだか疲れた顔をしていた。

「勤めてたホストクラブからいなくなったあとは、少しは骨が折れたわ。もともと住むところは転々としてたみたいで……でも絶対見つけてやろうと思った」

どうして、と戸惑う佳弥を置き去りに、姉と弟はびりびりとした声を交わしあう。

「でもあんたもよく、元就頼る気になったわね。恥知らず」

「恥ねえ。そんな概念がありゃ、こんな人生送ってない」

「まあね、それもそうだわ。でも……さすがに今回は盲点で、いろいろ大変だったわよ」

行方のわからなくなった晴紀を捜すうちに、綾乃は元就へ行き着いた。

まさかここで、すべてのはじまりでもあった男が絡んでくるとはと皮肉に思いつつ――もっとも綾乃が驚いたのは、佳弥の年齢を知ったことだったという。

「てっきり『佳弥』は、あたしとか……晴紀と同じくらいの歳だと思ってたわ。でも、だからなるほどって思った」

その事実に驚くと同時に、なぜ元就が晴紀の言いなりになっているのかも理解した。

おそらく元就は、過去の所行についての口封じのため、晴紀に強く出られないのだろうと。

「佳弥くんには聞かせたくない話、山ほどあるものね。……まあ、あたしがいま暴露しちゃったけど」

「お、れ……？」

愕然と呟く佳弥に哀れむような目を向けて、綾乃は続ける。

「元就を引きずり出せば、晴紀もまた逃げるしかない。だからあなたを使おうと思ったのと……やっぱり、忘れきってなかったからね」

綾乃はそこで、過去の出来事に対する怒りが再燃し、ターゲットを佳弥に据えた。

「冗談じゃない、なんであたしだけこんな目に遭ってるのに、あんたたちはのうのうとふつうに生きてるのよって……元就にもちょっと、思い知らせたかった」

自分の大事ななにかを傷つけられる痛みを、元就に与えたかった。だから今日のように、佳弥とさっさと身体の関係を結んで、そのうち薬にでも溺れさせてやろうと決めていた。

「そうじゃなくても、大事な佳弥くんを寝取られれば、いくら元就でもこたえるでしょう？」

ぞっとしないことを告げる綾乃に、佳弥は肩を震わせる。

「だからあなたの行動を調べて……賭《かけ》だったけど、酔ったふりで介抱してもらったの。うまくひっかかってくれたから、ありがたかった」

悪辣《あくらつ》な笑みを浮かべて告げる綾乃に、佳弥は胸の痛みをこらえて、問いかけた。

「でも、さあ。……そうしなかったよね、綾乃さん」

「チャンスが……なかったのよ」

何度も何度も一緒に出かけて、きれいな姉のような彼女と過ごした時間がたしかに楽しくもあったからこそ、利用されていただけと教えられるいまが苦しくてたまらない。

それでも、おかしいじゃないかと佳弥は思うのだ。

「本当に？　最初の日だってそれこそ、あのまま俺のことどっかに連れこもうと思えばできたはずだよ？　具合悪いんだって、ホテルいってくれって言われたらたぶん……わかんないけど、どうにかなった気がするよ」

そのあとも何度も食事をした。今日のような変な薬を使うチャンスなど何度でもあった。

この夜だって、佳弥が電話をしなければ、綾乃は戻ってくることもなかったのだ。

縋るように、なにかが違うだろうと見つめた佳弥へ、綾乃は哀れむように微笑んで言った。

「……ねえ。元就となんか別れちゃいなさいよ。そのほうがあなたのためよ、佳弥くん」

「綾乃さん……？」

「こんなひどい、小さなころからあなたに目をつけていた変態なんて。おかしいわよ。それであっちこっちで男も女も泣かせて、なにも知らないあなたを、汚して」

言いきられ、元就を見れば反論もできない顔のままで、佳弥は青ざめながら息をつく。

「ねえわかるでしょう？　元就が晴紀と寝たのはあなたが十歳のときよ？　いったいどういう神経なのかしら。本当に少年趣味？」

嘲るような綾乃の声に、頭の中がパンクしそうで、どうしていいのかわからなくなった。

（なにが、……知りたかったんだろうな、俺）

佳弥だけが好きだと言いながら不誠実に誰彼かまわず抱いて、それでこんなことになっている元就を許せるのだろうか。

頭が痛くて、目眩がする。息が荒く激しくなりそうな気がして、それをゆっくりゆっくりと落ち着けようと努めた佳弥は、島田の問いかけを思い出す。

――それでも好きでいてやれるか。……許せるか？

（わかんないよ）

そんな難しいことを、この場で答えられるわけもない。だけれど、いまここでなにかを決めなければ、どうにもならなくなっていく。

頭に心臓がくっついたように、がんがんと脈が激しい。どうすればいい。どうすれば。

「元にい」

「……なに」

名を呼ぶと、青ざめきった顔の元就は、なにかをあきらめたように静かに笑っている。綾乃が佳弥を離しても、ひとことも言い訳せず、口も挟まずにいたのはどうしてだろう。断罪を受けたひとのように、ただ静かにいるのはどうしてだろう。

(だめだ)

その顔を見て、さらに混乱を深くした佳弥の脳裏に、ふっと静かな声がよぎった。

——許してもらったぶんだけ、これからは佳弥が許しなさい。

縋ったさきにあったのは、深い父の声。難しくても努力をと、静かに諭した言葉だ。

(俺は……)

許せるか。なにを許すのか。許す権利は果たしてあるのか。

そのなにもかもが、わからないけれど——元就を許せなかったとしても、自分は彼と離れられるだろうか。

まだ記憶もないほどに幼いころ、言葉を覚えたての佳弥は父や母を呼ぶより早く、彼の名前を口にしたと聞いている。隣の家に住む兄のような彼を、ただただ慕って、元就もまたそれに応えるように、佳弥を甘やかし続けてくれた。

――ずうっと、おまえが産まれたときから……誰よりも、いちばん愛してるよ。

あの言葉のとおり、元就には大事にされてきた。たぶん誰よりも、佳弥を包んで愛してくれたのは元就なのだ。

生きていく上での大切なことはすべて、彼に教わってきたと思う。佳弥という存在に深く根づいた彼を失うことなど、どうしたらできるだろう。

思春期、反抗し続けた数年間のあのむなしさだけでも充分すぎるほどつらかった。そんな元就をいま、許せないと断罪したとして、佳弥はどうすればいいだろう。

――窪塚《くぼづか》がその、佳弥の許せないような悪いことしてたら、おまえどうすんだ。

あのとき自分はこう答えたはずだと深呼吸をして、大きく拳を振りかぶった。

――まず、殴る。

「い……っ！」

「佳弥くん!?」

ものも言わないまま、佳弥は元就を思いきり殴りつけた。拳が痛んだだけでなく、涙が出て、それを元就を殴った手で拭いながら、佳弥は叫んだ。

「ごめんなさいしろっ……！」

「佳弥？」

「悪いことしたって、思ってんだろ。……綾乃さんにひどいこと言って、晴紀と二股して、だらしないことして、それでいま、後悔してんだろ！」

だったら、と背伸びをし、強引に掴んだ元就の頭を、佳弥は下げさせる。

「傷つけて、ごめんなさいってちゃんと言え！　ばかなことしたからすみませんって言え！」

呆然とする大人たちの前で、涙を流しながら佳弥はそれでも凛《りん》とした声で告げ、元就の高い位置にある頭をさらに引っぱった。

「悪いことしたら、相手に許されなくても謝るしかない。そうじゃないなら毅然《きぜん》としてなさいって、教えたのは元にいだろ！」

「よし……」

悪いのは、彼女と晴紀を同時に弄《もてあそ》んだこと。そして自分を好きになったことは、そうじゃない大事なことだろう。

「……謝って」

本当は、彼だけが悪いわけではないとわかっていた。けれど、あまりに複雑にもつれ、ぼろぼろに傷ついた綾乃に対して、いま謝ってやれるのは彼以外にない。

そしてまた、こんな形でけじめをつけなければ、元就もまた——身動きが取れないはずだ。

佳弥が許してやらなければ、この男は自分を許せないから。

「謝れよ……！」

涙目で睨みつけた佳弥の肩を抱いて、元就はほっと息をつく。やっと呼吸ができたというような、そんな重い、吐息だった。

「ああ。……そうだな」

俺が悪かったな、と笑んでみせる彼の瞳に、ぎりぎりの光がある。この揺らいだ色は知っている。かつて病室で、鶴田の事件のあとに、自分を責めていたときと同じ色だ。

こういうときの元就はろくでもない。だからまだ活を入れなければならないか——と、佳弥がなおも口を開きかけたとき、それを塞ぐかのように晴紀が苛立った声を発した。

「……うっわ。なにそれ、だっさい。どこの青春ドラマよ。それで元就、謝ったりしちゃうの？　さいあっくー」

「晴紀っ」

「ほんと、だからこのボクちゃんはいやなんだよ。正しくてまっすぐ清らかでーすって感じで……」

ふざけんなと吐き捨てた男は、やっていられないと肩を竦めた。

「なんでまた、綾乃まで感化されてんだよ。謝られてどうすんの、それ最悪じゃねえ？」

「なにが言いたいのよ……」

誰も彼をも嘲るような晴紀の声に、綾乃は目を尖らせた。その憎々しげな視線に対し、なぜか晴紀は満足そうに笑う。

「だってさあ、元凶のこいつに謝られて、それプライド傷つかない？　っつか、実質のところ、俺も綾乃もこのボクの……しかも当時十歳の！　ガキの当て馬にされたんだ」

「責任転嫁しないでよ。それは佳弥くんには関係ないでしょう」

「――なにが関係ないんだよ。むかつくんだよ！」

がん！　と晴紀は手近な壁を殴りつける。ぎらぎらとした目で睨みつけられ、憤った顔を向けられても、しかし佳弥は怯《ひる》むことはなかった。

なにか、晴紀の帯びた気配が手負いの獣のような、バランスの悪い威嚇《いかく》行動にも思えたし――彼が結局は、佳弥の側面しか見ていないことを、これまでの発言で知ったからだ。

すべてがあきらかになったいま、佳弥には怖いものはない。あまりのことに衝撃は受けたけれども、佳弥を疵のひとつも知らない子どもとだけ侮《あなど》っているのなら、それは間違いだ。

「こんな過保護にされてる、苦労知らずの、世間知らずの。世の中の汚いことなにも知りませんって顔したやつがいるだけでむかつく――」

「……俺、たしかに苦労とか、世間は知らない」

でもなにも汚いことを、知らないわけじゃない。

晴紀の声を遮ったごく静かな佳弥の呟きは、その場を凍りつかせるほどに強く響く。

「な――」

静かに場を圧倒した佳弥に、一瞬惚《ほう》けた顔をした晴紀は、呑まれたことが不愉快だというように顔を歪める。

「なん……だ、それ。おぼっちゃんが、なにえらそうに言うつもり？」

「あんたみたいに、自分ばっかが可哀想とか思ってるやつより、知ってることもある」

なにを言おうとしているのか、察したのだろう。佳弥の肩を抱いた元就は、ぐっと息を飲んだあと、宥めるような声を発した。

「佳弥、……言わなくていい」

そのひとことで、元就があの件を彼らにいっさい話していないのだと知った。そしてできるだけ、触れないように努めていてくれたことも。

それだけ知れば充分だ。ふっと息をついて、佳弥は綾乃へと向き直った。

「ねえ……綾乃さん。ストーキングしたりしちゃ、だめだよ。あれ、すごく怖いんだから」

「どう、いう……」

唐突な切り出しに、綾乃は戸惑った顔を見せる。どうしてか彼女は自分にだけ、厳しくはなりきれないらしいと知って、嬉《うれ》しいからこそ哀しかった。

「俺ね。半年前、担任だった男にストーカーされて、拉致《らち》監禁されて、殺されかかった」

ぎょっと目を剝《む》いたのは綾乃も晴紀も同時だった。一瞬だけ硬直したあと、まさかと綾乃はかぶりを振り、晴紀は「はっ」と息を吐くように笑ってみせる。

「な、なにそれ、笑えな――」

「去年の秋頃の、どっかの新聞記事見ればわかるよ。私立高校の教師が生徒に暴行傷害で逮捕って、出てると思う」

それが俺だよと、表情がないまま告げた佳弥にその場の誰もが絶句する。

「興信所、そこまでは調べなかったのかな……まあ、あのオッサンじゃ、無理かもね。牧田に脅されて、さっさと逃げたみたいだったし」

「そ……な、なに……」

しばし放心したように言葉を失っていた綾乃が、喘ぐように問いかけてきた。

「しょ……傷害って、いったい」

「殴って気絶させられて、誘拐された。それで、手足ガムテープで縛られて、……ナイフで服切られて、蹴られて」

一度でもつっかえたら、二度と口にできない。そう思って佳弥は一気に、あの思い出したくもない事件のことを喋った。

「それで、俺の見てる目の前でオナニーしたやつに、……精液ぶっかけられた」

綾乃は顔を歪めて唇を震わせ、晴紀は目を瞠って絶句している。元就は、苦渋を噛みしめるような顔をしたまま、ぐっと拳を握った。

「それから、服とかいっぱい盗まれて、それも精液づけにされて送り返されて、あと……学校でも家でも写真盗み撮りされて——」

「佳弥、もういい」

「——元にいとはじめてセックスした夜のこと、ビデオができそうな連写で最初っから最後まで写真に残されてたよ」

「もういいから！　やめろ佳弥！」

「俺が知ってる世の中でいちばん汚いことは、それくらい……かな」

元就の制止を振り切って、佳弥は最後まで言いきった。言いつのりながら感情が高ぶって、それでも泣くものかとこらえれば、奇妙に興奮してうわずったような声が出た。

「だからいまでもちょっと、誰かに大きい声出されたり、いきなりうしろに立たれるとびくっとするよ」

あれ以来誰にも言わなかった、自分自身考えないようにしていた本音を漏らすと、元就は苦い顔になった。

脅迫的な不安が襲ってくることを、事件後に診られたカウンセラーは心配していた。けれど、佳弥は平気だとずっと言い張った。

「誰かを、疑ったりするときりがないんだ。誰信じていいのかわかんなくなることもたくさんあるんだ。裏切ったとか……そういうふうに思うほど、鶴田とは親しくもなんともなかったけど。安全だと思ってた場所なんかどこにもないって思った」

たったいままで平気でいても、唐突に心臓が狂ったように早鐘を打って、呼吸がおかしくなりそうになる。だがそんなとき、佳弥は誰にも気づかれないよう息を整え――地面のブロックをひとつ飛ばしに歩き、行きすぎる車の中に水色のワーゲンを探し、信号機と競争した。いいことは、たくさんある。おまじないのようなそれを何度も何度も繰り返して、幼い子どものようなジンクスに縋って、これができればだいじょうぶと、自分に言い聞かせた。

(平気、だいじょうぶ。いいことはたくさんある)

誰にも言えない、それは佳弥だけのリハビリだった。息があがれば、MTBの速度をあげて、あるいは自分の脚で、わざと走った。荒れていく呼吸を、そのせいだと決めつけ、身体を騙して、強くした。

(俺はあんなに、大事にされてた。だから傷ついても泣かない。転んだら、痛くて泣いたら、元にいがちゃんと、そこにいる)

悪意や歪んだ狂気に負けそうになったとき、圧倒的な愛情に包まれていた日々の記憶だけが頼りだった。目の前に元就がいてもいなくても、ただ彼をヒーローと信じていた純粋な、あまりに純粋な愛情だけを手の中に握って、何度も何度も反芻《はんすう》した。

――いい子だ。佳弥、これでほら、いいことがあるよ。

低いやさしい声で、長い腕に包まれた、至福の時間をちゃんと、覚えている。

あれほどやさしい甘い時間をもらった自分が、あの程度のことで汚されるわけにはいかなかったから。

「俺が、そこで怖がったらだめだったから。なんにもできなくなるし、疑いだしても怖がりだしてもきりがないから、だから……信じるって、怖がらないって、決めたんだ。見えないモノは怖がらないって、決めたんだ」

足が震えて、それでも佳弥は言った。

誰より大事にされてきたことを知っているから、投げやりになるなんてできなかった。綾乃と晴紀に向けてそう告げながら、それは同時に自分にも跳ね返ってくる言葉だった。

(そうだ。俺はちゃんと、そう決めてたんだ)

苛立ち、忘れかけていたけれども、結局は自分の心臓のさらに奥には常に元就がいて、だからこそ自分を保ち続けようと、意識するまでもなく思っていた。

「だってわかんないじゃないか。またいつ誰かに、俺が捕まえられて、今度こそ殺されて二度と会えなくなって、……そうじゃなくてもわけわかんない目に遭うかもしれない……そんなこと考え出したら、きりが、ない!」

あの歪んだ部屋の悪臭が鼻先に漂う気がした。吐き気がこみあげ、凄まじい悪寒に身体を震わせながらも、佳弥は言葉を止めない。

「でも、それ、俺がっ……俺が、平気にならなきゃ、誰も平気になんないからっ」

「……佳弥」

「俺、もうやだもん！　元にいに、……元就に、本当は強姦されてたんじゃ、とか、それで傷ついてるんじゃないかとかって、疑われてるのやだもん！　ふつうにしてみせるしかないじゃないか、なんでもないよって、俺は変わってないんだからって、ばかみたいにへらへらしてるしかないじゃないか！」

直接的な行為をされたかどうかが問題ではない。そんなもの、起きてしまったことへの慰めにもならないのだ。

佳弥の心はあの時点ではっきり踏みにじられ、ぼろぼろにされた。けれど――あのおそろしい時間の中でも自分を保っていたのは、あの男が元就を殺すと言いきったからだ。

「俺も死ぬわけにいかないし、元就、殺させるわけにいかなかった。それで、ちゃんとそのとおりに……無事に終わったんだから、もう終わりにするんだって、俺は決めたんだ！」

事件の余韻がすぎ、日常が戻ってからがその不安感は強かった。なんでもない日々がふと突然、空虚なものに思える瞬間はそこかしこから襲ってきて、だがそれに気づいてはいけないのだ。

――佳弥がそう思うんだったら、そうなのかもしれないわね。

突き放すような母の言葉は、こんな気持ちさえ見透かした上のことだっただろうか。誰よりも佳弥に似て、だからこそいちばんの理解者である梨沙は、息子の抱えた矛盾などとうに知っていたに違いない。

「誰も。……誰も自分のこと護ってなんかくれないよ。……ううん、護ってくれようとしても、無理なことは、いっぱいあるよ」

佳弥のような子どもが口に出して、説得力のある言葉ではふつうはない。けれど、その事実を体感してしまった少年の言葉は、その場にいた誰もの顔を歪ませた。

「その程度で、しまったって顔すんなら、最初から子どもいじめすんな。だせえ、晴紀」

「……っ」

なかでもひきつっている晴紀に向けて、佳弥は青白い顔で嗤ってみせた。嘲りに、あの口のまわる男が反論さえできないでいる。その反応に情けなさと同時に、少しの安堵を覚える。

鶴田ほどの闇を抱えた男を知った身には、むしろ健全な反応にも思えた。そして同時に、卑怯だと思う。

「見えるところばっかり見たって、しょうがないんだ。……見えないことのほうが、多いんだから。そんなの、俺はもう、知ってる」

その程度のふつうさのくせに、どうして他人を傷つけようと思うのだ。罪悪感を覚えるくらいならなぜ最初から、棘《とげ》ばかりをぶつけるのだ。そうして跳ね返るものがあるとなぜ、自分よりたくさん生きていて、学べないのだ。

「世の中汚いなんてそんなのなあっ、わかってんだよ。いまどき子どもだって、知ってんだよ！　なのにあんたら、なんなんだ！」

憤るまま佳弥の言葉は荒く、止めようがないものになっていく。

「いい歳こいて、あんたらなにやってんだ、ばか！　寝取った寝取られた？　グダグダ言ってんじゃねえよ！」

絶叫するような悲痛な声に、答える誰もいない。佳弥はその沈黙に向けて、なおも言った。

「他人を巻きこむな、俺巻きこむなっ……俺の元就、巻きこむな！」

「佳弥……」

「過保護にされてる？　あたりまえだろ。こんな目に遭っちゃったんだから。周り中が俺に気を遣ってるのも、元にいが保護者になりゃいいのかそれとも、ただの恋人やっていいんだか、ぐらぐらしてんのも、全部このせいだ」

そうだろうと挑むように告げたのは、晴紀らではなく隣の男に対してだ。だが、睨んでやろうとした佳弥の目は焦点がぶれ、ぐらっと地面が斜めに傾ぐ。

「佳弥！　だから、無理するな」

とっさに伸びてきた長い腕が、倒れこむ寸前の身体を捕まえる。だがその瞬間、綾乃の細い腕も同時に、はっとしたようにこちらに伸べられたのを霞む視界で見てとった。

「……俺の元にい、勝手に使うなっ、怪我とかさせんな！　こいつ殴っていいのもなにしていいのも俺だけなんだから、俺のなんだから！」

「もういい、佳弥、もういいから」

「このひとはねっ、ほんっとにばかなんだからね！　俺のこと大事すぎて滅多にエッチもできないくらい、ばかなんだからっ……」

めちゃくちゃなことを言っている自覚はあって、でももう止まらない。誰かもういいかげん止めてくれと思っても、大人三人はただうなだれているばかりだ。

「もう……俺から元にいい、とらないで……っ」

ついに泣きじゃくった佳弥を、大きな手が抱えこむ。大事に大事に、胸の中にしまいこんで、もう空気にさえ触れさせたくないとそう告げるような抱擁。

「取られないよ。俺は佳弥のためだけにいるから」

「うー……っ」

世界中でこのひとだけと信じた元就の声が、身体中を包みこんで佳弥をやわらげる。

「ごめんな。ほっといたな。……ごめん。無理させた」

背中をゆっくりとさすられ、荒れた息を広い胸にこぼす。しゃくりあげた佳弥を抱えたまま、元就は綾乃へと問いかけた。

「……綾乃、なに飲ませた」

「たいしたこと……ないわ。軽い酩酊作用のあるやつよ。あとちょっと、興奮しやすくなるくらい。ひと晩寝るか……セックスすれば、すぐにおさまるわ」

そろりと、綾乃は手を伸ばしてくる。元就が威嚇するように睨んでも、それにも怯まず佳弥の頭に触れた手は、おずおずとしたものだった。

「ごめんね。……佳弥くん。強い子ね。……だいじょうぶ。そんなに変なのじゃ、ないわ。すぐに治るからね」

「綾乃さん……？」

この綾乃は知っている。佳弥の知っている綾乃がいる。安堵感と同時にせつなさがこみあげて、佳弥は涙声で問いかけた。

「ねえ。関係ないと思うなら、どうして俺……だったの？」

さきほど晴紀が罵《ののし》ったようには、綾乃は佳弥を嫌いではないらしい。おまけに憎しみの矛先は元就や晴紀にだけ向いていて――その八つ当たりをしたにしても、なぜ結局、手を出しあぐねていたのか。

「……元就だけだったの」

「なにが？」

あどけないような声で問う佳弥に対して、綾乃は自嘲するように呟いた。

「おまえも晴紀も一緒だ、どっちも好きじゃないって言いきったの元就だけだった」

だから救われた気がしたのかもしれないと、綾乃は泣きながら笑った。

「ほかのやつはみんな、魔が差したんだとか誤解だとか、……悪い夢だとか、言い訳だらけよ。そのうち、晴紀が全部悪いんだって言って、責任転嫁をはじめるの」

口にするうち、思い出したことがあったのだろう。綾乃はぎりぎりと唇を嚙み、そのあと振り切るように嗤いながら言った。

「でも、じゃあ、あんたがたったいままであたしの弟に突っこんでたそれはなんなのって、じゃあなんでやったのよって！」

肩で息を切らした綾乃に対し、元就は押し殺したような低い声で、まだ佳弥が明確には知らずにいる事実を口にする。

「五年前に……刺したのは、だからか？」

それに対し、綾乃はあっさりと頷いた。嘲笑も、てらいもなにもない、ごく静かな表情だからこそ、ひどく怖ろしいものがあった。

「そうよ。いまのいままで晴紀の中に入れてたものぶらさげて、愛してるのはおまえだけだ、俺は強姦されたんだって。もう何人目か忘れたわ、でもそいつはあたしのまえで晴紀をぶったの。あたしを裏切って晴紀を抱いてそしてぶったの」

だから刺したの。ふたりともを、平等に。言いながら、綾乃は薄く笑った。

「事件にはならなかった。示談で終わったから。でもその途中――元就に、会った」

取り調べにあたったのは、べつの警察官だった。だが、偶然所轄署に顔を出していた元就と、容疑者として再会した瞬間、綾乃はいっそ笑いたくなったと言った。

「ほんとに知らなかったのよあたし、あなたが警察に入ったなんて」

「……ああ」

学生時代、弟と泥沼になったきっかけの——最初に、晴紀との確執を綾乃にもたらした張本人が、いかにもな刑事面で目の前にいた。

しかもこちらはまだ、血に濡れた手も拭いきっていない、取り調べの真っ最中。

「あたしが起こしたことを知ってても、元就、無表情で。でもあなた、すごくあたしのこと嫌ってるのわかった。無視してるみたいな顔して、でも真っ青になって吐きそうな顔色で」

ふふ、と綾乃は笑う。どうして笑うのか、佳弥にはわからない。

「本当にこのひと、あたしのことどうでもよくって、そしてなにもかもに、嘘ついてたんだなあって……そう思ったら、悔しくて、でも、——楽だった」

中途半端な嘘や誠実さより、元就の示した絶対の冷たさと非情さが、綾乃にはいっそ救いだったと言った。

「楽だった、すごく。ああこいつあたしと同じ、ひとでなしって思えたの、なのに」

晴紀を捜すうち、元就へと行き着いたときには実際、綾乃は元就自身に対しての恨みなど、既に残ってはいなかった。ただ意外なラインがつながったと驚いただけで、しかしその感情が一気に憎悪に近いものへ変化したのは、佳弥とともにいる元就を見つけたせいだ。

「……いま、どうして、その子と一緒にいて、そんな顔してるのか知りたくなった」

佳弥を見つめる元就の目は、綾乃が知らないものだった。晴紀を追って元就までたどり着き、そして見つけた彼はまるで別人だったのだと彼女は語った。

「あなた誰、って思ったわ。かわいい男の子連れて、そんなやさしい顔して笑って……なによそれって、思った。どうしてよって」

共有したはずの昏い痛みなど、佳弥に笑いかける元就からは、かけらも見つけることもできなかった。ただ甘い慈愛とでも言えるような、そんな感情しか見えなくて、混乱して。

「だから、悔しくて、知りたかったのよ。それで佳弥くんに、近づいたの」

「それで、わかったか」

元就の問いに、綾乃は微笑んだ。目を細めた瞬間、はたりとなにかが落ちて、それを拭《ぬぐ》いもしないで綾乃は頷いた。

「あたしも欲しかったなあ、こんな子」

「綾乃、さん……」

「ごめんね、佳弥くん。きみはいい子で、本当に楽しかったよ。でも、だから……苦しかったの」

あなたではわたしの中の闇は埋められなかった。そういうふうに綾乃が言ったのがわかる。

「だから悔しかったの。晴紀もあたしもこんなにぐちゃぐちゃにしかなれないのに、……あなたがいて、元就は救われてて、どうしてそんな形に誰かと、なにか——たしかな、やさしいものを、作れなかったのかしらって」

八つ当たりだなどと、自分がいちばん知っていた。けれど矛先がどこにもないから、晴紀を追い回し、興信所を使って逃げたさきを元就のところと知ってからは佳弥をたぶらかそうとした。

「騙されてばかねって思うのに……だけど、佳弥くんいい子だもの。あたしなんかの話一生懸命聞いて、どうして、こんなにいい子なのよって思った」

だからもっと早いうちに、弄んで捨ててやろうと思ったのに——できなかった。かすれきった声で告げる綾乃に、佳弥はもうなにも言えなくなる。

「なんであんたなんかが一緒にいて、この子こんなにまっすぐなの……！」

顔中を歪めて泣く綾乃は、元就の肩を殴りつける。それでも、佳弥を殴ろうとはけっしてしない。それこそが、彼女の気持ちを雄弁に物語っているのだと佳弥は思う。

「だから……俺には佳弥が必要なんだ」

自分のばかさ加減など知っていて、身勝手なのも知っていて。それでも、だからこそと言う元就に綾乃は「ばかじゃないの」と泣き叫ぶ。

「あんた本気でばかでしょう!? なんでここでそういうこと言えるのよ、どういう神経してんのよ！」

「ああ。……ばかなんだ。だから間違いばっかり、おこしてる」

悪かった、とうなだれた彼に対し、綾乃はいまさらどうしろというのだと、顔を歪める。

「う――……っ！」

しゃがみこみ、呻くように泣いた綾乃に、なにかを言ってあげたかった。

けれどかける言葉などなにひとつ持たないままで、そして佳弥の手はしっかりと、元就の背中にまわされている。

（なんにも、できないよ）

細い頼りないこの腕では、こうしていちばん大事なひとを抱きしめるのが精一杯で、ほかの誰にも、なにも与えられない。それが苦しいと、佳弥は元就の胸に顔を埋める。

そして元就もまた、佳弥だけを抱きしめたまま低く静かな声を発した。

「……晴紀を、許してはやれないか」

「ばか言わないでよ、どうやって許すのよ……っ」

弟のためではなく、そうしたほうがおそらくは綾乃が楽になれるのだ。けれどもう、なにをどうすればいいのかわからないと綾乃がかぶりを振れば、細い影が動いた。

「――もうやめよう、綾乃」

元凶のひとつでもある彼は、見たこともないくらいに真剣な顔のまま、綾乃の前に跪《ひざまず》いた。

「こいつら、俺らとは違う。関わってももう、どうしようもない」

「触らないで……っ」

「立てよ。そんなの、綾乃らしくねえだろ」

はたき落とされた手を、それでもあきらめず晴紀は伸ばした。そして、抗う綾乃をまるで抱きしめるようにして、立ち上がらせる。

「死ねばいいのよあんたなんか……っ」

「悪いけど、死んでやれないよ」

泣き叫ぶ綾乃を捕まえ、晴紀は一瞬だけ、静かに、ひどくせつなげに笑った。その表情に目を止めた佳弥は、なぜかひどく胸が騒ぐのを知る。

憎みあっているはずの姉を捕まえ、どうしてそんなにも苦渋に満ちた顔をするのか。その意味はなんなのかと惑うままの佳弥へと、晴紀が顔を向けた。

「……もう巻きこむことは、しねえよ」

「そうしてくれ。もう、二度とごめんだ」

応えたのは元就で、その吐き捨てるような言葉に晴紀は見慣れた皮肉な笑みを浮かべた。

「あんたが同じだと思ってたのは……俺も一緒だったよ」

「ああ。……そうだな」

「裏切り者。嫌いだよ。あんたも……そこの、ボクもね」

それだけを言い残し、くずおれそうな綾乃の肩を抱いて、晴紀は歩きだした。見送る元就の目は、なぜか痛ましげに歪み、佳弥はそれを不思議にも思いながらため息をついた。

これで終わりだろうか。終わりになるのだろうか。綾乃と晴紀はこのさきいったい、どうなってしまうのだろう。

なにもかもわからないけれど――佳弥たちの前から彼らが消え、もう二度と会うことはないだろうことだけが、たしかだった。

ふたりが去ったあとも抱きあう腕をほどけないまま、長い沈黙のあと佳弥は呟く。

「……母さん、連絡、しなきゃ」

「ああ。……遅くなるだろうとは言っておいたけど」

やはり根回しは済んでいたのかと、周到な元就におかしくなる。だが、笑ったつもりの表情は歪み、それを見られたくはなくてまた、強くしがみついた。

(もう、なにがなんだか、わかんない……)

頭の中が煮えきってぐるぐるしている。過去の元就のばかさ加減と、綾乃に騙されていた哀しさとがぐちゃぐちゃになって、感情を怒りに置けばいいのか哀しみに置けばいいのか、それさえも佳弥には判断がつかなかった。

それでも逃げないでくれと言うように抱きしめてくる恋人の腕を、振り払えない。

「……帰ろうか、佳弥」

洟をすすって、促してくる元就の声にかぶりを振った。

「待って。その前に、家に電話する」

「ああ、そうだな」

ごそごそと携帯電話を取りだし、濡れた顔を手の甲でぐいとこすった佳弥は、自宅へと電話回線をつなぐ。

「もしもし、母さん？　うん、そう。……いま、元にいと、一緒。うん、……うん。ごめん、連絡遅くなって」

話しながら、見守るようにして傍らにいる男へ、手を伸ばした。なにか、と目顔で問いかけてくる彼にひらひらと手を振り、握ってくれと告げる。

「え？　うん。……それでね。俺……今日、元にいのとこ、泊まっていい？」

「佳弥……？」

ぎゅうっと大きな手のひらを握りしめた。一瞬だけ元就の長い指が強《しわ》ばって、けれど離すなと、必死の力で捕まえる。

「話あるんだ。ちょっと……まだそれが、終わらなくて。明日はちゃんと帰るし、学校も行くけど……うん。わかった。はい」

おやすみなさい、と告げて通話を切った佳弥は、赤い目で元就を見つめる。目を瞠ったまま、戸惑うような表情を見せる彼に、涙にかすれた声で言った。

「どうにか、したよ。外泊許可、取った。……母さん、元にいによろしくって」

「佳弥……？」

「ホテル、目の前だよ。……どうにかしたら、いいって言ったろ？」

いつだか車の中で、ひどく甘く交わした約束を口にして、佳弥はさらに指を強くする。

白くなるほど握りしめた指先と裏腹に、佳弥の瞳は頼りなく揺れるままで、だからどうかここではぐらかさないでくれと願った。

「冗談じゃない。家に戻るよ」

「だって、元にい……っ」

しかし、元就はあっさりとそんなことを言う。このまま、この夜を終わりにしないでくれと願う佳弥の気持ちを、どうしてわかってくれないのか。なじるような声でなにかを訴えようとしたとき、つないだ手を引かれて抱きしめなおされる。

「な、に……？」

「こんな汚いホテルなんか、おまえに似合わないだろう。だから、冗談じゃない」

饐えた安っぽい場所に、俺の佳弥がいちゃいけない。低く囁くように言われて、不安がゆるやかに霧散していく。

「じゃ、じゃあ……帰るの、元にいの家？」

「そう。俺のうちにおいで、佳弥」

ほっとして、強ばった肩から力が抜けていく。頼りなく落ちたそのラインをやさしく撫でながら、元就の表情はまだ少し硬い。

甘いだけの誘いではなかったし、消えた彼らと同じように、まだ佳弥と元就の間の問題は山積みのままだ。

果たしてこのひと晩で、どこまでそれらを解決できるのか。わからないまま、佳弥はただ離したくない背中をしっかりと、抱いた。

＊　＊　＊

久しぶりに訪れた元就の部屋は、ずいぶん様変わりしていた。

事務所を新しくして、かつてそこにあったキャビネット類やソファの大物などから、日用品の一部も移動されていたため、本当にただ寝るだけというような、がらんとした空間になっている。

懐かしいはずなのに、もうまるで違う部屋のようにも思える場所に戸惑いながら、佳弥はまずシャワーを借りた。汗みずくになった制服は、明日のために元就が洗濯をしておいてくれるらしい。

「どうして……」

自分にだけはあんなにも甘い元就なのにと、髪を洗い終えた佳弥はうつろに呟く。

綾乃の、そして晴紀の語った元就はあまりにもいびつで、どうしようもなくて、いまだにそれが彼の一面とは信じたくないけれど——それが事実なのだろう。

そして元就は、自分にだけ装って、きれいな顔を見せていただけではないと思う。

(あれは、……きっと俺が、そうさせたんだ)

むしろ佳弥が、そういう元就を求めて、そして押しこめたから、はみ出してしまったよみがあのひとたちまで巻きこんだのだと思えてしかたなかった。

そしてそう思うと同時に、晴紀と綾乃の吐き捨てるような声が蘇《よみがえ》る。

——ボクちゃんはまだ十歳。けどこの冷血漢は、俺とやってる真っ最中に、ぽろっとおまえの名前言っちゃったの。

——元就が晴紀と寝たのはあなたが十歳のときよ？　いったいどういう神経なのかしら。

あれらの発言にショックを受けなかったと言えば、嘘になるだろう。そしていまだに、半信半疑でもいる。

あのころの元就と自分の間にあったものは、そういう意味での愛情ではなかったはずだ。

大人になって長い彼らはもう忘れてしまっているだろうけれど、十歳というのはそんなに無邪気ではないのだ。サンタクロースをもう信じていない年ごろの佳弥は、既に男女のセックスのなんたるかを学校できちんと教えられていたし——そういう謎《なぞ》めいた淫靡《いんび》なものに、徐々に過敏になる最初の時期だった。

——本当に少年趣味？

もし綾乃が言ったように、当時既に元就が佳弥へそんなものを催していたとしたなら、なんらかの奇妙さくらいは感じとったはずだと思う。だが彼らが嘘をついているとも思えない。

「わっかんねえ……」

呟いてシャワーを止め、佳弥は濡れた髪をぶるぶると犬のように振った。そこでまたくらりとして、アルコールの酩酊はもうだいぶ醒めたが、まだあの綾乃に飲まされた薬が抜けていないことを知る。

手早く身体を拭いて、元就の用意してくれた服を着た。下着だけは帰る道すがらにコンビニで用意されていたが、シャツもストレッチ素材のパンツも元就のものだから、裾《すそ》も袖《そで》も何度か折り返さなければならない。

「お風呂、借りたよ」

だぶだぶの服を着て部屋に行くと、ベランダには洗った制服が干してある。なにもない部屋の床に座りこんだ元就はグラスを片手に、ぼんやりとその揺れる服を眺めていた。

「……ああ。具合は？」

「平気」

振り返りもしないままの男の隣へと腰をおろし、佳弥はどこから話をすればいいのかと迷った。そして結局、もうだいぶ以前に問いかけ、そして答えてはもらえなかった質問を、もう一度ぶつけてみることにする。

「……ねえ。警察辞めたの、なんでだったの」

からりとグラスに満ちた酒と氷を揺らして、元就は深々と息をついた。

「綾乃と、会ったから」

端的な言葉に、それは、なんとなくわかったと佳弥は頷き、さらに問いかける。

「でも、綾乃さんと会って、どうして辞めようと思ったのかは、わかんない。……そのときなにか、話した？　それとも、なにかあった？」

食い下がる佳弥のほうをけっして見ようとはしないまま、元就は淡々とした、感情をそぎ落としたかのような声で、またさらりと答えた。

「直接的に綾乃がどうこうしたわけじゃ、ない。ただ——前にも言ったけど、いろいろとフラストレーションがたまってた時期でもあった」

綾乃との再会はただのきっかけのようなものだと、自嘲を浮かべて元就は言う。

「俺は、あいつが最初から嫌いだった。……無駄にプライドだけ高くて、なにができるわけじゃない学生のくせに全能感に満ちあふれてて。知識だけあるけど偏ってる。吐き気がするほどに、俺とそっくりだ」

本当に最初から、大嫌いだったんだと、なんの温度も感じられない声が告げる。佳弥はぞくりとするものを感じながら、相づちも挟まずに彼の言葉を聞いた。

「寝るだけの相手ならしてやるとは言った。そのころは大抵それで済んでたし」

ひどいことを言って嗤う元就にかすかな不快感を覚えつつ、佳弥は詰問するように言った。

「……なんで、ちゃんと誰かとつきあおうと思わなかったのさ」

「誰も好きじゃなかったから。それだけかな」

この乾ききった横顔は、あまり佳弥には馴染《なじ》みのないものだ。けれど、ならばこれから知っていけばいいと思って、じっとひたむきに視線を向け続ける。

かたくなにこちらを見ようとはしない元就が、佳弥の視線を居心地悪く感じているのだとわかっていても、目を離さない。

「晴紀とぐちゃぐちゃになったあたりでは……まあ、正直殺されるかと思うくらいには凄まじい状態であいつは荒れたし、だから五年後にひとを刺したと聞いてもむしろ、納得した」

なにより綾乃自身を好きになれなかったいちばんの理由は、自分や晴紀へ対しての執着と、その執念じみた情の強さが同族嫌悪を催したからということ。

その後勤めた警察についても、目の当たりにする醜い事柄に毎回、自分の中の闇のようなものを見せつけられるようで疲弊して。

「どいつもこいつも、中身が空っぽで、俺にそっくりで……そのうち、その最悪な中に馴染んで、溶けてしまって、帰れなくなる気がした」

喉奥で嗤って、強い酒を口に含む。タンブラーに満たされた透明なそれは、ウォッカかそれともジンなのか、佳弥にはよくわからない。ただかすかに花のような香りがして、アルコールの揮発するひんやりとした感じが、いまの元就のようだと思った。

「帰れなくなるってなに？……元にいは、どこに帰りたかったんだ？」

「おまえのところ」

即答されて、息がつまった。戸惑いと喜びと、そして少しの疑念に駆られて、佳弥はかすかに震える声を発する。

「じゃあ、なんで、……晴紀としたの」

「魔が差した、……といっても納得はしないよな」

「しない」

即答に元就は笑うばかりだ。答える気配はなく、焦れながらも佳弥は質問を変えてみる。

「今回、晴紀をかくまったのは、なんで？」

たしかに綾乃の行動は行きすぎていたと思うが、もとを正せばあの男が綾乃に対してやってのけたことが原因だ。ある意味では自業自得というほかない。苦い感情を隠しきれずに問えば、元就は意外なことを言った。

「あいつは一度、綾乃に刺されて死にかかってるからな。そのときに病院のベッドでは、過失だと言い張るだけの体力も残っていたらしいが」

「え……？」

「ただ、どれだけ晴紀が主張しても、結局その相手の男も軽傷を負ったせいで、警察にはばれたけど」

それでは晴紀は、綾乃を警察に引き渡す気はなかったのだろうか。そうとしか受けとれない元就の言葉に、佳弥は目を瞬かせる。

「あいつも……いろいろ複雑なんだ。状況も状況だったしな」

「複雑って……なに」

「――まあ、ただ。とにかく綾乃にこれ以上の犯罪をさせたくないっていうから、晴紀を引き受けることに決めた。それに関しては同意だ」

佳弥の問う内容には答えず、元就はその件を締めくくってしまう。結果、晴紀をかくまったのは綾乃のためだと言われれば、納得をしないでもない。だがあきらかに不自然な態度で、元就はこちらから目を逸らし続けている。

(なにが、あるんだろう)

なんだかさきほど、綾乃を支えた晴紀を見た瞬間覚えた胸騒ぎと似た、ざわざわとしたものを覚えつつ、佳弥はいったん口をつぐむ。そしてしばらくじっと、かたくなな横顔を眺めていたが、これは無理だとあきらめた。

元就には言いたくないことがありすぎるらしい。だが、そうすべてごまかしたままでいられると思うな、と佳弥は少し背筋を正した。

「じゃ、訊くけど……俺の……名前、呼んだのは、どうして」

「話が戻ってるだろ。そこ、訊くのか？」

「訊くよ。……言いにくいなら、べつのことでもいい。……なんで晴紀と、やったの。綾乃さんがいたのに」

八年前の話を、どうでも佳弥が訊きたがっているのだと悟ったのか、元就は深々と息をして、観念したように肩を竦めた。

「だから。言っただろ。綾乃でも晴紀でも変わらなかった。まあ、ただ……男は、晴紀が最初で、そこからさき、おまえを抱くまでは誰も知らない」

「……っ」

はっきりと言いきられて、佳弥は頭を殴られたような気分になった。予想していたとはいえ、元就の口で肯定されるのはかなりこたえると思いつつ、さらに問う。

「ど、して……晴紀のあとは、しなかったの」

「それこそ、それが……なんで名前呼んだのかの、答えだろ」

その間も元就はうつむいて、長い前髪で目元を隠してしまう。

唇はずっと嗤いの形に歪んだままで、早くこっちを向いてくれと願いつつも、彼がなにを言おうとするのか知っていたから、佳弥は黙ったままでいるしかない。

「おまえは、子どもで、男の子で、俺が世界一大事にしている佳弥だった」

誰にも汚されないように、大事に大事にしてやりたいと思いながら——その感情があまりにも強いことが、どこかおかしいとは思っていたと元就は言う。

「佳弥が望んでくれるような形でありたいと思って、そのくせどっかがひび割れていくのがわかって……そのうちに、無邪気になつかれるのが苦しくなってきた」

それがどういう意味なのか、考えたくもなかった。ただ闇雲な不安感が訪れるときがあって、それをごまかすのには身体の熱を散らすのが、いちばん早くて楽だった。

「晴紀が誘ってきたころは、もうそれがピークだった。警察に行くかどうかもまだ、そこまで来ていて悩んでる時期でもあったし……親父のあとを追っていくほど強くもない自分を知ってたから」

軽薄で浅慮でどうしようもない晴紀の誘いに、気楽でよかったのだと元就は言った。同じほどにくだらない人間がそこにいると確かめられるようで、だから誰ども抱いてみたとも。

苦すぎる呟きに耳を塞ぎたくなったけれど、佳弥は拳を握って問いかける。

おのれを嘲るような独白は続き、部屋の中は息苦しいほどの重みが立ちこめる。佳弥はその圧迫感にかすかに喘《あえ》ぐようにして、ようやく口を挟んだ。

「それで……楽になったのかよ」

そんなわけがないだろう。はじめから決めつけての問いかけを、やはり元就は肯定した。

「少しも。ただ、なんだかむなしいような気分だけ身体にぎっしりつまっていくみたいで、そのうち、神経が麻痺《まひ》してくるんだ。そういう、低い位置に居続ける自分に」

だからもういっそ、蝕《むしば》むのならどこまでも最低になってやれと、断るのが面倒で晴紀の誘いに乗った元就は、そこで愕然《がくぜん》となったと言った。

「気がつけば、おまえのこと考えながら、晴紀を抱いてた。しかも無意識で、それをあいつに指摘された」

――佳弥ってのが本命？　なんか余裕なさそうだけど。

ごく小さな、意識していないような呟きを拾いあげ、悪趣味ににやつきながら問いかけてきた晴紀の言葉に、元就は凍りついた。

「あれは最悪だった……まだ、十かそこらの子どもだってのに、俺はなに言ってたんだか。我に返ったときには、本当に頭がどうかしてると思ったよ」

「元にい……」

「言い訳がましいけどな。十歳のおまえに本気でどうこうっていうんじゃなかった。ただ……佳弥が大きくなったら、どんな子になるんだろうと思ったら」

ああなった、と懺悔《ざんげ》するように打ち明ける元就は、もう消え入りたいというように目を伏せている。

佳弥への感情も汚いとしか思いきれず、かなり煮詰まっていた元就の行動は、たしかにどうしようもない。

いっそ死んでしまいたい、とばかりに頭を抱えた元就はたぶん、この一件がばらされるのがいやで、晴紀に強く出られなかったのだろう。

「……元にい、それたぶん世間的に言うと、かなりやばいよね」

「言うな……わかってるんだから」

頼むから軽蔑しないでくれと、佳弥の視線から逃げるように顔を背けた男に苛立ち、佳弥はため息をついた。そして、あえてさばさばとしたようにこう告げる。

「でも誰にも言わなきゃいいよね」

「え……？」

言いながら、今日さんざん泣きすぎて痛くなった鼻をすすり、うなだれた元就の前に、しゃがみこむ。彼はうつむいたまま視線を合わせることさえなかったが、佳弥のけろりと言い放った台詞に硬直し、戸惑っているのがわかった。

「俺きっと、十歳のときでも、元にいが抱きたかったら抱かれたよ。……ううん、むしろあのころだったら、いまよりもっとぜんぜん、ＯＫだったかも」

「なにを言ってるんだっ」

この発言に、ぎょっとしたように目を剝いたのは元就だった。しばらくフリーズしたあとに、長く深い息をついた彼は「冗談でもそんなことを言うな」と疲れきった声を発した。

「かなりこれでも、真剣に悩んだんだ俺は。茶化さないでくれ」

「茶化してないよ」

めずらしく、露骨に苛立った声を発した元就にも負けず、佳弥はなおも言う。

「じゃあわけもわからずに言うな！」

「――わかってないのは元にいだろ！」

怒鳴られて佳弥は憤然となり、さきほど拳で殴った方とは反対の頬を、べちりとやる。けっこうにいい音がして、佳弥の手のひらもじんじんと痛んだ。

「八年前だって俺はいただろ！　ほかのひと代わりにして巻きこんで、あんなぐちゃぐちゃになるくらいなら、俺のことやっちゃってくれればよかっ……痛！」

最後まで言いきる前に、今度は叩き返された。でもたぶんかなり手加減をしているだろう力で、ぺちっと軽く響いた音によけい腹が立ってくる。

「なんでそうやって、手加減すんだよ……っ」

「ばか言うな！　そんな、おまえ傷つけるだけの真似ができるか！」

ほぼ同時に言い合って、お互いに肩で息をしたのち、また同じタイミングで口を開く。

「ビンタくらい本気でしろ！」

「そういう話じゃない！」

いつもと逆に、あえて話をずらしているのはこの場合、佳弥のほうだ。ぎろりと睨むような目で元就に見据えられ、やはりと思う。

「なんだよ。……いっつも、そういう怖い顔、俺にはしないくせに」

指摘すると、彼は軽く息を呑んで目を逸らそうとした。素顔を見せたことを羞じるようなリアクションにも腹立たしく、端整な顔を両手で摑んで佳弥は叫ぶ。

「俺のこと傷つけたくない？　だったらほかのひとはどうなんだよ。傷つけていいのかよ！自分はどうでもいいのかよ！」

「佳弥がよければ、そんなもんどうだっていいんだ、俺は……！」

たたみかけるような言葉に対し、吐き捨てた元就のあまりに身勝手な本音に、叩かれた頬よりも頭が痛くなってきた。そして、ようやく止まったはずの涙がまた滲んでくる。

この感情はなんなのだろう。呆れとも感心とも、嬉しさとも悔しさともつかない、混沌としてなにと言いきれないまま、佳弥はかすれて痛々しい笑い声をあげる。

「元にい、ばかなんじゃねえの……？」

「ばかだよ。もういっそ……嫌ってくれ」

情けないにもほどがある呟きに、溢れたのは涙も笑いも同時だ。

あさはかでも、精一杯自分を護ろうとしてくれての行動だったことはわかる。

他人よりなにより、元就自身から佳弥を護りたかったと身を縮める。この情けなくばかばかしい男はなんなのだと、佳弥は涙ぐんで考える。

「最低」

「ああ」

「ばか」

「そうだな」

なじっても肯定しか戻ってこない。そうやってまたあきらめるつもりかなあと考えたら、喉がおもいきり変な音を出した。

「……うー……っ」

いまのいままで笑みを浮かべていた顔が一気に歪んで、そのぐちゃぐちゃの顔に元就の長い指が伸びる。ぼたぼたと落ちていくそれが、大きな手で拭われた。

「泣かせてばっかだな、佳弥」

「もっ……もとに……は、俺のことあきらめてばっかだ……っ」

本気で好きだと言いながら、この男の最大級の愛情表現は、佳弥を手放すことばっかりだ。なんで一緒に幸せになろうと考えてくれないんだろう。どうして一緒にいる状況をきちんと考えて、つらくてもいいと言ってくれないんだろう。

「……っ、綾乃さんに、佳弥がいないとだめだって、ゆったくせに」

「言ったよ。でも俺につきあわせなくたって、それはいいんだ」

おまえがそこで幸福ならそれで。続けられた言葉に本気で腹が立ってくる。

(だから、どうしてそこで……っ)

いつもみたいに強引に、キスでもセックスでもなんでもなだれこんで、ごまかしてくれないのだ。なんでそんな、もう手放したものを懐かしむような顔をするのだ。

「もと、元にいは、そのほうが楽なんだろ……俺のことといないほうが、楽なんだっ」

執念深いまでのペシミスティックな考えに、佳弥は頭が痛い。無言でうなだれる元就はたぶん、泣きじゃくる佳弥のあてこすりを否定もしない。

「そうだな。……たぶんおまえに見捨てられさえすれば、俺はものすごく楽に生きられるんだきっと。……怖いものがなにもないから」

おまけに予想どおり、言葉でまではっきり認めたから、今度こそもうだめだろうかと思った。くじけそうになって、地面がぐらぐらして、この根の暗い男を誰かどうにかしてくれと叫びたくなる。

でもここで自分がめげたら、本当に全部だめになる。あきらめさせるものかと、佳弥は口を開いた。

「じゃあ……ちゃんと、考えて。想像して」

「なにを？」

佳弥がされたことをそのまま、我が身に置き換えてみろ。挑むように涙目で睨みながら、佳弥は言い放った。

「俺が、元にいが好きで、でも無理だからしょうがないって、そこら中の男でも女でも、手当たり次第にやってもらったら、どんな気分なの」

「……っ」

口にした瞬間、元就の形相が変わった。一瞬怯むくらいに怒気がこみあげて、それでも佳弥は細い脚を踏ん張る。

「おまえは……そんなことしない」

断言されて、けれど目が動いたのをちゃんと見た。さらに佳弥は脅《おど》してみる。

「そんなのわかんないよ。……今日だって綾乃さんに誘惑されて、あのままふらふらやったかもしんない」

「しないって、言ってるだろう。そんなことができる、子じゃないんだ」

「そうじゃなくても変なの飲まされたから、まだぐらぐらしてる。俺がしなくても、俺が、したくなくても！　そんなの、わっかんねえだろ！」

なにかのハプニングが起きて、あるいは綾乃がもっと悪辣で、意識不明の佳弥をハッテン場にでも放り投げたらどうなったか。

自分でもぞっとしながら言いつのれば、元就はついに視線をはずした。

「言っておくけど元にいが、手ぇ出しても出さなくっても！　俺のこと変なふうに考えるやついないわけじゃないって……知ってんだろそんなの！　鶴田に、あのときだって」

「もう言うな！」

悲痛な制止を振り切って、佳弥は叫ぶ。

「言うよ！　あんた自分が俺の不幸の元凶になるとでも思いこんでんだろ、ふざけんじゃねえよ！　傷つけたくなかった？　なにいってんの？　俺いますっげえ哀しいよ！」

そうして佳弥は、こちらを見ようともしない元就に摑みかかって床へ押し倒し、のしかかり、ぼろぼろと涙をこぼしながら襟首を締めあげてやる。

「情けなくてものすげえ傷ついたよ。なんでそういうばかなことしたんだよ！　元にいもっとちゃんと、遊ぶなら遊ぶで上手にできるじゃん。なのになんで……どっちもぼろぼろになるような真似、したんだよ！」

悔しいかな、佳弥の思春期がはじまってからの数年、元就がそんなトラブルを抱えた様子は見たことがなかった。もしかしたら知らないだけかもしれないけれど、少なくとも毎日隣で生活をして、彼が荒れた様子なのは見たこともない。

そんなふうに、隠し事だってちゃんとできる程度に頭がいいはずの男が、破れかぶれで遊び歩いていた。その情けない事実と怠惰さを糾弾すれば、元就は見たことがないほどの昏い目を見せた。

「……いつもいつもそうしてなきゃダメなのか？　俺は。うまく立ち回って、失敗しないで、誰も傷つけないでいなきゃならないのか？」

結局は理想の押しつけなのかと皮肉に笑う元就に胸を痛めながら、涙を拭いもしないまま、佳弥は傲然《ごうぜん》と頷いてやる。

「だめだよ。……そうやって、失敗したって自分で考えちゃうひとは、失敗しないようにしなきゃだめだ」

言いながら、佳弥は綾乃を思い出した。ごめんねと頭を撫でた細い指。おずおずとした手つきのあのひととはもう、二度と会えないだろうし、佳弥も会うつもりはない。

「誰か傷つけたときに、それ踏みつけにしたって平気な顔もできない──憎まれてもやれないひとは、そうしないようにしなきゃだめだ」

誰も彼もの事情なんか抱えきれない。利用されて欺《あざむ》かれた自分がばかだと思うし可哀想なのに、綾乃はもっと可哀想で、その元凶になった元就までつらい顔をしている。

じゃあこの憤りは、つらさは、どこにぶつければいいというのだ。誰も受けとめきれない痛みなら、最初から生まれさせなければいいはずなのに。

「……我慢するのつらくたって、ばかやって、それが自分に跳ね返るひとはやっちゃだめだ」

めちゃくちゃな言い分でも、佳弥の言いたいことは伝わるだろうか。けっして元就に、ただ理想を押しつけているのでも、相手に都合よく振る舞えと言っているのでもない。

友達なんかじゃないと、綾乃は言った。

けれど、過ごした時間の中に、それとよく似たものがあったのは事実だ。佳弥はそう信じているし、恋ではなくても、どんな関係でも、ひととの絆が壊れるのはつらい。

ましてそれが元就相手であるならば、想像するのも怖くて、できやしないのに。

そんなふうに佳弥を育てた元就が――つらくないわけが、ないのに。

（わかってよ）

祈るように、佳弥は思う。諸刃《もろは》の剣でずたずたになるのは元就なのだから、ちゃんと自分を大事にしてくれ。そうしてちゃんと、誰も傷つけない手で、自分を捕まえていてほしい。

「だから元にぃは、……よそでボロ出しちゃだめなんだからな。そういうのぜんぶ、俺の前じゃないとだめなんだからな……っ」

「……佳弥」

言いつのりながらせつなさがこらえられず、佳弥はしゃくりあげて訴える。

「だ、だいたいさあ！　なんで俺にあいつ見せて平気だったんだよっ。けっ……結局、晴紀と、や、やってたんじゃんっ……俺がいるのにっ」

それ以前になにより、どうして佳弥の前に晴紀が現れるのを許したんだ。さすがにそれだけは許し難いと、襟首を摑んだままめちゃくちゃに揺さぶってやる。

「なんで晴紀とやってる最中に俺の名前呼ぶんだよっ、どっちにも失礼じゃん！」

混乱気味の言葉を叫ぶ佳弥の聞き入れなさに、さすがに元就も頭を抱えた。「だから」と言いかけて、もう二度と言いたくはないだろうことを口にする。

「あれは八年前の――」

「だからなんだよ！　なんで俺がいるのに俺の代わりなんか見繕うんだよ。犯罪でも変態でもなんでもいいし、なんで……っちゃんと、そういうの教えてくれなかったんだよっ」

佳弥が明確に彼と仲違《なかたが》いしたのは五年前。けれどおそらく、元就が警察に入ったあたり——その八年前から、静かに彼は離れる準備をしようとしていたのだろう。

「なんでずっと、俺のこと、避けたの」

もどかしい距離感を提示され、どんどん疎遠になったあの時期、佳弥の不安感はかなりひどいものだった。そうして反発し、嫌いだとうそぶいて、結局それさえ貫けずに。

「ずっとほっとかれて、相手してもらえなくて、どんだけ寂しかったか知らないだろ。いまさら、遅いよ！」

この手を伸ばしたら、佳弥が傷つくとか、恋をしてはいけないだとか。

そんなふうに思うなら、はじめから、ひとりでいられないほど甘やかさなければよかったのだ。

あんなにも、包まれて溢れていることにさえ気づかないくらいの愛情で、この胸を満たさなければよかったのだ。

「産まれてからずっと元にいしか好きじゃないのに、どうすんの⁉　俺いちばん好きなひとに、好きになったら可哀想だからってずっとそう思われんの⁉」

「佳弥……」

途中で取りあげるくらいなら、最初から与えてなどいらなかった。そうすれば佳弥はこんなに元就に餓えていることなど、知らずに済んだのに。

「そんで、元にいは自分がしんどいから俺のことふるんだ……捨てるんだ……っ」

「佳弥、違う、そうじゃなくて」

声をあげて泣き出すと、元就は本当に困ったような顔になる。

どうすればいいのかと、適当に言いくるめることさえできなくなる男の胸を、癇癪を起こした赤ん坊のように佳弥は叩いた。

「そこで黙るなっ、嘘でもいいから捨てないって、ふるつもりなんかないって、言え！」

「よし……」

「俺にちゃんと、嘘つけよ！　大人なら、そういうのちゃんとごまかして。俺のこと、最後まで騙してくれよ！……死ぬまで騙しててよ……っ」

そしてこれからは、もう嘘をつかないで。矛盾した言葉をまき散らし、しがみついたシャツがまた涙でぐしゃぐしゃになって、佳弥は広い胸板を引っ掻くように爪を立てた。

「……ごめん」

このタイミングで謝るなんて本当に最悪だ。そう思いながら、ようやく背中を抱いてくれた長い腕に、頼むから離さないでくれと祈った。

「俺はっ……誰も見えないであんただけ選んだわけじゃないよ。そうやって、何遍も元就が放り投げるから、よそ見してても気になって、戻って来ちゃうんだよ」

「そうかもしれない。……気を惹《ひ》くような真似ばっかり、無意識でしてたのかもな」

薄く嗤って呟く男の精悍《せいかん》な頬を、佳弥は思いきり両方抓《つね》った。

「んだよ、それ……無意識でも自分が色男だって言いたいわけか」

「痛い、痛い佳弥、違う」

「ちがわねーよ……ばか。あとな」

それからいっこ覚えとけと、笑いながら泣きじゃくり、抱きついた広い胸に訴える。

許していいのかどうかさえ、わからない。ただ元就がかつてしてくれたように、許し続けていてあげたいとは強く思っている。

まるごとこれを抱えこむと、島田に言った。そして佳弥は、それを嘘にしたくなかった。

「俺はもう十八なんだから。あんたが罪悪感覚えた十歳じゃないんだからな……っ」

「……佳弥？」

わけのわからなかった歳のころでも、抱かれてかまわないと言ったあれは本音だった。いまより意味がわかっていないぶんだけ、むしろ素直にそうされたかもしれないというのも。

（いっそほんとに、そうしてくれればよかったんだ……無理だけど）

絶対にそんなことできない元就を知っているから、なお思うのだと、どうしてわからない。

「……俺のこと、好きなくせに」

「好きだよ」

即答するから、なおむかつくと、くせのある髪をぐしゃぐしゃにしてやる。

「だいたいね……元にいみたいなビビリにねえ、チビの俺が抱けるわけないんだよっ」

このいまでさえ、触れるのにおっかなびっくりの男が、子どもの佳弥になにかできるわけがないのだ。言いきると、さすがに渋面を浮かべた元就が口をつぐむ。

「想像、したって言ったよな？　晴紀は、似てたの？　そのころの晴紀と俺、どっち好み？」

「佳弥……もう、勘弁しろ」

「やだね。十歳の俺で想像して考えた俺と、いまと、どっちがいいの」

答え次第ではただじゃ済まないと凄めば、元就は少し呆れたような顔で息をついた。

「想像したといっても……具体的に考えたわけじゃないから、わからん」

「なにそれ。だって俺のこと、呼んだんだろ」

「……だからそれ、無意識に言ってたらしいから。晴紀に指摘されたあとに自分でもパニック起こして、そこからあらためて考えただけだ」

それはむしろ「そんなことを考えるまい、それではどうしよう」という方向にあらたまったもので、佳弥自身の未来図を具体的に思い浮かべたり、それでどうこうというものではなかったのだと、うんざりとした顔で元就は語った。

少年趣味だ変態だと綾乃らが罵ったはずの男の、あまりに良識的な返答に、むしろ佳弥は拍子抜けしてしまう。

「その程度で、なんで、必死に隠すの」

「俺にとってはぜんぜん、その程度の問題じゃない……アイデンティティ崩壊の危機だった」

ぐったりとした元就に馬乗りのまま、佳弥は涙の絡んだ睫毛《まつげ》を上下させる。

「俺……元にいってもう少し生き方とか、上手になったほうが、いいと思うよ」

「それに関しては同意だが、やりかたがわからん」

「いいよ、もう。……一緒にいるうちに、覚えるよ。一緒に、覚えようよ」

もう離れられるわけがあるかとしがみついて、この愚かな男の全部を許そうと佳弥は決める。ほかの誰かにとってどんなにひどい男でも、ばかばかしいくらいに思いつめるタチであっても、元就は佳弥だけの大事なひとなのだ。

じっと見つめていると、もう何度目かわからない深いため息をついた元就が、ようやくこちらを見た。久しぶりに目があって、そうするともう離せない。

「……もう、寝なさい」

「いやだ……」

あやすような声にかぶりを振るのは、もうわかっているくせにという無言の訴えだ。

身体は正直言って、疲労感がひどい。ぐずぐずと底の底まで落ちていきそうなくらいの気《け》怠《だる》さがあって、だが頭の芯と身体の奥に尖った興奮が燻《くすぶ》り続けている。

「このままじゃ寝られないよ。……綾乃さんが言ったじゃないか、すれば、おさまるって」

彼の腰にまたがるというきわどい体勢でのしかかっていることを、いまさらに強く意識する。もう少し位置をずらせば、佳弥の恥ずかしいところに彼の腰があたってしまう。

「——だから、佳弥」

「しようよ、いま。……しないとだめだ」

元就が気づいていないわけもなく、早く降りなさいと言われる前に身体を伏せて、抱きついた。元就の腰と自分の腰が重なっている、そう思った瞬間ひといきにあの場所が強ばって、佳弥はじんとする背中をゆるやかに伸ばす。

「しないと、って……佳弥」

「俺だってセックスしたいって思っちゃだめ？」

このまま曖昧に朝を迎えたら、きっとなにかが壊れる。最低な方法でも埋め合わせをしないと、たぶんつながっていた脆《もろ》いものが、ほんとうにだめになってしまう。

「好き」

猫のように腰をあげ、いつもと逆の体勢で元就を見下ろした。そろりと顔を屈め、佳弥から触れさせた唇をやわらかく吸ってあげる。

「元にい、……元就、大好き」

「よし、や」

名を呼び、好きだと告げるひとことずつの合間に、佳弥は彼の唇を啄《ついば》んだ。それでも微妙に反応が鈍い。まだ乗ってこないかと腹が立って、いちかばちかの賭に出る。

「……俺、綾乃さんにキスされた」

「！　そ……」

試すように、唇を触れさせるぎりぎりの距離で告げれば、とたんに元就の身体が硬くなる。

「胸も、触らされた。よく覚えてないけど、舌入れられたかもしんない」

どうするの、と挑むように囁いて、佳弥は笑ってみせる。どうも涙腺《るいせん》は反応するところを間違えたようで、笑えば笑うほど視界が霞んだ。

「ほら、見ろ」

「……なにがだ」

「俺がちょっとほかのひととキスしたって言っただけでそんな顔するくせに……あきらめたみたいなふり、すんな」

「悪趣味なことするな……」

たまらなくいやそうに歪んだ顔で吐き捨て、今度こそ元就が強く抱いてくれる。よかったと、その胸に顔を埋めて佳弥は呟いた。

「そうでもしなきゃ、教えてもらえないもん。……元にい、俺のこと好き？」

「滅多に抱けない程度にはな」

少しだけ自分を取り戻したのか、さきほどの佳弥の台詞をあてこすって、元就は身体を反転し、覆い被さってくる。

「セックスするしないって、大事にしてるかどうかとあんまり関係ないと、俺思うよ」

「わかったようなこと言うんじゃないよ、おまえは」

けろっと言ってのけると、元就は深々と息をついて、佳弥の鼻を摘んだ。

「いひゃいっ」

「あのなあ、まじめな話だ。年齢と、骨格と、体格差と、――その他諸々の状態を考えてもな。俺が本気を出したら、おまえは間違いなく寝こむんだよ」

「そ……らの？」

そうです、と重々しく頷いて、長い指が離れる。代わりに落とされたキスで、ひりひりする赤くなった鼻を舐《な》められた。

「その他諸々の中に、経験値は、いる？」

「……まあね」

「でもそれ、積まないとあがんないよ。それじゃ俺、どうすりゃいいの」

やはり食いついたかという顔で見る元就に、佳弥は腕を伸ばして抱っこをせがむ。

「俺、もう、元にい以外とエッチの経験、積めないよ？　綾乃さんみたいな美人、袖にしちゃったんだから」

「……あれは顔だけはよくても……」

「あのひとは俺にはいつも、やさしかったよ。お姉さんみたいで、きれいで、ときどきかわいかった。一緒に歩いてると自慢で、話、楽しくて……楽しかったけど」

やわらかい胸にも甘い蕩《とろ》けそうないい匂いにもぜんぜんときめかなかった。元就の、煙草混じりのフレグランスのほうがよっぽど、佳弥をおかしくする。

「練習できなかったけど、……していい？」

「え？」

いまももう、ラストノートと汗の匂いが混じったそれに、どきどきしている。呟くと、腰を抱いた腕がどうしてか、強くなる。

「俺がしていい？　元にいの……していい？」

そろりと手のひらで、逞《たくま》しいものの上を撫でる。ぎょっとしたように元就が身を起こしたけれど、そのときには既にファスナーは中ほどまで降りていた。

「おい、こらっ！　どうしておまえはそう、唐突なんだ！」

「あ、なんだよ」

がっしりと手首を摑まれて、ストップをかけられる。不服そうに口を尖らせて睨むと、一瞬だけなぜか元就は息を呑んだが、強引に抱き寄せられて身動きを封じられた。

「こないだ元にいだって、いきなり俺のくわえたじゃん……」

「それはそれ、これはこれ。だいたい、まだシャワーも浴びてないんだから」

「じゃあちゃっちゃと浴びてきて」

びしっと佳弥が浴室を指さすと、元就は面くらったような顔になる。

「……今日はその気になんなくても、根性で俺にその気になって」

「佳弥？」

「したくなかったらごめん。……でも俺、絶対に今日したいから。なんなら元にい、ただ寝ててくれればいいよ。俺、するから」

その顔を見ながら、乗り気じゃないんだろうなと思うと少し哀しくなって、佳弥は苦笑しながらつけ加えた。だがその寂しげな笑いは、元就の顔をさらに歪ませるだけだ。

「できもしないこと言うな」

「できるよっ……」

頭を抱えこまれて、髪をぐしゃぐしゃとかき混ぜられた。子ども扱いすろなとわめく佳弥に、元就は意地悪くひそめた声でこう告げる。

「じゃあ、俺の目の前で、自分で服脱いで、脚拡げて、入れてって言えるのか？」

「う……」

「なにもしなくていいって言うなら、自分であそこ濡らして慣らして、ついでに俺をその気にさせないといけないけど、そんなことできるわけか」

できっこないだろうと、ため息混じりに言われて腹が立った。かっとなって元就の腕を押し戻すと、佳弥はものも言わずにがばりとゆるいシャツを頭抜きで脱ぐ。

「って、おい!?」

「す……すればいいんだろ、すればっ！　女豹《めひょう》のポーズでもなんでもとってやるよっ」

それを佳弥がやったところで色っぽいかどうかは知らないが、最初からできないと決めつけているのが不愉快だ。そのまま下着ごと下肢の衣服を引きずりおろそうとして、「こらこら」とたしなめる声になった元就に止められる。

「そんな勢いまかせでおまえ……冗談だろう、真《ま》に受けるなよ」

途中でそがれた勢いに、かあっといまさらの恥ずかしさがこみあげる。尻の半分までずり落ちた衣服を直されると、惨めな気分にまでなった。

「じょ……冗談っぽくなかったもん。あれ、冗談じゃなくって、意地悪だも……っ」

「ああ、そうね。意地悪な冗談だった。ごめん」

パンツの端をぎゅっと握って赤くなれば、あっさりと元就は笑ってみせる。これが経験値の差というヤツかと思えば、なんだか逆に哀しくなった。

「佳弥。だから言っただろ……この程度で泣くくせに、なんで煽《あお》ろうとするんだ」

「ちげーよ、ばかっ」

さっきまで情けない顔で押されていたくせに、もう保護者の顔を貼りつけている。だが既にこれは習い性に近いものがあって、元就も反射的に出てきてしまうのかもしれないなと思った。

それくらい自然に、抱きしめることも、あやすことも、元就は自分に与えてくれる。それが嬉しいけれど、やはり悔しい。

いつまで、自分は元就の『大事な子ども』なのだろうかと思う。対等な恋人として扱ってもらえるまで、いったいあと何年待てばいいのか。

「……元にいはほんとは、俺の変なかっことか、見たくないんだ」

「いや、だから、あれはなあ」

「グラビアアイドルみたいなM字開脚とか、そういうのどうせ、俺がやったって変だもんね」

いじけたふりをしているうちに、本当にいじけた気分になってくる。ぐす、と洟をすすって、佳弥は床に転がった。もうシャツは放り投げてしまったから、裸の背中にフローリングが痛い。寝返りを打って元就に背中を向け、佳弥は小さく丸まった。

背後から、苦笑混じりの元就の低い声がする。

「そんな変な格好、しなくていい」

「……変だから？」

「いや。俺が変になるから」

その薄い、細い背中に、あたたかく大きな手のひらがそっと触れた。ぴくりと小さく反応して、けれど気づかれないように身を強ばらせていると、横に転がっているせいで盛りあがった肩胛骨《けんこうこつ》に、指先がたどり着く。

「小さいとき、梨沙ママが、羽根のついたバッグ持たせたの覚えてるか」

「……知らない」

この触れ方はどちらだろう。恋人としてのものかそれとも、保護者のような幼馴染みのものなのか。うまく判別のつかない、少し淫《みだ》らでやさしい指が、骨の形をなぞっていく。

「真っ白い服に合わせた真っ白なリュックしょって。ちょうど、これくらいの羽根がついてて、佳弥が走ると、それがふわふわ揺れてかわいかった」

「あ……」

すい、と骨のくぼみをなぞられて、声が出る。こんなふうに思い出を話しながら触れてくる元就を知らないから、どうすればいいのかわからないまま佳弥はただ小さくなる。

「あのひとは、昔からセンスがいい。おまえに似合うのをよく知ってた」

「んなの、覚えてな……あん、やっ……ちょっと、はな……はなして、ってば」

くすぐったいよ、と佳弥は笑って仰向けに転がる。すると、やわらかに笑った元就はその

さらされた胸の中心、心臓の真上にキスを落とした。

「おまえは純粋で、かわいくて、いつでも俺の救いだった。佳弥がいれば、少しはまともな人間でいられる気がして、だから――」

「もと……なり？」

「俺は、おまえが無事でいてくれれば、笑ってくれれば、それだけでたぶん、幸福なんだ」

それ以上を望んだら罰があたるんじゃないかと思う。そんなふうにいいながら、胸の上に顔を乗せてくる。

（この男……あれだけ言ってやったってのに）

まだそれを言うのかと、半ば呆れながら佳弥はなにかを言おうとした。

「……でもできれば、俺がずっと、護ってやりたい。おまえは俺よりぜんぜん強いけど」

この腕などいらないかもしれないけれどと、縋るように抱きしめてきた元就に、佳弥はただ涙ぐむ。

「いっつも……ちゃんと、護ってもらってるよ。だから俺、ちゃんと強い子だろ？」

「ああ」

そうだな、と頷いた彼を、なんだかやっと、ちゃんと捕まえた気がした。そうして、ごまかしでもなく、ただ一方的に口を塞ぐのでもなく、求めたからこその甘い、口づけをした。

少しだけ苦いのはたぶん、涙のせいだった。

元就にシャワーをさっさと浴びろと言ったのは、さんざん宣言しておいてやっぱりしませんでしたでは、佳弥としても男が廃《すた》ると思ったからだ。

＊　＊　＊

そうしてベッドに乗りあがるなり、服を脱いだ。しなくていいと言い張る元就を制して、長い脚の間に顔を伏せれば、やはり過保護な年上の男は困った声を出す。

「やめなさいって、佳弥」

「やだ。……元にいだって俺の舐めたんだから、お返しする」

そうして、結局のところ自分の裸でちゃんと興奮してくれているいやらしいものを手で包み、舌で撫でて口に含むと、ぴくりと顔の横にある長い脚が強ばった。

「無理だろう、やめろって……気持ち悪くなるだろう」

「なんないっ」

たしなめるような声に、よけいにムキになる。やめないとかぶりを振って、おっかなびっくりの佳弥の唇は、手にしたものへと押しつけられた。

どうしていいのかなど、わからない。本音を言えば、すごい形で大きさだなと思うし、こんなことしていいんだろうかと、ちょっとだけうしろめたい気分もする。

ただ、いやがってもいないし気持ち悪くもないと教えたくて、何度もキスを繰り返した。それでもまだためらいが強いのか、元就の反応は芳しくない。

「俺……元にいのこれ、好き」

「佳弥っ……？」

「い、入れるのすごく、気持ちいい、から……」

だから早く、その気になってほしい。そして早く我を忘れて、いつもみたいに意地悪く、甘ったるく、佳弥の中で暴れてほしいと思う。

先端だけおずおず舐めたあと、そろっと口を開けて含んでみる。まだ中途半端な形なのに大きくて、膨らんだ部分だけを口に入れたまま、どうすればいいのかわからなくなった。

(こっから、どうすればいいのかな)

予想外の質量に面くらい、とりあえず自由な舌でぬるぬるしたところを舐めてみた。だが元就は硬直したままなにも言ってくれなくて、これじゃよくないのかなと不安になる。

「あ、あの……もっとくわえたほうがいい、のかな？　か、噛まないけど……」

「いや……」

いまいち自信がなくて眉を寄せたまま問うと、元就はぐうっと喉奥で唸《うな》り、無言のまま片手で顔を覆った。

「え、えとそれとも、こすって舐めたほうがい、のかな」

「いや、だから、佳弥……っ」

「う、うわ、なに？」

そのあとびくっと跳ねたそれが唇を叩き、触ってもいないのになんで、と佳弥が目を瞠って驚けば、彼は深々と息をつく。

「ごめん、ほんとに勘弁して。……やめてくれ。死にそうだ」

「え、なに？　んん……っ」

まだほとんどなにもしていないまま、脇の下に手を入れて身体を起こされる。なんだか急いたように唇に噛みつかれ、こそぎとるような舌使いで激しいキスに見舞われた。

「ん、な、なんで……俺、するのに」

するって言ったのにどうして。目を丸くしつつも強烈な口づけにすぐ息があがってしまう。

「いいから、黙って」

「んむっ」

佳弥の疑問はそのまま器用な舌に巻き取られ、甘くぐずぐず蕩かされた。口腔に少しだけ残った元就の味もわからなくなって、佳弥はとろんと瞼が下がる。

（うわ、えっちいキスだ）

体側を包むように佳弥を抱えた大きな手。口づけをほどいても、長い親指で両胸のさきをそのままいじりながら、元就は複雑極まりないという顔で呟いた。

「しなくていい。……感情のバロメーターをどっちにもっていっていいのかわからん」

「どっちにって……？　あ、あう」

「……ものすごく嬉しいけど、ものすごい罪悪感で苦しい。おかげでどうしていいんだか」

眉を寄せて情けなく笑って、そのくせ愛撫の手は止めない。頭の中と身体がばらばらになっているのかもしれないなあと、矛盾だらけのことを言う元就のことを思う。

「んじゃ、……元にい、こうして」

触れながら身体を支えていた手をはずし、背中にまわさせる。そのまま佳弥もひとまわりは大きな胸に身を寄せて、身体中をぴったりとくっつけた。

「……元にいだけじゃ、ないよ……」

「うん……？」

大きく脚を開いて膝《ひざ》の上に乗っているから、恥ずかしい部分も重なってしまう。お互いにもう、どうしようもないのだと教えるように、かすかに佳弥は腰を揺すった。

「俺もいっつも、ばらばら。怖いけどすごい嬉しくて、おかしくなる」

「佳弥……」

「なんだっけかな。本で読んだんだ。脳の快楽と恐怖を感じる場所って隣り合ってるんだって。だから、お互いすぐ反応しあって、勘違いして……ジェットコースターとか怖いのに乗ると気持ちいいんだって」

逆もそうなのかなと、汗ばんだ肌の上、胸を摘まれながら佳弥は息混じりに呟いた。だから怖いと気持ちいいし、気持ちいいと怖い。混乱した頭が感覚を取り違えているだけで、本当にそれが怖いことなのではない。

拙い言葉の訴えに、元就はやわらかく笑う。蕩けそうなくらいのまなざしに、佳弥はかあっと頬を赤らめ、つい茶化すようなことを言った。

「あの、あのさ……エッチな……かっこ、しなくていい、の……？」

「充分だろ。それ以上されたら、本当に困る」

困るってなに、と問うことはできなかった。器用な指で摘まれた乳首から甘痒《あまがゆ》いものが全身へと拡がって、熱っぽい吐息を漏らした佳弥の唇は、元就のそれに塞がれる。

「あ……あっ……」

「なにもしなくても、充分すぎるよ」

だからこれ以上誘惑しないでくれと、耳を噛んだ男の囁きのほうがよほど、甘い蠱惑《こわく》に満ちている。

潤んだ瞳で元就だけを見つめる佳弥の脳裏には、綾乃の声が蘇る。

――こんなひどい、小さなころからあなたに目をつけていた変態なんて。

あの吐き捨てるような言葉に、衝撃を受けなかったと言えば嘘になる。けれども、その強い感情の中には、歓喜があったことを佳弥は否定したくない。

（ずっと……ずるいって、思ってたんだ）

いくつもの、たくさんの恋をしてきたはずの元就と、彼以外なにも知らない自分の差を、ときどき苦く思っていた。

佳弥は元就しか見えていなかったのに、大人の男はもっとたくさんの、甘かったり苦かったりした経験を経て、そのうちのひとつとして自分を選んだのだと思っていたからだ。

けれど、滑稽《こっけい》なまでに思いつめて佳弥ただひとりだけを見ていたという事実が、かすかに残っていた引け目のようなものを捨てさせた。

「もと、に……」

脚を、できる限りに開く。本来の機能として、ここはこんなふうに動かすための造りになってはいない。少年の股関節はやわらかに軋んで男の身体を受けとめるけれど、精一杯の努力と羞恥心を噛み殺した末でなければ、こんなことはできない。

「ねえ、ここ……ここ」

触って、と、小さな声でねだる。もう濡れている性器のさきを、元就の器用な長い指がゆるりと撫で、既に溢れていた体液を塗りつけるかのように全体をくすぐっていく。

「は……ん」

思わず形のいい頭を抱きしめると、下肢へのいたずらを続けるままに胸を吸われた。小さく尖ったそれがいじらしいとでも言うように、ぷつりとした突起を舌でくすぐられ、手の中にしたものは丹念にやさしく刺激されていく。

「いたっ……い」

「強い？」

「じゃな、けど、なんか……へ、変、びりびりする」

ごくやさしい愛撫なのに、妙に過敏に反応してしまう。どうしてだろうと佳弥が目を潤ませれば、元就は少し苦い顔をした。

「たぶん、薬がまだ抜けきってないんだろ。時間も経ったし、そう強いのじゃないと思ってたんだけど」

「あ、そ、そっか……」

皮膚感覚がひどく過敏なのはあのせいか。効きはじめの妙な興奮状態が治まっていただけに自覚のなかった佳弥が曖昧に頷くと、元就は「少し待って」と頬に口づけたあと、ローションを取りだしてきた。もう入れるのかと問えば、違うと彼は苦笑する。

「濡らせば、少しは痛くないと思うけど……どう？」

「ひあっ！」

ぬるっとした液体を手のひらに垂らし、そのまま熱を持って疼いた性器を握られた。粘液が保護膜を作る形で佳弥のそれを覆い、たしかにさきほどのような痛みを覚えはしない。

「あっ……あっ、やだ、こ、これやっ……ああっ」

「まだ痛い？」

「ち、が、……あああん！」

けれど、器用な手がぬるぬるのそれを塗りつけていく感触には、さきほどとまったく違う意味で身悶えさせられる。口でされるのとも、いつもの指遣いとも違う不思議な感触に、佳弥はあっという間に限界を覚えた。

自分のそれが信じられないいくらい硬くて熱く、快楽というより混乱のほうがひどくて、佳弥は音を立ててそれをこする男に泣き顔で訴える。

「で、でちゃう、でちゃうっ」

「いいよ……いって」

「あっあっあっ！」

ほら、と動きを早くされて、ひきつったままの呼気に苦しさを覚えながら射精した。だが、いつもと違って放出のあとの快感などなく、むしろ微量の体液を放ったことでよけいに体内に快楽が煮詰まる感覚があった。

「へ、変……元にい、俺、へん……っ」

「ああ。だいじょうぶ……ほら、摑まって」

どうなっちゃうの、と怯えながらしがみつけば、あやすようにキスを落とされる。そのまさらに奥の粘膜に指が触れると、ざわっと肌が粟立《あわだ》った。

（あ、入れるんだ）

窄《すぼ》まりを撫でられると、腰が抜けそうになった。かすかに残るためらいや不潔感と同時に、強烈な快楽を知ったその場所が、元就のためだけに性器に変わっていくのがわかる。

それでも、どうあっても女の子ほど自然に濡れない身体に、人工的な液体を塗りつける瞬間だけ、佳弥の胸がひんやりとなる。

「めんどくさく、ない？」

「なにが？　いつも訊くな、それ」

「ん……だ、だってここ……濡れない、から」

無理のあることをしているのだと、思い知らされるこの瞬間が苦手だ。おかげでつい、よけいなおしゃべりをしてしまう。

「ローション、気持ち悪い？」

「んん、そうじゃ、……ないけど」

手間のかかる身体で、思うままに抱かれてやることもできないのが少し引け目にも思える佳弥に、元就は苦笑した。

「佳弥の大事なところ、触らせてもらってるのに、面倒なんて思わない」

「さ、触らせてもらって……って、それ、変」

「変じゃないよ。少しも。おまえがいいなら、身体中舐めまわしたいくらいだ」

「ひ、や……っ」

淫猥《いんわい》なことを囁く唇が、そのまま耳朶《じだ》を舐めあげてくる。言葉にも感触にもぞわりとした感覚を与えられ、佳弥は広い肩にしがみついた。とたん、気の逸れた身体は緊張を途切れさせてしまい、長い指がぬらりと埋まってくるのを許す。

「は、あう……っ」

「痛い？」

問われて、ぶんぶんと佳弥はかぶりを振った。久々の行為で、セックスを忘れかけていた身体はたしかに少し硬くなってしまっているけれど、なにも知らなかったころとはあきらかに違う。

「きつ、いけど……もっと」

だってもう、この身体は快楽を知っている。元就の指にゆるめられ、あの熱いものを挿入されると、痺れるくらいに快くて全身が蜂蜜づけになったように甘く濡れるのを知っている。

「もっと、早く……濡らして、はやくいれて……っ」

「……佳弥、焦らなくていい」

指がもうひとつ、入り口をくすぐった。たまらずに腰を揺らすと、強ばったままの性器からとろりと雫が溢れるのがわかる。何度も何度もぬめるものを塗り足して、佳弥の尻の狭間はもう滴るくらいに濡れているのに、まだ元就は慎重に指を使っている。

「あ、うんっ……ね、ねえ」

「なに？」

「お、れ……俺、寝こんでも、いい」

手を伸ばして、さきほど、半端なまま愛撫をさせてもらえなかった元就に触れると、すごく熱くなっていた。こら、と咎めてくるのも聞かず、佳弥はそれを握りしめる。

やさしくされすぎて、胸が痛い。大事にされているのは嬉しいのに哀しい。こんなに、痛そうなくらい張りつめているくせにどうして、この熱をそのままぶつけてくれないのだろう。

「元にいの……元就の、好きにしてほしい」

「……よしなさい」

拙い手つきでこすりあげると、ぐっと喉を鳴らした元就が渋面を浮かべる。中に入った指も強ばって、息を荒くしながら佳弥はかぶりを振った。

「なにしてもいい。元就、俺のこと……めちゃくちゃに、していい」

「おいっ」

「そんなにやわじゃないよ。もう、そんなの……知ってるだろ？」

壊れ物なんかじゃないから、もっと手荒なくらいに扱っていい。

逃がさないからと抱いてくれた——梨沙にふたりで叱られた、あのときみたいに、佳弥が泣くまでしてくれていい。潤んだ目で訴えると、元就は一瞬だけ苦い顔をして、そのあと深々と息をついた。

「……やったあと、泣かないか」

「泣かない」

ぷっと口を尖らせて言い返すが、半信半疑の顔で軽く睨まれる。

「引いても知らないぞ」

「引かない。元就がしたいこと、全部していい」

念押しのしつこさに思わず笑って、ばかだなあと彼の頭を抱きしめる。

「自分で、前に言ったじゃん。……慣れるなら、俺に慣れろって。経験積むのも、全部、元就がしてくんなきゃもう、できない」

「佳弥……」

なにすればいいのと問うと、はあっと彼は息をついた。なにかをあきらめ、またふっきるような吐息のあとで、佳弥の中から指を引き抜いてしまう。

「や、やめちゃう……の？」

「違うよ」

突然のそれに戸惑っていると、声の調子を変えた元就が大きな手で腰を摑んでくる。そのまま、ころんと俯せにされて、なんなんだと思っていれば肩に口づけられた。

「自分で言ったんだからな、佳弥。……もうここからは、いやだって言われても俺は知らない」

「え、あ、うん……っ？」

なんだか不穏なものを感じて、おずおずと頷く佳弥のうなじに唇が触れた。ぴくりと震えながら、肌をやわらかく吸ってくる感触に目を閉じると、徐々にキスが下方に下がっていくのを知る。

（え？）

ぐっと腰を摑んだ手のひらに支えられて、強引に尻をあげられた。かなり恥ずかしい格好になったんじゃないか、とうろたえるうちに、大きな手が丸い肉を揉んでくる。

「あ、わ、……嘘」

「嘘じゃない」

敏感な左の腰を執拗に舐められたあと、腰のカーブに沿って舌が這わされた。まさか、と思って赤くなった佳弥の小さな尻が、大きな手のひらに割り開くようにされてしまう。

熱っぽい息が触れた。佳弥は動けない。ただ目を瞠ったまま、触れてくる濡れた肉の感触を、なにかとは気づきたくなくてうろたえて。

「あ、やだ、うそ……やだっやっ……あああ！」

恥ずかしい、と考えることさえできないまま、強烈なその愛撫に紡いだ「いや」は宣言どおりきれいに無視されてしまった。

なんだかものすごいことをされてる、という認識しかできないまま、たくさん悲鳴じみた声をあげた。そうされながら胸や性器を一緒にいじられると、腰が勝手にがくがく動いて、それを元就にエッチな動きだと指摘されてしまうと、頭の芯が焼けたように熱くなって、佳弥はすっかりおかしくなった。

「も、だ、めぇ……そこ、だめっ」

「なにが？」

さっきよりもっとぐしょぐしょに——ローションではなく元就の舌に——された場所へ指を入れられて、焦れったいくらいに緩慢にかき混ぜられている。

「ま、た……変に、なっちゃっ……」

身体中舐めまわしたいと言った言葉は本当に嘘ではなくて、少し前に足の小指を噛みながらここに指を入れられたとき、佳弥は一度射精してしまった。

拭う余裕もないままのそれは脚の間に流れ落ち、汗と混じって粘ついている。濡れた内腿を長い指が掬《すく》って、またそれを奥に塗りつけるようにされて、朦朧としたまま佳弥はただシーツにしがみついた。

「元に……の、えっち……っ」

「知ってただろう、そんなの」

「ど、して、……滅多にしないくせ、に……っ」

抱くまではあれだけためらったり焦らすくせに、一度切れるとこうなのだろう。いや、こうなってしまうから元就はいつもぐずるのだろうかと、半ば遠い意識で考えていれば、耳朶を咬んだ彼が佳弥の想像どおりのことを囁いてくる。

「これだから、できないんだよ。一回いいとなったら、俺はおかしくなる」

「や、っあ、も……っ、そこ、そこやだぁ、そこっ」

中に深く潜らせた指で弱い部分を小刻みになぶられ、佳弥は息も絶え絶えになった。自嘲気味の呟きにぞくりとしながら、ふるふるとかぶりを振って訴える。

「もうい、から……いれ、いれてっ、も……！」

「入れてほしい？」

「うん、うん……もぉ、おね、おねが……っ」

ひとりだけおかしくなるのはいやだ。おかしくなるなら一緒がいい。振り仰いで、キスをねだるように唇を開くと、喘ぎすぎて乾いた唇をゆるやかに塞がれた。

「ま、前、前から入れて」

「脚、開ける？」

「いつも、した、じゃん……っ」

正面から抱きあうと、佳弥の身体では元就のそれを受け容れるのに、半分ひっくり返ったような格好になる。けっこうみっともないし恥ずかしいけれど、顔が見えるほうがいいと思った。

「苦しくは？」

「ん、……っへ、き、だから、……だから」

いつもは照れくさくて、消してくれとせがむ灯りも落とさなかった。逆光で少し影になっても、この明るさならよく見える。

覆い被さってくる男の表情を、今日は絶対に見逃さないようにしようと思う。自分も見られてしまうけれども、お互いさまならかまわないと思う。

「う、ん——……っ！」

ぐうっと奥に含まされたそれに、一瞬だけ目を瞑《つむ》りそうになった。いつもより元就がずっと熱くて大きくて、けれど佳弥は潤みきった目を閉じない。

「……どうしたの」

「ふ、ううっ……も、もとに、元にい、が」

溢れそうな涙をたたえた目で凝視する佳弥に気づき、元就がいぶかしげな声を発した。はひはひと喘ぎながら、逞しい肩に手をまわしてしがみつき、佳弥は必死に目を合わせる。

「俺が？　なに？」

「お……俺に、いれる、ときの……顔、見てたい……っ」

切れ切れの声で紡いだ言葉に、元就は困った顔をした。

「だらしないだけだぞ、きっと」

「それ、でも、い……」

ただ、見ていたい。どんな顔で佳弥を抱いて、愛してくれるのか、全部知りたい。ただ恥ずかしいと目を閉じ、甘受していただけの自分のままでいたくはない。真剣なまなざしで訴えれば、照れたようにかすかに笑った元就は、佳弥の額に唇を落とした。

「じゃあ、だらしない顔……見てて」

「うんっ、ん……んー……っ、あ、ああ！」

こつんと額を合わせて、ゆるく揺さぶられた。ちょっとずつ入りこんでくるそれに乱れながら、佳弥は、やっぱり元就は嘘つきだと唇を嚙む。

(なに、その顔……ずるい……っ)

だらしなくなんかない。ただ甘くやさしく笑って、愛おしくてたまらないというような、そのくせ苦しんでいるような表情で、たくさん汗をかいて、大事に大事に佳弥を拓《ひら》く。

「あ、あ、あっ……あ！」

表情だけで感じて、自分のそこが痙攣するのがわかった。元就も小さく息をつき、片目を眇《すが》めたあとに一気に腰を押しこんでくる。

「あ、あう！　ああ……んっ！」

そのまま、すごい勢いで揺さぶられた。

息を殺すと、きしきしとベッドのスプリングが鳴っているのがわかった。ふだんの数十倍過敏になった全身が些細な音さえ拾いあげ、汗の流れる細やかな動きまで全部わかる。

隙間がないほどに触れた身体の持ち主の、荒れた息づかいが肌を舐める。それがぴんと尖った胸のさきをかすめた瞬間、むずがゆい甘さに佳弥は腰をうねらせた。

「ふぁ、あー……っ、あっ、あっ」

熱気がふわりと敏感な粘膜を包み、そのあとねろりとしたものが触れる。腰の奥に深く食《は》まされた性器はスプリングの奏でる音と同じリズムで動き続けていて、少しも佳弥の神経を鎮めてくれない。

胸と、身体の奥と、たった二カ所。だがどちらもぬるぬると濡れて忙《せわ》しなく刺激されてしまうと、全身が犯されているような、元就の口の中にまるごと含まれてしゃぶられているような、強烈な感覚に陥ってしまう。

「……気持ちいい？」

「んっ……んっ……」

こくこくと頷いて、広い背中に手をまわした。そこも流れるくらいの汗で濡れていて、元就も熱いのだろうかと思う。

「きも、ちい……？」

「うん」

問い返すと、肯定の返事と同時に口づけられる。身体の密着度が増して、角度の変わった挿入に佳弥は甘く呻いた。硬いものでこねるように中を刺激されて、甘ったるい疼きが身体中を濡らす。

（中、かき混ぜられてる）

もっと奥まで来てほしくて、勝手に脚が曲がり、元就へ絡みつく。誘うように腰があがって、中がうねうねと動き出す。

「はっ、あっ、はう……んむ」

犬みたいに舌を出して喘いでいると、そのさきを舐めて嚙まれた。もう佳弥の身体は、全部がいやらしくなっている。触れても舐められても嚙まれても、なにをされても感じすぎて、高い甘い声がひっきりなしに溢れて困った。

（ぼーっとして、じんじんする）

頭が真っ白でなにも考えられない。元就とセックスするといつもこうなる。

感覚と感情だけが敏感で、剝き出しになった心が心地よさと寂しいような痛いような気持ちをいっぱいに抱えこんでいて、それを元就がぐちゃぐちゃにして引っかき回すのだ。

「も……やあ」

「いや？」

心臓の上を大きな手が這《は》っている。薄い肉を摑んで、そのさらに奥の器官まで揉みしだきたいというような手つきでこねながら、腰を動かすリズムを変則的にする。

「な、んで、そんな……変なこっ……するの」

「変って？　なに？」

「は……はやく、したり、ゆ、ゆっくり……あっ、ああ」

反応を見ながら加減したり追いつめられる。そして見透かされたとおりに感じて仰《の》け反《ぞ》り、開ききった脚の間がべとべとに濡れていく。

気持ちいいのと恥ずかしいのと悔しいのがいつも一緒に襲ってきて、最後には泣きじゃくる。翻弄《ほんろう》されることや相手の余裕が苛立たしく、また、いつどこでそんな手管を覚えたのかと問いつめたくなるからだ。

「……っは、晴紀も……」

「なに」

「晴紀も、したんだ？　もとにいと、こういう……んっ」

笑ってあてこすってやろうと思ったのに、失敗した。言いながらぐしゃぐしゃに顔が歪んで、やっぱりまだ気にしてないふりはできないなと佳弥は思う。

その泣きそうな顔を両手で包んで、元就は囁いてくれた。

「……してないよ」

「嘘」

「おまえみたいに丁寧に抱いた誰かなんか、いないよ」

だから、誰にもしてないよ。そう言いながら何度もキスをされた。騙してくれているんだなと思って、そのどうしようもない胸の軋《きし》みに佳弥は耐えながら、甘いだけの嘘を貪《むさぼ》った。

「ああ、あんっ……あ、い……っ」

細い腰を両手で鷲《わし》摑《づか》みにされ、シーツから尻が浮きあがったまま激しく揺さぶられた。中がぐねぐねと擦れあって、なにがなんだかわからなくて、ぴんと爪先だった脚が力んで痙攣する。

きゅっと元就をくわえこんだ場所が窄まり、熱っぽい息とともにたしなめるようなことを言われた。

「……締めすぎ、佳弥。動きにくい」

「やっ、や……っ、だって、だって」

勝手に動くからどうしようもない。元就が欲しくて、もっと奥へ、もっとずっと深いところへと求める気持ちが、佳弥の手足を、肌を、粘膜を、淫らに蠢《うごめ》かす。

「あ、そこ、そこだめ、やだ！　また出るっ……」

「触ってないよ？」

「でも、でもなんか、出そうっ……あ、ああ、そこやだぁっ！」

身体の中からずうんと響いてくるような快感に怯えて、佳弥は手足をばたつかせる。けれどのしかかった男に、やめてと訴えた過敏な場所をこすりあげられ、佳弥は泣きわめいた。

「だ、めえっ、そこ、だ……っあ、もと、もとに、出ちゃう……っ」

「入れてるだけなのに、出ちゃう……？」

「だけじゃ、なっ……そ、そんなに、そんなに奥、ぐりぐり……やだ……！」

もうなにをしてるのだろうと思うくらい体内で元就が複雑に動いて、佳弥の全身が不規則に痙攣する。

「ほら、これ？　いっちゃいそう？」

「いやっ、あっ、あっあっ、ああぅ……い、ちゃう、い、いってる……っ」

突きあげられるたびに高ぶりきった場所からずっとなにかが溢れて、ちょっとずつ射精するような感覚が、信じられないくらい長く続いた。

（なに、なんだこれ……出てるのに、終わらない）

感覚が壊れてしまったようだ。薬か、それともまだかすかに残るアルコールの作用なのだろうか、さきほどと同じくはっきりとした射精感が来ないまま、だらりだらりと快楽が続く。

「も、いっちゃ、いっちゃったから、やめ、て」

まだ達するには弱かったけれど、このまま続けられたらなにか、とんでもないことになる気がした。だから弱々しく訴えたのに、少し痛ましげな顔を見せた元就けかぶりを振る。

「だめだ、まだ……終われないだろう？」

「あう、でも……でもっ」

元就が小刻みに動いて、たらたらと溢れていた体液が次第に白っぽく濁るのがわかった。

そこで性器を握られ、促すようにこすられると、ざあぁっとうなじに鳥肌が立つ。

「やだ……ひっ……や、いやだぁ、も、やだあぁ！」

「佳弥、……佳弥、いいから出して。早く。そのままのほうが苦しいだろ」

「だっ、だって……でな、んん、でない、んだも……っ」

もう感覚の壊れたような絶頂感に、顔中をくしゃくしゃに歪め、高い声で叫んで逃げようとして、けれどそうすればするほど元就の長い腕に引きずり寄せられた。

（も、やだ、怖いよっ……どこいっちゃうの？　俺、どうなるの？）

足の先から髪の毛にいたるまで、ねっとりした快楽にまみれて怖い。怯えながら、佳弥の腰も無意識にうねって彼へと吸いついている。

「怖いなら……やめる？　佳弥」

怯えて、泣いて、けれど元就にそう問われた瞬間には背中に強くしがみついた。

「いやだっ……やめ、ないっ」

「……いいのか？」

問う声が淫らにひずんで、そのくせにどこまでも哀しそうに笑うから、離してはいけないのだと、そう思った。

「こわ、怖いけど……いいから。すごく、いいから……やめないで」

「佳弥」

「ぜんぶ、いいよ。……気持ちいい、よ……っあ、ああ、あ！」

声もなく激しく揺さぶられ、目の前がぐらぐらとまわった。身体の奥深くを忙しなくかき回されて、どうしていいのか、なにがどうなっているのかわからないまま元就の肩を嚙《かじ》り、しゃくりあげて腰を振った。

「あーっ、あ……ああっ、あ、あ！」

「きつい？　佳弥……っ」

「わか、わかんないっ……あ、これ、これぇ……っ」

身体の奥を熱いそれでこすられて、苦しいのに気持ちいい。うまく射精できないもどかしさの代わりに、元就の性器に与えられる感覚を必死に佳弥は追いかけ、拙い仕種で腰を振る。

「胸、くる、し……っ」

元就が抉るように動くたび、頭の中で、ぱちんぱちんと弾ける花火が見える。破裂しそうなくらい高鳴った心臓の上、両胸のさきが痛いくらいに尖っていて、ひりひりすると泣けば舌であやされた。

乳首をいたずらされながら突かれると、電気が走るみたいな刺激を覚えた。身体の中の神経がどういう経路でつながっているのかわかる、それくらい過敏になった身体が愉悦だけでいっぱいになって、壊れてしまいそうだと思う。

「なか、が……っ、からだ、ここ……、中が……っ」

「ん……なに？」

元就が入っている場所が、濡れて溢れている。そこからどんどん、いけなくて甘い感覚が佳弥の中に流れこんできて、もうなにもかもが溶けてしまう。

身体中が性器になっているみたいだ。元就とセックスするためだけの生き物だったんじゃないかと、そんなばかなことを考えるくらい、いまの佳弥はもうそれしか感じられない。

「い、ちゃう、……へん、へんになるっ……」

「……なっていい」

怖くない、と額に口づけた元就が腰を揺すり、佳弥が変になる場所を小刻みにこすりあげてくる。悲鳴をあげ、のたうった身体をさらに引きずり寄せられながら、佳弥は必死に元就へしがみついた。

「あ、だ、だめっそこだめっ……い、いっちゃうから、いっちゃうから！」

「もう、ちょっと」

一緒にいってとせがんで、少し待たされた。ぎゅっと性器を縛めた元就の指に、ひどい、意地悪だと涙目で訴えれば、「今日はこっちではもういけないだろう」と彼は言う。

「うまく出ないみたいだから……うしろ、感じてごらん、佳弥」

「ん、んんっ……うし、ろ？」

「そう。俺の入ってるとこだけで……いって」

ほら、と突かれて、悲鳴があがった。じいん、と腰の奥が溶けそうになって、広い背中に爪を立て、がくがくする身体を捕まえてと脚を絡める。

「あ、あ、ひっ……なんか、なんか、来る」

「いける？……いけそう？」

「ああ、あ……っい、いっく、もと、もとに……ので、い、……いっちゃ……っああ！」

そうして声も出ないくらいに揺さぶられ、うんと感じさせられて達したとき、きんと耳鳴りがするほど強烈な快感に怯え、佳弥は逞しい身体にしがみついた。

そして、怖さと心地よさとを同時に分かち合う行為の終焉《しゅうえん》まで、駆け抜けたのだ。

＊　＊　＊

濃厚で気怠い、事後の時間。長く時間をかけて、ひとつひとつ愛情を確かめるように抱きあったあとは、自然と口数が少なくなる。

（寝そう……）

汗の引かない身体を元就に添わせたまま、髪をいじられる心地よさや眠気と戦っていた佳弥は、踏ん切りをつけるように身を起こした。

「……ねえ、あのさ。気になるんだけど」

「ん……？」

元就もまたとろりとした目をしている。今日さんざん見たあの、壊れそうな目ではなく、眠たげに満足している光にほっとしながら、佳弥はどうしてもこれだけは訊きたいと声を固くする。

「晴紀は……なんであんなことしたんだ？　知ってるんだよね」

「あんなこと？」

なにをいまさら蒸し返すのか、という顔を元就はした。けれど、気になってしかたないのだ。胸の奥になにか小骨がつかえたような違和感を、このままにしておきたくなかった。

「綾乃さんの邪魔ばっかり、してたこと。なんで男……つか、彼氏、次々盗ったのか」

佳弥には、晴紀の行動原理だけは、どうにもはっきりとは理解できなかった。

そもそも晴紀が元就を、姉の恋人と知りつつ誘いさえしなければ――そしてその後、同じことを繰り返さなければ、あそこまでいがみ合うことはなかっただろう。

それが根っからの浮気性で、軽い気持ちでやっただけとはどうしても思えない。どうやら、お互いに憎みあっているというのはわからなくはないが、だがそれでも納得がいかない。

晴紀のあの意地が悪く排他的な性質を考えれば、そんな婉曲な嫌がらせより、佳弥に対して、ひどい言葉を投げつけたように、直接的に綾乃にあたるほうがよほど『らしい』のだ。

あのキャラクターからしてみればどう考えても、数々の回りくどさが奇妙に思えてしかたないのだ。寝取ってやれば復讐になると思った、などと言った綾乃のあの悲壮感に比べ、晴紀はもう少し自由に動き回るタチにも思えたし、本当に綾乃が嫌いなら無視して縁を切るタイプのように感じられる。

また弱みを握られていたにしても、なぜ元就は、あそこまで彼をかばったのか。

「あいつ、全部の元凶じゃん。元にいは、それ知ってたよな。勝手にやっころとも言った。……なのになんで、最初あいつが俺のことつついても、ほっといたの」

なにより元就に対して、佳弥の前でわざとしなだれかかったのもおかしいと元就に問えば、苦い声で彼は言った。

「綾乃には同族嫌悪を覚えたけど……晴紀とも違う意味で、同じだったから」

「だった……？」

過去形に少しほっとしつつさらに問えば、元就はどう言っていいのかわからない顔をした。

「同じって、なに？」

問いかけると、またしばらく沈黙が訪れた。じっと見つめる佳弥の目に力をもらいつつ、また同時に弾劾《だんがい》されているかのような、複雑な表情をみせた彼は、観念したように長い吐息のあと口を開く。

「どうしても、絶対にあいつは、いちばん好きな相手を手に入れられないから……お互い、なにかの、代わりだった」

「代わり？」

晴紀も自分と同じ。けれど自分だけが救われてしまったから、せめて邪魔でもしたかったのだろう。

呟く元就の目は、遠くを見ている。その意味をしばし考えた佳弥は、ふっと鼻先に嗅覚の記憶を取り戻す。

(代わりって、誰が……なんの)

元就が求めたのは佳弥の代理だとして、晴紀はいったい誰を見ていたのか。

「エルメスの……ヴァンキャトルフォーブル、だっけ」

同じ香水。同じ男。それを手に入れようとする心理は果たして、ただの反抗や憎しみだけなのだろうか。

曖昧で見えなかったそれが、あの甘い香りの記憶にひといきにつながっていく。

だがそこに見えた真実は、佳弥をもっと息苦しくさせた。

「あれって、女物だよね。男女兼用じゃないよね……？」

問いかけれぱ、元就は沈鬱《ちんうつ》な瞳を伏せる。雄弁な沈黙に、佳弥はざわっと首筋を粟立てた。

——悪いけど、死んでやれないよ。

あのとき佳弥は、綾乃を見つめる晴紀の複雑な視線に、はっとなった。

思いつめたような、痛ましいなにかが透けて見えそうで、それに気づいたからあの男は皮肉に笑ったのではないのか。

「……絶対に、どうしても、手に入れられない？」

「たぶん、きっと」

端的な元就の声に、確信する。けれど——同性であるという以上に、もっとプリミティブなタブーを感じさせるそのことを、佳弥は口にすることができなかった。

「綾乃さんは……知らないの？」

「彼女は一生気づかないだろう。そのほうがいい」

「でも……綾乃さんも、なんか、変だよね」

やり直したいというのなら、どうしてああまで晴紀とのことにこだわったのか。聡明な綾乃ならば、過去などどうち捨てて本当に新しい恋をすればよかったのに——なぜわざわざ毎度、晴紀に見つかる位置に居続けたのだろうか。

「晴紀にすごく、執着っていうか……してたよね」

代わりにそっと問うと、曖昧に肯定される。そして元就は、なにかを知ってしまった佳弥に対して、ほんの少しだけ痛ましげな目を向けた。

「どっちもどっちなんだ、あいつらは。誰かを介在させて、ずっと傷つけあうしかできない」

　そしてあの執着ぶりは無自覚だからこそだろうと元就は告げた。

「お互い、欲しいものが同じなくせに、見てる方向がまるで違う。だから噛みあわない。……噛みあわなくてもしかすると、幸いなのかもしれないが」

　あのあやうさは姉弟共通のもので、綾乃が知らないからこそ晴紀はああして軽薄に振る舞い、男に抱かれ続けるのだろう。

　彼女から愛を奪って、そうして自分ひとりに縛りつけようとするのだろう。

「俺はただ本当に、あいつらの真ん中に立っていただけだ。だから却ってあの姉弟《きょうだい》の本質が、見えちまったんだろう」

「そ、か……」

　なんだか急に肌が寒くなって、元就の胸に縋りつく。冷えた肩をあたためるように大きな手に包まれて、佳弥はきつく眉を寄せて目を瞑った。

「どうしても、どうしても欲しくて、でも絶対に無理が見えてて……だから晴紀はずっと、投げやりなままだ」

　そして幸運にもそれを手に入れた自分は、晴紀が哀れでしかたなかった。言葉はなく、佳弥を抱いた腕で元就はそう告げている。

「助けてくれって言ってきたのは、偶然だ。俺が事務所をあそこに決めたとき、同じ不動産屋であいつは住む場所を探してた」

傷だらけの顔に、まだ相変わらずなのかと問えば、そっちはと問い返された。そして答えるまでもなく、不機嫌そうに吐き捨てられた。

「ひとりだけすっきりした顔しやがって、って……そう言ってる晴紀はまだ、自分だけの地獄にはまってもがいてた」

「……そっか」

「事務所に連れて行かなきゃおまえに昔のことをばらすと言って……いやなら佳弥に会わせろと来た。しかも、近寄らないようにしようと思えば、予防線を張るならこっちももっと邪魔するとか言い出す」

当然だが、本当は会わせたくなどなかったと、少し前に問いかけたときには答えなかったことまで、やけくそのように元就は教えてくれた。

「ああいう、破れかぶれのやつはへたに強く拒むとなにをするかわからないから、どうにもできなかった」

かばい立てすればなおヒートアップするだろうから、佳弥を邪険にされても拒めなかったと告げる元就に、佳弥ももうなにも言えない。

「ん、……もういい。お疲れさま」

そうして二度殴った元就の頬にキスをして、少しだけ痛む胸に泣きそうになる。

「怪我、治ってよかった。やけども」

「ああ。たいしたことはなかったから」

「でも、気をつけてくれないとやだよ……まあでも、また俺、痣《あざ》つけちゃったけど」

「それはまあ、しかたない」

頷いて抱きしめてくる腕の中で、こっそりとせつない息を佳弥は吐き出した。

セックスをして、埋め合わせを本当にできたかどうかわからない。起きてしまったことや、もう知ってしまったことはわだかまりとして残るだろうし、消せはしない。

いつか、なにかのきっかけで、この日できたことを蒸し返したり——これによって許せなくなる日がこないとも限らない。そんなことは知っていて、それでも、許したいと思う。

「……俺、元にいの……元就のこと、一生好きでいるよ」

佳弥の言葉を、どうして元就が笑って聞いているのか、もう知っている。こんなに哀しそうに目を細めて、けれどそれを悟られまいとしているのも、わかっている。

元就こそが、なにも信じていないのだと思う。佳弥以外どうでもいいというあの捨て鉢さの中には、彼自身さえ含まれていない。

どうして、元就の中での佳弥の幸福は、彼自身の存在をマイナスした状態なのか。

それは彼自身が、幸福というものをきちんと、知らないからなのだろうか。

「嘘だと思うなら、俺が……元就裏切って、ほかのひと好きになったら、殺してもいいよ？」

いっそそこで、そうしてくれる男だったらよかった。晴紀や綾乃のように、持てあました情念でお互いを傷つけあう程度に対等でありたかった気もする。

「ああ、……そうだな」

言葉でだけは肯定するけれど、元就はけっしてそんなことはしないだろう。誰にも抱かせる気はないなどと言いながらも、佳弥が本当に心からほかの誰かを望んだら、たぶんこのばかな男は、黙って許そうとするに違いないのだ。

「俺、元にいのそういうとこ、嫌い……」

「なんで」

嫌いだ、と言いながら抱きついて、嘘がへたなくせに嘘ばかりつく唇を塞いでやった。そのまま、くたびれきっている身体をすり寄せて、ぴったりと隙間もないくらいに抱きあう。

（結局、俺の気持ち、どっかで信じてないんだろうな）

いずれ来るであろう未来や可能性のさきに、自分の姿を置いておけない元就の弱気が歯がゆい。けれど指摘したところで、元就はうっすらと笑って肯定も否定もしないのだろう。

「どうせ俺以外、好きになれないだろう、くらい言えばいいだろ」

無言で笑うだけの男に唇を尖らせ、形のいい顎《あご》に噛みついてやる。痛い、と笑うから耳にも首にもかじりつき、佳弥はそっと長い脚の間に手を伸ばした。

「……っ、こら。もう疲れたくせに」

「それはそっちだろ。俺より十二もオッサンのくせに」

まだ触ると少しだけどぎまぎするものに指を絡めて、いたずらをする。反応してくれるのが、どうしてこんなに嬉しいんだろうと思いながら、佳弥は濡れた目で元就を見つめた。

「俺、元にい以外、誰も知らなくていい。……だから、全部教えて」

「佳弥……？」

――佳弥くん。……可哀想な子。いっぱい教えてあげる。

哀れむように告げた綾乃の言葉を、元就は知らなくていい。

佳弥は可哀想なんかじゃないし、これ以上いらない心配をかけたくもない。

護りたいと元就は言ったけれど、佳弥だって元就を大事にしたいのだ。

「いいことも悪いことも、……やらしいことも、全部……元就が、俺に教えて」

痛みも甘さも全部、元就以外からは欲しくない。そしてすべて受けとめきって、いつかきっと佳弥の本気を、信じさせてやろうと思う。

「おまえ……」

「それで……大人に、して」

喘ぐように告げると、唇を歪めた元就の腕が強くなる。そのまま少し、らしくもないくらい強引に脚を開かされて、望んだ以上のものを与えられた。

「あ、——……！」

脚の間に動く形のいい頭を手のひらに摑んで、佳弥はただ甘く喘ぐ。遠慮もなにもなく、本当に貪るように唇を押し当てられ、与えられた、ただ純粋に佳弥を乱れさせるためだけの愛撫に我を忘れる。

「佳弥、……佳弥」

元就はただ言葉を忘れたように佳弥の肌を撫で、探り、譫言《うわごと》のように名前だけを呼んだ。愛していると言われるよりもずっと、激しいその告白に、佳弥もまた彼の名を呼んで手を握った。

「もとにい、……元就、もっと……っ」

明日のことなどなにも考えたくない。その瞬間真剣にそう思って、けれどそれでいいのだと思った。

怯えるばかりの予測などつけてもしかたない。

訪れたなにかにただ、真摯《しんし》に立ち向かっていければ、たぶん自分たちは生きていける。

狂おしい恋に早鐘を打つ心臓を、互いの手に摑んだまま。

＊　＊　＊

なんだか難しい事件を抱えていたという島田から、電話があったのは、綾乃と晴紀が消えてから二週間後のことだった。

カフェはもういやだとぶつくさ言うオヤジのために、先日のあれよりもさらに女の子向けのかわいいスイーツがてんこもりの店に呼び出してやったのだが、酒飲みのくせに甘いモノも行ける男は却って喜んでいて、佳弥はがっかりした。

「窪塚には先々週会ったんだが、なーんか派手な勲章つけてたけど、あれおまえ？」

季節限定トロピカルパフェを口に運びつつ、にやにやとした刑事に元就の頬の痣を問われ、あえてけろりと佳弥は答えた。

「うん、殴ったよ」

「……おう？　ってことは、謝らせたか」

「うん。大人なんだからちゃんとしないとね」

そうか、と呟いた島田は、晴紀のことも、なにも問わない。だからこそ、やはりと思うことがあった。

「最後まですっとぼけたな、あんた」

「なーんのことかっしらー？」

携帯電話のGPS機能、そして晴紀と元就の、綾乃を交えた確執と因縁。

おそらく当時からなにもかもを知っていたのだろうが、島田は結局最後までなにひとつ、口を割ることをしなかった。

「まあ、いいけどさ。……あの時点で教えられてもどっしょもなかったし」

「おう？　なんだ、怒らないのか」

「怒らないよ。実際、あんたの言うのが正しかったしね」

　今回の件で佳弥もかなり複雑な気分を味わったが、間違いなくダメージの大きかったのは元就だ。どうも佳弥を特別視するのが行きすぎている感のあるあの男は、あれからしばらく憂鬱そうな瞳を隠しきれていなかった。

「なるほどな。まあでも……おまえがそうだから、思ったよりは窪塚もへこんでなかったみたいだぞ」

「……そおかな」

「ああ。予想じゃ首でもくくるかと思ってたが」

　縁起でもないことを言うなと佳弥が顔を歪めれば、にやにやと島田は笑っている。

「どうやってフォローしてんだよ、あの根暗に」

「んー……」

　首を傾げつつ、佳弥はこれは言ってもいいのだろうかと少し迷った。

　あれから毎日、佳弥は元就の事務所に通っている。もう邪魔な人間がいない時間を味わいたいという理由のほかには、目を離すのが怖いという、いささか情けない本音もある。

毎日、ねだってキスをさせている。そうして毎日好きだと繰り返して、とりあえず地道に、恋人としての佳弥を認識してもらうべく、鋭意努力中なのだ。

実のところ仕事の都合がつくときには、仮眠室に引きずりこんで抱いてもらいもするけれど、たぶんそこまでは島田は聞きたくないだろう。

「まあ、とりあえず毎日、好きだって言って、言わせて、チューしてる」

案の定、見た目だけはずいぶん遊んでいそうなわりにあまり浮いた話のない刑事は「うへ」と顔を歪めてみせた。

「甘々なことで……それで窪塚、どうなのよ。居直った？」

「とりあえず、これで俺の気持ち信じなきゃ、今度こそそこらで浮気するっつって脅した」

「わはは。そりゃいいな」

そりゃまた大変なことだと、呵々大笑した懐深い男は、くしゃくしゃと佳弥の髪を撫でて、しみじみ呟く。

「おまえも……苦労するな」

妙に情のこもった呟きをまっすぐに受けとってはいけない気がして、こちらは新鮮な桃の香りがするピーチメルバをつつきつつ、しれっと佳弥は答える。

「べつに、言うほど苦労なんかしてないよ。ボンボンだもん」

「ははは。ま、金銭面ではね」

見た目どおりの甘さじゃないだろうと、洋酒とパッションフルーツの酸味の効いたパフェを食べ終えた男はコーヒーをすすった。

「……どうしても、な」

「んー？」

通りを行きすぎる、夏服の女性たちを見ているふりで、島田は佳弥のほうを向くことはないまま、ぼそりと言った。

「どうしてもだめになったら、俺に相談しろよ」

呟きは存外に重く響いた。たぶん佳弥の抱えきれないだろう難しさを、大人の男は知っている。それでも佳弥は笑って、いらないと首を振った。

「だめにしない。俺が頑張る」

「ん、……そっか？」

「だってさ……元にいほっとくと、世の中の公害だってわかったからね」

誰にでも彼にでもお色気まき散らして、迷惑だったらありゃしない。

「だったら俺が首根っこ捕まえて、管理しといたほうがいいだろ？」

その軽やかさに救われたというように、ほっと息をついた刑事は、「それでよし」とからりと笑った。

「……そうだなあ、うん。窪塚の悪影響が減ってくれれば、俺にも春が来るかもしれないし」

「んだよ島田、この間のスッチーとの合コンどうなったんだよ」

「う……キャビンアテンダントも言えないオジサンはねえ、お仕事の残業で行けなかったんですよーだ……！」

よよと泣き崩れた不良中年候補生に、なかなか春は来ないらしい。憐《あわ》れみともおかしさともつかないものを覚えて、佳弥は微妙に笑ってしまう。

「ひとの色恋沙汰より自分の心配したら？　島田さあ、老後、さみしいよ？」

「うるせえよっ。どいつもこいつも……いいんだ。俺はひとの幸せ家庭に夜中酔っぱらって来訪していきなり夜食ねだるような、迷惑な独身男になってやるんだっ」

「いやそれホントに迷惑だから……って、いでーっ！　なにすんだよ！」

冷たく吐き捨てれば、けっこう容赦のないデコピンで応戦された。

「ふふ……無神経なガキは嫌いさ……」

「あんたそうやっておとなげねえからモテないんだぜったい！」

いてえよと立ち上がった佳弥は、しかし時計を見てはっとする。

「あ、ごめん。もう行くわ俺」

「え、なに？　なんか用事か」

「元にいと今日も事務所でデートでーす。じゃ、ごちそうさまでした、島田さん！」

よろしくね、とにっこり笑って伝票を握らせ、佳弥はいつかとは逆にさっさと走り出す。

「うわ、待てこのちゃっかり高校生……！」

ふざけんな、と言った島田は脚の長さが災いして、カフェのテーブルに膝を強打していた。

振り返った佳弥はからりと笑いながら、大きく手を振る。

「心配ありがと、元気だから！」

明るいその声は、きんとよく晴れた青い空までとおるような、曇りのないものだった。

あとがき

こんにちは、崎谷です。佳弥と元就の第二弾、いかがでしたでしょうか。第二弾といってもこれ一冊でもわかるように書いておりますが、よろしければ前作「いつでも瞳の中にいる」も併せてお読み頂けると嬉しいです。ルチルさんではこれで三冊目ですが、なぜかずっと事件づいているというかストーカーづいていますね……。

さて、巻きこまれ型ヒロイン（？）と、繊細モラトリアム（微妙に無能）探偵。今回は、事件後に恋愛をして大事なものを手に入れて、だから強くなった子どもと、だから弱くなった大人、って感じかなと思っています。

今回もうつくしい絵で彩ってくださった梶原にき先生、ずいぶんなご迷惑をおかけいたしましたが、制服元就が見られて感無量です。そして制服資料に協力してくれたRさん、本文チェック協力の坂井さんも冬乃もありがとう。担当さまにも、大迷惑をおかけいたしました。

肘を患ったせいで原稿が遅れ、たぶんデビュー以来のあり得ない進行になりましたが、無事に出てほっとしています。今後はいっそうの体調管理とスケジュール管理に努めたいと思います。もろもろの関係者の皆様、ありがとうございました。

次のルチルさんは来年ですが、慈英と臣の出会い編となります。また事件ものですが（笑）やっぱりとくに推理したりしない、相変わらずの話ですので、皆様よろしければごひいきに。

✦初出　いつでも鼓動を感じてる……………書き下ろし

崎谷はるひ先生、梶原にき先生へのお便り、本作品に関するご意見、ご感想などは
〒151-0051 東京都渋谷区千駄ヶ谷4-9-7
幻冬舎コミックス　ルチル文庫「いつでも鼓動を感じてる」係
メールでお寄せいただく場合は、comics@gentosha.co.jp まで。

幻冬舎ルチル文庫

いつでも鼓動を感じてる

2005年9月20日　第1刷発行
2010年9月15日　第2刷発行

✦著者　崎谷はるひ　さきや はるひ

✦発行人　伊藤嘉彦

✦発行元　株式会社 幻冬舎コミックス
〒151-0051 東京都渋谷区千駄ヶ谷4-9-7
電話 03(5411)6431[編集]

✦発売元　株式会社 幻冬舎
〒151-0051 東京都渋谷区千駄ヶ谷4-9-7
電話 03(5411)6222[営業]
振替 00120-8-767643

✦印刷・製本所　中央精版印刷株式会社

✦検印廃止

ISBN4-344-80635-2　C0193　Printed in Japan